William Kotzwinkle

MITTERNACHTSPOST

Roman

Aus dem Amerikanischen von
Walter Hartmann

rororo

Rowohlt

Die Originalausgabe erschien 1989 unter dem Titel
«Midnight Examiner» bei Houghton Mifflin Co./Seymour Lawrence
Umschlagillustration Marcus Langer
Umschlagtypographie Walter Hellmann

Deutsche Erstausgabe
Veröffentlicht im Rowohlt Taschenbuch Verlag GmbH,
Reinbek bei Hamburg, Oktober 1990

Satz Sabon (Linotronic 500)
Gesamtherstellung Clausen & Bosse, Leck
Printed in Germany
980-ISBN 3 499 12802 0

Als ich das Büro von Chameleon Publications betrat, pflasterte Hyacinth, die Empfangsdame, gerade ihre Hühneraugen ab. «Howard, hier ist ein Brief für dich von diesem Anwalt.»

Ich überflog ihn kurz, registrierte, daß wir auf eine Million Dollar verklagt wurden, und schlenderte weiter in mein Kabuff.

Mein Büro lag gegenüber der Manhattan Time Clock Company, deren breiter Firmenschriftzug allmählich verblaßte und von der Fassade blätterte; hinter den Fenstern konnte ich einen zwergenhaften Mann erkennen, der an seiner Werkbank die Zeit wieder ins Lot brachte.

Unter uns lag der Flower District der Sixth Avenue. Ein leichter Regen fiel auf die Pflanzen, die den Gehsteig säumten und ihre Blätter und Knospen emporreckten, um sämtliche giftigen Elemente in der Tabelle des Periodensystems aufzunehmen. Ich atmete tief durch, sog die Lungen voll Toxine, die der Frühnebel hatte abkühlen lassen, und wandte mich meinem Schreibtisch zu.

Rings um ihn herum lagen Fotos von nackten Frauen verstreut, wie sie Chameleon Publications in seinen Periodika *Freche Früchtchen* und *Scharfe Kurven* abdruckte. Jeder der Nackten auf meinem Schreibtisch hatte man mit Sprühfarbe ein Bikini-Oberteil über die Brüste und ein knappes Bikinihöschen auf die Schamgegend appliziert – hier war ein Experte am Werk gewesen: Fernando aus unserer Grafikabteilung.

Die Fotos hatte ich von Herrn von Germersheim erworben, einem deutschen Kunsthändler, der regelmäßig mit einem Koffer voller Aktstudien bei uns im Büro vorbeischaute. Nach dem Ankauf wurden die jungen Damen dann von Chameleon Publications mit Unterwäsche versehen. Warum? Weil unser Verleger der Ansicht war, daß in dem neuen Klima der Repression, das die Fundamentalisten verbreiteten, *Playboy*, *Penthouse*, *Hustler* und sämtliche anderen Magazine mit ihrer unverhüllt zur Schau gestellten Nacktheit irgendwann von den Kiosken verschwinden würden, während unsere, in denen die Girls diskret in kleinen aufgemalten Bikinis herumhüpften, unbehelligt weiter erscheinen konnten. «Wir werden auf dem Posten sein, wenn die Stimmung umschlägt», hatte er mir erklärt – sein angeborener Hang zu abstrusen Ideen war derart ausgeprägt, daß es fast schon auf Genialität hinauslief.

Auf einem länglichen rechteckigen Metallschild auf meinem Schreibtisch stand mein Name, HOWARD HALLIDAY, damit ich ihn nicht vergaß bei der Vielzahl wechselnder Identitäten, die ich von Woche zu Woche annahm und wieder ablegte. Weil wir aus Gründen der Sparsamkeit nie Textmaterial von Außenstehenden kauften, mußte unser kleines Team alle Texte selbst schreiben, und jeder von uns arbeitete unter diversen Pseudonymen, mitunter verwendeten wir sogar die gleichen, doch in letzter Zeit hatten wir versucht, das Ganze ein bißchen zu koordinieren. Ich hatte jedem von uns einen Buchstaben des Alphabets zugeteilt, als Initiale für seine Pseudonyme, und in diesem Monat hatte ich bereits als Howard, Haggerd, Halberd, Hammertoe, Harm, Habana, Hades, Halston, Handy, Herley, Harmon, Heman, Hence, Hardman und Hardon firmiert.

Ich trank meinen Morgenkaffee, futterte mein Frühstücksbrötchen und starrte dumpf brütend auf meinen Schreibtisch. Die Frauen in ihren Airbrushbikinis starrten zurück. Viele von ihnen kannte ich persönlich. Hin und wieder borgten sie Geld von mir, aber noch öfter pumpte ich mir was bei ihnen, denn sie wurden besser bezahlt als ich.

An der Wand meines Büros hingen weitere Fotos: Greueltaten, menschliche und tierische Mißgeburten, aus dem Leben gegriffene Kleinigkeiten, die einem Redakteur so unterkommen und die er bei nächstbester Gelegenheit verwendet, um seinen Publikationen eine gewisse Bildhaftigkeit zu verleihen. Die Fotografen riskierten nicht selten ihr Leben, um solche Motive in den Kasten zu bekommen, und ich wiederum zahlte ihnen so wenig wie möglich dafür.

Nachdem ich meinen Kaffee getrunken hatte, schluckte ich ein paar Koffeintabletten und begann mein tägliches Studium von Miss Agnes T. Wimples *Leitfaden der Grammatik*, erschienen zirka

1924. Mit Miss Wimples Hilfe konnte ich auf einem Blatt karierten Papiers mühelos die kompliziertesten Satzstrukturen entwerfen. Jeder Satz meiner Beiträge war grammatikalisch perfekt; allerdings ist kaum anzunehmen, daß ein großer Teil der Leserschaft von *Freche Früchtchen* diese besondere stilistische Note zu würdigen wußte.

Es klopfte an die Tür meines Kabuffs, und Fernando kam mit einem neuen Layout herein. «Hier, Kleiner, bitteschön, alles fertig montiert, jetzt du mußt nur noch was texten dazu.»

Eine nackte Frau, sittsam retuschiert, doch provokant auf dem Sattel eines Zehngang-Fahrrads balancierend, lag vor mir. Unter jedes Foto der Radlerin hatte Fernando breite Bleistiftstriche gezogen, aus deren Länge und Anzahl zu ersehen war, wie viele Zeilen ich über die Freuden des Freikörper-Fahrradfahrens zu schreiben hatte. Das Ergebnis würde dann, unter anderem, als redaktioneller Beitrag im Magazin *Scharfe Kurven* erscheinen, verfaßt unter Anleitung der seligen Miss Agnes T. Wimple.

«Ich bin geschafft, Kleiner», sagte Fernando und ließ sich auf meinem Besucherstuhl nieder.

«Wieso, was hast du denn gemacht?»

«Hab an meiner Mappe gearbeitet. Werde mir guten Job besorgen bei richtiger Zeitschrift.»

«*Scharfe Kurven* ist eine richtige Zeitschrift, Fernando.» Ich kaute auf einer Koffeintablette mit Pfefferminzgeschmack.

«Schrott.»

«Schrott?»

«Schrott.» Er machte eine Geste in Richtung der Halbnackten auf dem Stahlesel. «Alles totaler Schrot.» Er wies auch auf die anderen Layouts auf meinem Schreibtisch, für die ich im Hinblick auf den anspruchsvollen Leser bereits eine Reihe heiterer Bildunterschriften verfaßt hatte.

Von der Wand hinter meinem Stuhl kam plötzlich ein dumpfes *Plopp*. Das bedeutete, daß unser Verleger Nathan Feingold nebenan Zielübungen mit seinem Blasrohr machte. Bei diesem Blasrohr handelte es sich um ein Werbegeschenk von einem der Inserenten in unserem Magazin *Macho*, das sich in Söldnerkreisen großer Beliebtheit erfreut. Unter dem Pseudonym Howard Hachett leitete ich allmonatlich die Schlußredaktion von *Macho* und stand in persönlichem Briefkontakt mit jeder Menge Schlangenfressern, von denen mir einer eine Armbrust zugeschickt hatte, für den Fall, daß ich je in die Verlegenheit käme, «jemanden geräuschlos beseitigen» zu müssen, nicht gerade eine Situation, mit der ich täglich rechnete (woran man sieht, wie ahnungslos ich war; aber darauf kommen wir noch im Laufe dieser Geschichte).

Fernando starrte an die Wand, hinter der man noch immer die kleinen Pfeile landen hörte.

«Komm bitte nicht auf die Idee, uns zu verlassen, Fernando. Wir brauchen dich.» Wie sollte ich ihm erklären, daß *Mademoiselle*, *Esquire*, *Vogue* oder *The New Yorker* wenig anfangen konnten mit einem Mann, dessen Berufserfahrung bis dato darin bestanden hatte, Büstenhalter über blanke Brüste zu malen?

«Sobald ich hab meine Mappe fertig, ich mache hier Fliege.»

Plopp! Bisweilen machte ich mir Sorgen – ganz unnötigerweise, da bin ich sicher –, daß einer dieser vergifteten Pfeile die Wand durchschlagen und sich in meinen Hirnkasten bohren könnte. Fernando verließ mein Büro, und ich widmete mich wieder meinen Meditationen, während die Redaktion allmählich zum Leben erwachte. Im Kabuff gleich nebenan war der Redakteur unseres lukrativen Wochenblattes *Mitternachtspost* damit beschäftigt, Filmstar- und Sportlerfotos sowie Bildmaterial aus dem Archiv mit Fällen von allgemeinmenschlichem Interesse auszuwählen, Fotos von rührend heldenhaften Schwachköpfen und vierjährigen Müttern, Leuten, die von ihrem Haustier gerettet wurden, dem üblichen Hermaphroditen und einem Mann, der in seinen Gedärmen einen lebenden Egel beherbergte. Sämtliche Stories in der *Mitternachtspost* waren der Phantasie dieses einen Redakteurs entsprungen – Hip O'Hopp, ein alternder Zeitungsmann, den ich noch nie nüchtern erlebt hatte. Er schaute über die Trennwand zwischen unseren Kabuffs zu mir herüber. «Kannst du mir eine Story zusammenhauen über eine Frau, die einen Wurf Welpen zur Welt bringt?»

«Bis wann brauchst du sie?»

«Bis um fünf.»

Ich machte mir eine Notiz auf meinem Block, *Frau – Geburt – Welpen*, und legte sie neben die anderen Dinge, die heute zu erledigen waren: Als Dr. Howard Husbands, M. D., mußte ich meine medizinische Kolumne für *Die Dame* schreiben, unsere Frauenzeitschrift, die in mehr Fertighäusern und Wohnwagenparks gelesen wurde als jedes andere Blatt. Nach Husbands' kurzem Auftritt mußte ich mich in Dr. Doris verwandeln, meine Sex- und Psychologie-Kolumne herunterhämmern und mir dabei stets vor Augen halten, daß landesweiten Umfragen zufolge die Leserinnen von *Die Dame* zu einer konservativen Einstellung neigten, was Themen wie Sex, Mode, Essen, Politik und Kindererziehung anbetraf. Ich überflog einen kürzlich eingegangenen Brief von einer unserer Leserinnen:

Liebe Frau Dr. Doris,
ich habe einen Rat für Eltern, denen es Sorgen bereitet, daß ihre Kinder lügen. Unser Bobby war ein unverbesserlicher Lügner, bis wir es mit folgendem Mittel versuchten: Nachdem wir ihn bei einer Lüge ertappt hatten, zogen wir ihm ein Kleid seiner Schwester an, und damit mußte er den ganzen Nachmittag lang im Vorgarten stehen.

Beigelegt war ein Foto von Bobby im Kleid. Man sah ihm an, daß er einen Psycho-Knacks fürs Leben weghatte. Der Brief schloß mit den Worten:

Wenn wir jetzt den Eindruck haben, daß er uns eine Lüge auftischen will, dann sagen wir nur: «Denk an das Kleid deiner Schwester.»

Scheint mir eine vollkommen vernünftige Lösung. Doch trotz meines innigen Briefkontaktes zur Leserschaft war mir die Leserin von *Die Dame* im Grunde fremd geblieben. Im Kopf hatte ich das vage Bild einer Frau, die einen Lovable-Büstenhalter trägt, dem Badezimmer eine persönliche Note verleiht, indem sie die Ersatzrolle Klopapier unter einen selbstgehäkelten Überzug steckt und ihre Seife im klaffenden Maul eines Keramiktiers ablegt, und die ihren innersten Wesenskern mittels bestickter Kissenbezüge offenbart, auf denen schlichte Weisheiten stehen wie: «Mutti ist die Beste.»

Ich verließ mein Kabuff zu einem kurzen Morgenplausch mit Hattie Flyer. Ihr redaktioneller Bereich umfaßte unsere beliebte Arztromanreihe *Bekenntnisse junger Schwesternhelferinnen*, die ergreifenden Erfahrungsberichte in *Geständnisse* sowie gelegentliche Einzelpublikationen, z. B. die Sondernummer *Meine Hochzeitsnacht*. «Guten Morgen, Hattie.»

«Das war ja ein grandioser Abend gestern mit deinem Bekannten.» Hattie sah so aus, wie meiner Vorstellung nach Agnes T. Wimple ausgesehen haben muß: schlank, kurzsichtig, mit hängenden Schultern und leicht gebücktem Gang, als krümme sie sich um ein Geheimnis, das sie in ihrer Körpermitte bewahrte, das Geheimnis der Grammatik oder das Geheimnis der – Liebe? Auf Hatties Computerschirm flimmerte zu dieser frühen Stunde bereits eine Szene von bebender Leidenschaft, in deren Mittelpunkt Männer wie mein Bekannter standen, die zum Schluß von einer forschen Blondine in ihre Schranken gewiesen würden.

«Wie sind denn deine Leserreaktionen diesen Monat?»

«Schau es dir an.» Sie zeigte auf einen dicken Stapel Leserpost – lauter Briefe, die sich auf eine von ihr frei erfundene Story bezogen, in der es um eine Frau ging, deren Mann aufgrund einer ungewöhnlichen Reaktion nach einer Schutzimpfung gegen Schweinepest blind, taub und impotent geworden war. Hattie hatte ihre Leserinnen aufgefordert, selbst zu entscheiden: Was würden Sie in diesem Fall tun? «Die meisten würden ihn verlassen.» Sie blätterte mit dem Daumen flüchtig einen Stapel Briefe durch. «Sie wollen einen neuen Anfang machen.»

«Und den geben wir ihnen, Hattie.»

«Wir geben ihnen das, was wir ihnen immer geben», sagte Hattie, und so war es in der Tat. Monat um Monat spulte Hattie die ewig gleiche Story ab, durchlebten ihre Leser den gleichen Kitzel, die gleiche Hoffnung, Gehemmtheit und Entschlossenheit, und unser Verleger deponierte ihr Geld auf der gleichen Bank.

Hattie spähte auf ihren Monitor. Ihr karottenrotes Kraushaar, das sie mit einem in *Geheimtips für die Schönheit* inserierten Heim-Dauerwellen-Set ruiniert hatte, umgab ihren Kopf als eine Art wild zerzauster Glorienschein, der wirkte wie die natürliche Verlängerung eines mit leidenschaftlichen, hoffnungslos verwickelten und verknoteten Liebesromanzen-Szenarios überladenen Hirns. Ihre Finger begannen von neuem auf die Tastatur einzuhämmern. Die Brille rutschte ihr auf der kleinen Stupsnase herab, und sie schob sie ungeduldig wieder hinauf, während sie sich näher zum Schirm hinbeugte; mit beschleunigter Atemfrequenz hoben und senkten sich ihre kleinen Brüste immer schneller. Sie schlug die Beine übereinander und ließ das obere in flinkem Rhythmus vor und zurück pendeln. Der Anstand gebot mir, mich abzuwenden und sie mit ihrem dämonischen Geliebten allein zu lassen.

Unvermittelt sah ich mich Siggy Blomberg gegenüber, unserem Anzeigenchef – klein, untersetzt, kam er auf mich zugeeilt, die Arme voller Werbeanzeigen, die Stirn voller Sorgenfalten, denn die Produkte, für die in unseren Magazinen geworben wurde, stammten von Firmen, die häufig die Adresse wechselten. In Siggys Händen konnte man in jedem beliebigen Moment Anzeigen für Bettnässer-Tabletten, Hämorrhoidensalbe und ein heiliges Wunderkreuz mit 24 Karat Goldüberzug finden.

«Büstencreme...» Siggy fuchtelte mir mit einer Anzeige vorm Gesicht.

«Haben nicht bezahlt?»

«Hat bei 'ner Frau die Lollos grün werden lassen. Nathan meint, ich hätte das Produkt erst testen sollen, ehe ich die Anzeige ins Blatt nahm.» Siggy zerknüllte das Inserat in seiner Faust. «Wenn ich diesen ganzen Müll erst testen würde, würden mir längst zwölf Zentimeter lange Haare aus der Nase wachsen.»

«Wir haben Inserate, in denen ein preiswerter, batteriebetriebener Nasenhaar-Entferner mit rotierendem Scherkopf angeboten wird.»

«Nathan hat nie einen von unseren Anzeigenkunden kennengelernt. Er weiß nicht, was ich durchmachen muß, um diese Leute ausfindig zu machen. Sieh dir das hier an. ‹Ägyptischer Nu-Age Faltenentferner. Das Geheimnis von Kleopatras Schönheit! Uraltes Geheimnis, in freigelegtem Grabmal entdeckt von dem berühmten französischen Wissenschaftler Dr. Louis LaForge.› Das Zeug wird in einer Garage in Newark von einer Handvoll ehemaliger Knastbrüder fabriziert. Meinst du etwa, so was schmiere ich mir ins Gesicht?»

«Hier, nimm 'n Pfefferminz.» Ich reichte ihm eine von meinen Koffeintabletten.

Hastig zerkaute er sie, schluckte sie runter und blätterte den Rest seiner Anzeigen durch. «Die Jungs mit dem trägerlosen Büstenhalter sind verläßliche Kunden. Und die mit den Vaginalsuppositorien. Aber diese andern Krücken...»

«Nimm noch 'n Pfefferminz, Siggy. Geh die Sache ganz entspannt an.»

«Sieh dir das hier an. Studiengruppe für die Verbundenheit im Gebet. Das Geheimnis der christlichen Moralität. Die verscheißern mich nun schon seit sechs Monaten. Ich will einen Scheck von denen, und die schicken mir ein rosa Kruzifix.»

Hattie sah von ihrem Keyboard hoch. «Soll ich der jungen Frau hier jetzt ein unattraktives Schielen verpassen oder einfach bloß einen generellen Minderwertigkeitskomplex?»

«Wie wär's mit 'nem netten kleinen Damenbärtchen?» Siggy zog eine Anzeige aus seinem Stapel. «Ich könnte ihr da mit 'ner Enthaarungscreme weiterhelfen.»

«Ich werde sie schielen lassen», sagte Hattie. «Und sie kriegt eine Superfigur, von der aber kein Mensch Notiz nimmt, weil sie so furchtbar schielt.»

«Die schielt bis runter zu den Knien?» Siggy nahm sich noch ein Koffeinpfefferminz aus meiner ausgestreckten Hand. «Das Mädel ist ja arm dran.»

«Ihm wird zum Schluß klar, wie hübsch sie ist – es kommt ihm vor, als erwache er aus einem Traum. Aber da ist es zu spät für den Scheißkerl. Er hat seine Chance vertan.»

Mit zwei flinken Fingern schob sich Hattie wieder die Brille die Nase hinauf und begann von neuem zu tippen. Weil ich merkte, daß die zentrale Szene im Entstehen begriffen war, zog ich Siggy mit mir fort.

«Wie schafft sie das bloß, all diesen Mist zusammenzuschreiben?» fragte er.

«Sie hat bemerkenswert aufschlußreiche Sachen abgeliefert.»

«Schon mal dran gedacht, sie flachzulegen? Na, ich muß jetzt mal mit Nathan die Geschichte mit der grünen Tittencreme klären.» Siggy wollte sich gerade davonmachen, als ihn das leise *Plopp* eines Pfeils, der sich von der anderen Seite in meine Bürowand bohrte, innehalten ließ. Er blinzelte nervös. «Wenn er mit dem verdammten Blasrohr zugange ist, geh ich nie in sein Büro.» Siggy rieb sich die Hände, verschränkte dann die ausgestreckten Finger und ließ sämtliche Gelenke knacken. «Himmel, bin ich heute morgen fickrig. Das ist auf einmal so über mich gekommen. Ich hab 'n Tatter wie 'ne Motorsäge.» Er wandte sich zur Tür; die Anzeigen quollen ihm hinten aus der Gesäßtasche. «Ich werd mich mal auf die Socken machen und bei 'ner ganzen Reihe von diesen knickerigen Scheißkerlen mein Geld eintreiben; und wehe, es macht einer Fisimatenten, dem dreh ich den Hals um.»

Ich schaute ihm nach, wie er in seinem schlechtsitzenden, speckig abgewetzten Anzug davoneilte, und machte mich auf den Weg zurück in mein Kabuff. Hüllenloses Fahrradfahren erledigt sich nicht von selbst, und ich hatte zwölf Textzeilen zu füllen. So gut wie jeder

Schwachsinn würde genügen, denn landesweite Umfragen hatten eindeutig ergeben, daß der durchschnittliche Leser von *Scharfe Kurven* ein Vollidiot war.

Der Summer meiner Sprechanlage ertönte. Ich nahm ab und hörte die Stimme unseres Verlegers.

«*Howard, komm in mein Büro.*»

Ich legte auf, rotierte auf meinem Drehstuhl zur Wand hin und lauschte auf das *Plopp* eines vergifteten Pfeils. Nichts zu hören. Ich stiefelte durch das Redaktionsbüro und hinaus in den Flur, wo Hyacinth gerade damit beschäftigt war, unser breites Sortiment von Topfpalmen, Jadebäumen, Azaleen und japanischem Bambus zu gießen. Jung, gertenschlank und dunkelbraun, in einem weißen, mit Gänseblümchen übersäten Kleid, wirkte sie inmitten der Pflanzen wie die Frühlingsfee des Flower District.

«Mach diese Tür nicht auf, bevor ich nicht aus der Schußlinie bin», sagte sie und stellte das Gießkännchen weg.

Ich wartete, bis sie wieder an ihrer Telefonanlage saß, dann klopfte ich an Nathans Tür. Ein Grunzen von drinnen war mein Signal zum Eintreten, und ich tat es, mit der gebotenen Vorsicht.

Nathan saß an seinem Schreibtisch – ein breites nierenförmiges Plastikding, auf dessen Oberfläche sich die Konturen seines Gesichtes spiegelten wie ein Dschinn, der ihm aus den Wassern eines düsteren Teichs heraus Rat erteilte. Er war ein rundlicher kleiner Mann von ungeheurer Vitalität, seine Augen, jetzt gerötet vom anstrengenden Peilen durch das Visier seines Blasrohrs, wirkten zu jeder Tageszeit hellwach. «Setz dich, Howard.» Mit einer Handbewegung hieß er mich in einem nahebei stehenden Stuhl Platz nehmen, wandte sich dann ab, schwenkte in seinem Stuhl zum Fenster hin. Gedankenversunken starrte er nach draußen. «Glaube, Howard. Religiosität! Da haben wir noch gar nichts im Programm.»

Er erwartete keine Antwort. Die Finger trommelten auf seinem kleinen Schmerbauch. «Ich bin heute mitten in der Nacht aufgewacht. Ich fuhr in meinem Bett hoch und sagte: *Ich sehe das Licht.*» Er drehte sich wieder zu mir herum. «Wir starten ein neues Magazin. Würde es dir was ausmachen, dich da drüben an die Wand zu stellen? Ich würde gern ein bißchen Kunstschießen üben.»

«Üb mit dir selber Kunstschießen.»

«Keine Sorge. Du weißt doch, die Dinger gehn nicht sehr tief rein.»

«Wie tief sie reingehn, kratzt mich weniger, Nathan, aber ich hab was gegen das Zeug, was du vorne auf die Spitzen tust.»

«*Offenbarung.*»

«*Offenbarung*?»

«Unser Magazin *Offenbarung* wird jeden Monat ganzseitige Anzeigen kriegen für Bibeln, die im Dunkeln leuchten. Schleich an der Wand lang, Howard, tu so, als wärst du ein großer Affe.» Nathan griff nach seinem Blasrohr und steckte einen Pfeil hinein. Ich schob mich auf die Tür zu. Der Pfeil zischte vorbei und pflanzte sich in Nathans Schwarzes Brett, dicht an meinem rechten Ohr. Er keuchte vor Anspannung, sein Gesicht lief rot an. «Was hältst du davon, dich zum Priester weihen zu lassen?»

«Was hältst du davon, mal dieses Blasrohr beiseite zu legen?»

«Drei Piepen, mehr braucht man nicht dazu. Bei der Christlichen Versandkirche von Kalifornien.» Nathan schob einen neuen Pfeil in sein Blasrohr und ließ ihn auf mich zusirren wie eine zornige Wespe. Er fuhr tief ins Holz, ein paar Zentimeter neben meinem linken Ohr. «Vierfarbtitel. Nimm dir Fotos aus unserem Archiv, nimm alles, was du hier im Hause auftreiben kannst, und kleister ein paar Stories drumrum.»

«Titten und Ärsche?»

«Mit spirituellem Dreh.»

«ICH GING AUF DEN STRICH, BIS MIR JESUS ERSCHIEN?»

«Genau diese Richtung.»

«Da werden wir einen neuen Redakteur einstellen müssen.»

«Dann stell ihn ein.»

«Und wenn wir schon dabei sind, dann können wir den auch gleich ordinieren.»

«Dann mach ihn zum Bischof. Kostet bloß zehn Piepen mehr.»

«Ich sehe das Licht.»

Das Blasrohr unseres Verlegers keine Sekunde lang aus den Augen lassend, ging ich langsam rückwärts aus seinem Büro. Amber Adams, unsere Redakteurin für Schönheitspflege, kam den Flur entlang und machte einen unausgeschlafenen Eindruck. «Letzte Nacht wurde in mein Apartment eingebrochen, und der Einbrecher hat mir mitten auf den Teppich gekackt.»

«Das machen Einbrecher oft. Hat was mit ihren Schuldgefühlen zu tun.»

«Ihre Schuldgefühle können mich mal.»

Ich war in sie verknallt seit dem Tag vor drei Jahren, als ich sie eingestellt hatte. «Darf ich dich bitten, Amber, in deinen eigenen Worten einen Bericht zu schreiben, solange deine Erinnerung noch frisch ist? Laß deinen Emotionen freien Lauf. Ich hab da nämlich in der nächsten Ausgabe von *Heiße Spuren* noch ein Loch zu füllen, und ein persönlicher Bericht wie dieser würde perfekt reinpassen. Nenn es ‹Was ein Einbrecher in meinem Schlafzimmer tat› oder so ähnlich.»

Nathans Tür ging auf, und er kam heraus zu uns auf den Flur. «Du erzählst Amber gerade von *Offenbarung*?»

«Mir hat ein Einbrecher zu Hause auf den Teppich gekackt.» Amber rührte wütend ihren Kaffee um.

«Schaff dir 'ne Gaspistole an. Dann verpaßt du ihm 'ne Ladung Tränengas, ehe der überhaupt dazu kommt, sich hinzuhocken. In *Heiße Spuren* wird eine angeboten für neunundzwanzig fünfundneunzig. Klär Amber mal auf über *Offenbarung*, Howard, erzähl ihr was über christliche Schönheitspflege. Da kann sie sich einklinken.» Aus seinen runden, glänzenden Äuglein starrte er Amber an. «Was hältst du von *Ewiges Leben* Collagen und Placenta Gel?»

«Widerlich.»

«Ich denke mir, da könnte was draus werden, Howard. Peil mal die Lage. Weißt du, wieviel Wasser sie jedes Jahr in Lourdes verhökern?»

«Kannst du dich noch dran erinnern, Nathan, wie wir das letzte Mal ein Produkt entwickelt und es unter eigenem Markenzeichen verkauft haben – unser Hormonspray für Männer?»

«Ich werde in diesem Fall einen Spezialisten hinzuziehen.»

«Bitte nicht deinen Bruder.»

«Melvin ist ein Mann, der sich auf Brainstorming versteht. Wenn ich mich mit dem mal zusammensetze, fällt uns bestimmt was ein.»

«Die letzte Idee, mit der Melvin rüberkam, war dieses vierzehnjährige Fotomodell. Wäre der Richter nicht ein ehemaliger Nachbar von dir gewesen, wärst du wegen Notzucht und Kinderarbeit im Knast gelandet.»

«Damals hatte ich keine Vision, Howard. Ich hatte die Macht des Glaubens noch nicht entdeckt.»

«Ich mag Melvin, Nathan. Sein Hormonspray für Männer hätte ein Verkaufsschlager werden können, wenn es nicht vorzeitig explodiert wäre.»

Nathan nahm mich vertrauensvoll am Ärmel. Er reichte mir gerade bis zur Schulter, und seine blauen Augen blickten so unschuldig wie die eines Kindes. «Ich muß Melvin engagieren. Er ist der einzige, der für den Unterhalt unserer Mutter sorgt. Komm, ruf die Jobvermittlung an. Besorg uns einen neuen Schreiber. Ich geh jetzt mal zur Bank.» Womit er die Redaktion verließ und im Flur verschwand, um die Finanzierung unseres neuen spirituellen Abenteuers zu sichern. Ich steckte mir noch ein Koffein-Pfefferminz in den Mund und blieb am Schreibtisch von Celia Lyndhurst stehen, einer jungen Frau, die an Sensibilität, Schönheit und Stil ihresgleichen suchte und als Redakteurin von *Heiße Spuren* den Tag damit verbrachte, Stories über Vergewaltigung, Mord und Totschlag in allen möglichen Schattierungen von Brutalität und Abartigkeit zu erfinden.

«Guten Morgen, Celia. Wozu hast du denn ein Paar Taucherflossen unterm Schreibtisch?»

Sie schob sich eine Strähne ihres überaus langen braunen Haars übers Ohr. «Ich mache gerade einen Tauchkurs. Ich will auf die Art einen Mord geschehen lassen: Der Ehemann fädelt das Ganze ein, indem er seiner Frau einen Jamaikaurlaub vorschlägt und verlangt, daß sie vorher gemeinsam schnorcheln lernen. Dann bringt er seine Frau in zwei Fuß Wassertiefe um.» Wenn sie lächelte, zogen sich ihre Augenlider in die Länge und schlossen sich gleichzeitig ein Stück weit, was sie ziemlich unheimlich aussehen ließ, wie einen ihrer Axtmörder. Sie hatte ein abgeschlossenes Journalismus-Studium in Vassar hinter sich und huschte mit der Energie einer aufgezogenen Maus durch die Schubladen ihrer Gedanken. Lächelnd, mit langgestreckten Lidern, wirbelte die Satansbraut des Verbrechens wieder auf ihrem Stuhl herum an den Computer, und ich kehrte in mein Kabuff zurück, wo ich die Perfection Placement Agency anrief und mich mit dem Kopfjäger verbinden ließ, mit dem ich am liebsten verhandelte.

«Hallo, hier ist Howard Hammertoe-Halliday von Chameleon Publications.»

«*Ich hab hier einen Burschen, der hat jede Menge Klasse.*»

«Erfahrung als Autor?»

«*Er sieht aus wie der Herzog von Argyle.*»

«Ich fragte, ob er Erfahrung als Autor hat.»

«*Er hat einen verdammt guten Schneider.*»

«Schickt ihn mal vorbei.» Ich legte auf und machte mich dann an meine Sexkolumne für *Die Dame*. Ich öffnete einen x-beliebigen Leserbrief und sah mich mit folgender Anfrage konfrontiert:

Liebe Frau Dr. Doris,
in der letzten Zeit fiel mir jedesmal, wenn ich ins Badezimmer ging und ein Bad nehmen wollte, ein Rascheln draußen vorm Fenster auf. Heute abend ging ich hin, um die Vorhänge zuzuziehen, und da sah ich meinen eigenen Ehemann dort draußen stehen. Er hielt sich im Gebüsch versteckt und lugte zu mir herein. Was soll ich tun?

Eine Verzweifelte

Liebe Verzweifelte,
während andere Sextherapeuten Ihnen und Ihrem Ehemann möglicherweise eine Eheberatung empfehlen würden, möchte ich vorschlagen, daß Sie Ihr Badezimmer in den zweiten Stock verlegen...

Eine Stunde verrann. Ich war so vertieft in Dr. Doris' offenherzige Ratschläge, daß es mich wie ein kleiner Schock traf, als Hyacinth über die Sprechanlage verkündete, ein Herr namens Forrest Crumpacker wünsche mich zu sehen. Perfection Placement habe ihn geschickt.

«Soll reinkommen.»

«*Echt schicker Typ. An dem kannst du dir 'ne Scheibe abschneiden.*»

«Ich bin offen für jeden Rat.»

«*Du läufst rum wie mein Onkel Valvin.*»

«Gibt es an Onkel Valvins Kleidung irgendwas auszusetzen?»

«*Seine Klamotten sitzen genauso schräg wie deine. Schau dir mal die Rückseite von deinem Jackett an, Howard. Dir steht meilenweit der Kragen raus.*»

«Ich werfe gerade mein Jackett aus dem Fenster, und die Hose gleich hinterher.»

«*Und dein Krawattenknoten ist zu groß!*»

«Ich reiß ihn runter... Augenblick –»

«*Jetzt knöpf dir mal diesen Kerl vor.*»

Hyacinth legte auf. In Erwartung dieses ominösen Crumpacker

brachte ich rasch meinen Schreibtisch in Ordnung und linste dann zwischen zwei *Frechen Früchtchen* an der Glaswand meines Büros hindurch. Ich stellte fest, daß seiner Gestalt keine einzige Kunstfaser anhaftete, daß sein Jackett aus hellgrauem Tropen-Kammgarn geschneidert war, und zwar ohne den beanstandeten klaffenden Kragen, daß er ein *button-down* Oxford-Hemd und eine dunkelgestreifte Krawatte mit kleinem Knoten trug. Vervollständigt wurde seine Ausstattung von einer tadellos geschnittenen Hose mit messerscharfer Bügelfalte. Das Äußere von Forrest Crumpacker war das Gegenstück zu einem grammatikalisch perfekten Satz von Agnes T. Wimple.

«Mr. Crumpacker – treten Sie näher. Ich bin Howard Hardon-Halliday, der Chefredakteur.»

Er nahm mir gegenüber Platz, sein Blick ruhte auf dem Seitenlayout mit der Nackten auf dem Stahlesel. «Draußen im Flur ist mir ein Mann mit einem Blasrohr in der Hand begegnet.»

«Unser Verleger. Haben Sie irgendwelche Erfahrungen als Autor?»

Mit hochgezogener Braue musterte er das Foto von dem Pudel mit zwei Köpfen, das an meiner Wand hing. «Ich schreibe gerne Schmähbriefe.»

«Irgendwas abgedruckt?»

«Etliche. In der *Village Voice*.»

«Kennen Sie sich in Fragen des christlichen Glaubens aus?»

«Ich geb den Zeugen Jehovas jedesmal fünf Cents, wenn sie bei mir klingeln.»

«Ihr Hauptarbeitsbereich würde bei *Offenbarung* liegen. Gegebenenfalls könnte Ihre Weihe zum Priester erforderlich werden.»

«Krieg ich da auch Beichtgeheimnisse zu hören?»

«Das nicht, aber Sie werden unter Umständen welche schreiben müssen. Die zuständige Redakteurin hält sich hin und wieder zu lange mit ihren abartigen Groschenromanen auf.»

«Abartig? Da kann ich Ihnen eine fabelhafte Geschichte erzählen. Ich war da gestern abend in dieser Bar –»

Ich hob die Hand. «Heben Sie sich's auf, Crumpacker. Verschenken Sie den Effekt nicht durch vorzeitige Enthüllung. Könnten Sie eine Story drüber schreiben, daß Elvis Presley lebt, sich in einem Nonnenkloster in Argentinien befindet und bester Gesundheit erfreut?»

«Ich finde, Elvis stand für alles, was an Amerika bewundernswert ist.»

Wir starrten uns über den Schreibtisch hinweg an. Die Mittagssonne fiel durchs Fenster auf Crumpackers glattes schwarzes Haar. Die Beine hatte er übereinandergeschlagen, das leichte Wippen des rechten Fußes drückte eine milde Besorgnis aus. «Möchten Sie ein Pfefferminz, Mr. Crumpacker?»

Er lehnte klugerweise ab und ließ seinen Blick zu einer anderen Fotografie an der Wand meines Kabuffs wandern, die einen Mann zeigte, dem man bei einer rituellen Enthauptung in Ghabaghib den Kopf abgeschlagen hatte. «Ich weiß wirklich nicht, was ich hier soll.»

«Sie führen ein Bewerbungsgespräch für eine Stellung bei einem vierzehntäglich erscheinenden Journal für religiöse Fanatiker.»

Crumpacker beugte sich vor und schnippte einen imaginären Staubpartikel von der Spitze seines glänzenden Schuhs. Sein starrer Blick schweifte an meiner Bürowand entlang zu dem Foto von den beiden malayischen Zwillingen in der Flasche; argwöhnisch richteten seine Augen sich wieder auf mich. Genau hinter seinem Rücken hörte man das leise *Plopp* eines Blasrohr-Pfeils, der sich ins Holz bohrte.

«Würden Sie sich eine Story über eine Frau zutrauen, die einen Wurf Welpen zur Welt bringt?»

Wieder hob sich Crumpackers Braue. «Warum da haltmachen? Warum keinen Orang-Utan? Wieso kein Nilpferd?»

«Unser Verleger sucht einen Mann, der auch in fünf Jahren noch bei uns arbeitet.»

«Machen Sie sich nicht lächerlich.» Sein Blick wanderte zurück zu den kleinen Malayen in der Flasche. «Was hat es mit denen auf sich?»

«DURCHGEDREHTER DADDY LEGT SOHN IN SAUER EIN. *Mitternachtspost* von letzter Woche. Crumpacker, was halten Sie von meinem Sportjackett? Mal ehrlich.»

«Nun, es hat eine gewisse Originalität.»

Wir ließen unsere Blicke zum Fenster schweifen. Eine Taube war auf meinem Sims gelandet und gurrte vor sich hin. Ich hörte, wie Nathan nebenan sein Fenster hochschob. Im nächsten Augenblick zischte ein Pfeil an meiner Scheibe vorbei, der den Vogel knapp verfehlte.

«Ich glaube, damit ist unsere rigorose Auswahlprozedur abgeschlossen.» Ich stand auf und streckte ihm die Hand hin. «Sie sind eingestellt.» Ich eskortierte ihn durch die Redaktion zum Arbeitsplatz unseres letzten Redaktionsmitglieds, der frei geworden war, nachdem Nathan seinem Inhaber einen Pfeil in den Schenkel gejagt hatte. «Die Story mit den Welpen brauch ich dann bis fünf Uhr.»

Ich sah, wie seine Miene den panischen Ausdruck annahm, für den ich inzwischen bei unseren Mitarbeitern einen Blick habe. «Ich weiß, Sie können mindestens fünf Welpen aus sich rausholen, alter Freund. Sie müssen ja nicht sehr groß sein.» Damit ließ ich ihn stehen und ging hinüber an Hattie Flyers Schreibtisch. Sie saß noch immer über die Tastatur gebeugt und brachte ihre Schilderung einer wahren Begebenheit zum tränenreichen Höhepunkt. «Das wär's», sagte sie und sah unter dem Saum ihrer krausen Locken zu mir auf, «der hat 'ne Lektion weg, die er so schnell nicht vergißt.»

«Womit wir wieder mal ein arrogantes Mannsbild in die Knie gezwungen hätten, hab ich recht?»

«Er wußte nicht, was für ein hübsches Paar sie in Wirklichkeit abgaben.»

«Weil sie unglücklicherweise schielte?»

«Er behandelte sie wie sein Spielzeug. Der glaubte, bloß weil er Vollblüter züchtet und auf einem großen Landgut lebt –»

«– wäre sie hocherfreut, seine Sklavin zu sein.»

«Jetzt kann er sein Pferd pimpern.» Hattie drückte energisch auf die PRINT-Taste an ihrem Computer, und eine Sekunde später ratterte ihr kleiner Drucker los und brachte ein neues zu Herzen gehendes menschliches Drama in die endgültige Form. Als ich meine Runde fortsetzte, sah ich, wie Celia Lyndhurst den Schalter am elektrischen Stuhl umlegte. Im nächsten Augenblick surrte auch ihr Printer los und spuckte einen neuen lehrreichen Tatsachenbericht über den bitteren Lohn des Verbrechens aus.

In der Ferne hörte ich die Räder des Kaffeewagens näher kommen und ging weiter, hinaus zum Empfang, wo ich Nathan entdeckte, der sich hinter dem Federfarn versteckt hielt. «Nathan, komm da raus.»

Mit Unschuldsmiene trat er aus dem Blätterwerk hervor, sein Blasrohr in der Hand. «Läuft alles nach Plan?»

«Es ist lächerlich für einen Verleger, sich an seinem Empfang hinter den Topfpflanzen herumzudrücken.»

«Es geht nichts über einen guten Hinterhalt, Howard.»

«Du hast zuviel *Macho* gelesen.»

«*Macho* weist Amerikas Jugend den Weg zum Ruhm.»

«Es ist nur eine Frage der Zeit, bis du dem nächsten Redaktionsmitglied einen Pfeil verpaßt hast. Dein Verhalten schafft hier im Büro ein Klima der Angst und Unsicherheit.»

In diesem Augenblick kam Crumpacker heraus in den Empfangsbereich. «Wer sind Sie denn?» fragte Nathan.

«Nathan», intervenierte ich, «das ist der neue Redakteur für *Offenbarung*.»

Nathan musterte ihn mit prüfendem Blick. «Auf Ihren Schultern lastet eine große Aufgabe.»

«Ich hab gerade einen Wurf junger Welpen zur Welt gebracht.»

«Crumpacker, das ist unser Verleger – Nathan Feingold.»

Nathan streckte die Hand mit dem Blasrohr aus, als sei es ein Spazierstock, und klopfte Crumpacker damit auf die Schulter. «Hat man Sie schon zum Bischof ernannt?»

«Seine Weihe wird derzeit gerade bearbeitet», erwiderte ich.

«Erkundige dich, ob wir ihn zum Kardinal machen können. ‹Kardinal Crumpacker› hat genau das richtige Format für unser Impressum. Sie haben doch keine Einwände, Crumpacker, oder?» Nathan wandte sich wieder an mich. «Howard, ich möchte, daß alle in der Redaktion ihren Teil zu *Prophecy* beitragen. Beruf eine Redaktionssitzung ein, für alle. Morgen früh um zehn in meinem Büro. Kardinal Crumpacker wird sie leiten.»

Wir sahen unserem Verleger nach, wie er mit dem Blasrohr im Arm davonschritt. «Wenn ich Ihnen einen Rat geben darf, Crumpacker: Betreten Sie nie Nathans Büro, wenn er gerade Zielübungen macht. Wir wollen nicht, daß es noch einen Verwundeten gibt.»

«*Noch* einen?»

«Der Mann hieß Kloss. Vielversprechendes journalistisches Talent. Bis ihn ein Beinschuß zur Strecke brachte.»

Hyacinth nickte anerkennend, als Crumpacker an ihr vorüberkam. «Mit dem solltest du mal Klamotten kaufen gehen», riet sie mir leise.

Ich ging zurück in mein Kabuff, wo ich von Yvonne Plum erwartet wurde. Yvonne war Klatschkolumnistin bei der *Mitternachtspost* und die Redakteurin unserer Zeitschrift *Teeniepop*. Sie warf mir einen glühenden Blick zu, das eine Auge halb verdeckt hinter einer ausladenden Welle ihrer platinblonden Perücke. «Ich habe gerade den Vormittag mit Duran Duran verbracht. Die waren echt Spitze Spitze. So was von ungestüm, die Jungs.»

Yvonne hatte zu den ersten US-Journalisten gehört, die einst die Rolling Stones interviewten, und ihnen ein baldiges Ende ihrer Karriere vorausgesagt. Jetzt fächerte sie mir eine Handvoll Hochglanzfotos von Duran Duran auf den Schreibtisch. «Sie waren *sehr* kooperativ kooperativ.»

Ich schaute nach auf meinem Produktionsplan. «*Teeniepop* muß in spätestens zwei Tagen bei der Druckerei sein.»

«Die Druckerei sagte, ein *Teeniepop* gibt's erst, wenn sie ihr Geld hat.»

«Ein *Teeniepop* wird es immer geben, Yvonne, mach dir keine Gedanken.»

«In genau diesem Augenblick nähen sie ihm Pailletten auf die Unterhose.»

«In genau diesem Augenblick wirst du die neue Ausgabe druckfertig machen, die morgen früh um neun auf meinem Schreibtisch zu liegen hat.»

«Ich denke nicht daran, mich in deine zwangsneurotischen Phantasien hineinziehen zu lassen», gab sie schroff zurück, griff sich dann meinen Kaffee und meinen Kopenhagener und verschwand.

Ich setzte mich an meinen Schreibtisch und fing an, die Reihenfolge der Heftseiten für *Scharfe Kurven* festzulegen. Jede der Halbnackten wurde jetzt von einem entsprechenden Text begleitet, der ihre Schönheit und den unbeschwerten Lebensstil pries, den sie pflegte, während sie in einem aufgemalten Büstenhalter herumspazierte. Gerade als ich mich auf meinem Drehstuhl zum an der Wand hängenden Produktionsplan herumdrehte, um ein Häkchen in der DRUCKFERTIG-Spalte zu machen, läutete das Telefon.

«*Howard, komm in mein Büro und bring Hip O'Hopp mit.*»

Ich ging um mein Kabuff herum und betrat das von Hip. Er saß vor seinem Computer und hackte gerade die letzten Stories dieser Woche für die *Mitternachtspost* herunter. Eine mit Gin gefüllte Medizinflasche stand in Griffweite. «Hip, Nathan möchte, daß wir in sein Büro kommen.»

Hip seufzte, schraubte seine Medizinflasche auf und nahm einen Schluck. «Hast du die Story mit den jungen Hunden fertig?»

«Kardinal Crumpacker sitzt gerade dran.»

Hip nickte. Er hatte offensichtlich keinen Schimmer, wer Kardinal Crumpacker war, und es interessierte ihn auch nicht, solange er nur rechtzeitig seine Hundestory kriegte. Hips Biographie spiegelte Niedergang und Bankrott einer Vielzahl von New Yorker Zeitungen wider, von der großen *Herald Tribune* über *Journal American* und *Telegraph and Sun* bis hinunter zum *Daily Mirror*. Ein paar feuchtfröhliche Jahre lang hatte er einen Redakteursposten bei der *New York Times* bekleidet, und zeit seines Lebens hatte er sich die Hacken abgelaufen, Straßen abgeklappert, Polizeireviere und die Flure der Stadtverwaltung belagert, um die Fakten zu recherchieren. Jetzt, in der Dämmerung seiner Karriere, erfand er die Fakten.

Zusammen gingen wir rüber zu Nathans Tür, blieben davor stehen und lauschten auf das Sirren umherschwirrender Pfeile. Als alles still blieb, klopfte ich an, und vorsichtig betraten wir das Büro, wobei jeder von uns beiden versuchte, sich hinter dem Rücken des anderen zu verschanzen.

Nathan saß an seinem Schreibtisch, vor sich ein Stapel Zeitungen, die ich als Konkurrenzblätter erkannte. «Die sind uns um Längen voraus.» Nathan schlug mit der flachen Hand auf den Stapel. «Um Längen. Und wißt ihr, warum? Wegen der Schlagzeilen. Ihre Schlagzeilen sind phantastisch. Hört euch das an –» Er nahm eines der Blätter und las von der Titelseite vor: «WIR LIEBEN UNSERE ZWEIKÖPFIGE SCHWESTER. Der Mensch, der das geschrieben hat, ist ein Genie!» Er warf das Blatt zur Seite, griff nach einem anderen. «Oder hier, das. BERÜHMTER CHIRURG MACHT AUS VERSEHEN MANN ZUR FRAU. Tja, das ist 'ne Story. Will sich irgendein Knabe seinen Bruch operieren lassen, wacht aus der Narkose auf und ist eine Frau. Wieso haben *wir* nicht solche Schlagzeilen? Wie lautet diese Woche unser Aufmacher auf der Titelseite?»

Hip starrte mit glasigem Blick auf Nathan. «UFO VERSCHLANG UNSERE TOCHTER.»

«Nicht schlecht.» Nathan überlegte einen Augenblick und schaute dann wieder zu uns hoch. «Aber wie wär's denn, wenn wir das ein bißchen umstellen? Wie wär es mit: UFO IN GEBÄRMUTTER EINES MÄDCHENS ENTDECKT? Hip, notier dir das.» Nathan stand auf, schritt zum Fenster und diktierte: «Die Ärzte röntgen routinehalber ein vierzehnjähriges Cheerleader-Mädel, das über Verdauungsstörungen klagt, und entdecken ein kleines Raumschiff. Sie operieren, und das Ding fliegt aus dem OP, den Flur runter und zum Fenster hinaus. Bei späterem Befragen kann sich die Kleine nicht erinnern, wann es in sie reingeflogen sein soll, räumt jedoch ein, daß sie mit gespreizten Beinen zu schlafen pflegt.»

Hip kritzelte in sein Notizbuch. Als er fertig war, blickte er auf und sagte seelenruhig: «Gut, das bringen wir.»

«Das spricht ein breiteres Publikum an», sagte Nathan. «Ihr versteht, worauf ich hinaus will?»

«Ganz wie du meinst, Nathan.» Hip streckte die Hand aus und hielt sich an der Ecke von Nathans Schreibtisch fest. Unser Verleger hievte seinen rundlichen Körper aufs Fensterbrett und spähte hinaus auf den Taubenschwarm, der draußen kreiste. «Mein Blasrohr, Howard.»

Ich reichte ihm das Instrument, raunte leise Hip zu: «Was meinst du, während er das Ding lädt –» und nickte in Richtung Tür. Hip und ich kehrten zurück in unseren Redaktionsflügel. Crumpacker erwartete uns.

«Wie finden Sie die soweit?» fragte er, als er Hip seine Hundebaby-Story überreichte. «Bin ich auf dem richtigen Weg?»

«Hip, das ist Kardinal Crumpacker, unser neuer Redakteur.»

«Freut mich», sagte Hip, ließ sich auf seinen Stuhl sacken und schraubte seine Medizinflasche auf.

«Das Thema hat mich sehr beschäftigt», sagte Crumpacker. «Sie trat also in einem Nachtclub in Tijuana auf, zusammen mit einem deutschen Schäferhund, und ehe sie wußte, wie ihr geschah –»

Hip warf einen kurzen Blick auf die ersten beiden Zeilen und reichte die Story zurück. «Nicht übel.» Es war nicht Hips Art, die Stories, die wir für ihn zusammenschrieben, allzu kritisch unter die Lupe zu nehmen, solange die Anzahl der Zeilen stimmte. Crumpacker sah verwirrt aus. «Aber Sie haben nicht mal bis zu der Stelle mit den Hormonen gelesen.»

Ich legte ihm die Hand auf die Schulter. «Werden wir, mein Bester. Aber das Wesentliche ist die Schlagzeile, und die steht bereits.»

«Nun, wieso füllt ihr dann eure Zeitung nicht einfach mit lauter Schlagzeilen?»

Hip O'Hopp lachte bitter und klemmte sich vor seinen Computer. Crumpacker sah mich an. «Was ist daran so komisch?»

«Die Schlagzeilen sind das Schwierigste, Crumpacker.»

Crumpacker schaute hinab auf das Sortiment von Schlagzeilen auf Hips Bildschirm, beginnend mit UFO VERSCHLANG UNSERE TOCHTER, was nun abgeändert wurde in UFO IN GEBÄRMUTTER

EINES MÄDCHENS ENTDECKT. «Also, mir kommt es vor, als müßtet ihr euch bloß irgendwelchen Schwachsinn ausdenken.»

«Jawohl, Crumpacker, in der Tat. Nur, daß jeder denkbare Schwachsinn *längst* von sämtlichen Konkurrenzblättern ausgeheckt worden ist.»

Crumpacker deutete auf einen Absatz auf halber Seitenhöhe. «Wollen Sie behaupten, irgend jemand hätte schon mal die unsägliche Pein geschildert, die damit verbunden ist, fünf junge Schäferhunde im öffentlichen Schulsystem von Tijuana anzumelden?»

«Wir alle müssen unser Glück in unseren Stories finden, Crumpacker, wie immer auch dieses Glück aussehen mag.» Ich schaute auf die Uhr. Der Vormittag war gelaufen. Ich nahm den Hörer von Hips Telefon, wählte die Nummer von Ambers Apparat und beobachtete, wie sie abnahm. «Gehn wir heute zusammen zum Lunch?» fragte ich flüsternd.

«*Ich hab was einzukaufen.*»

«Du gehst überhaupt nicht mehr mit mir zum Lunch.»

«*Das kommt daher, daß du ständig irgendwas tust, um mich zu kompromittieren.*»

«Du spielst zweifellos auf diesen einen außerordentlichen Vorfall mit der alten Dame am Nebentisch an, die ich in den Heimlich-Griff genommen habe, als sie bloß den Sitz ihres Gebisses korrigieren wollte.»

«*Tut mir leid, Howard, ich weiß, es ist nicht dein Fehler, aber du bist nun eben mal ein Exzentriker.*»

«Amber, ich bin solide wie ein Fels.»

«*Du bist der berüchtigtste Neurotiker an der ganzen Ostküste.*»

«Ich finde, du bist heute besonders hübsch angezogen.»

«*Welche Farbe hat mein Rock*?»

«Ich war so überwältigt von der Art, wie du ihn trägst –»

«*Vergiß es*», sagte sie und seufzte in den Hörer. «*Ich gehe nicht mit dir zum Lunch.*»

«Es gibt also einen anderen?»

«*Das geht nur mich was an.*»

«Und wenn ich dir nachspioniere?»

Ich hörte es klicken, sah, wie sie auflegte und dabei kurz ihre schulterlangen Locken schüttelte. Ihre Kinnpartie sah aus, als habe die sanfte Hand Ertés sie geschaffen, ihr Hals erinnerte an die Pawlowa, ihre Schönheit war ohne Makel, zweifellos, doch sie war nicht so jung wie Celia, und sie zerbrach sich den Kopf über Niedergang und Verfall. Erwägungen, die durch ihren Arbeitsplatz noch verstärkt wurden, denn Chameleon Publications, dessen Verleger in diesem Augenblick gerade mit dem Blasrohr auf eine Taube zielte, bot für eine ambitionierte Schönheitspflege-Redakteurin nicht gerade ideale Bedingungen. Ich nehme an, daß ich als Chefredakteur in ihren Augen die falschen Werte repräsentierte. Aber exzentrisch?

Hip O'Hopp und ich verließen zur Lunchpause gemeinsam das Haus und schlenderten die Sixth Avenue hinauf. Auf beiden Seiten unseres Weges ragten Blumen und Blätterwerk empor und bildeten einen grünen Baldachin. Arbeiter waren damit beschäftigt, die Erde festzustampfen, die Kübel von Unkraut zu befreien und schlanke junge Setzlinge an Bumbusstäbe zu binden. Gleich neben *Rain Forest Plants* befand sich eine Annahmestelle der New Yorker Lotterie, und wie jeden Tag gingen wir hinein. Ein paar Minuten später setzten wir unseren Weg voll neuer Hoffnungen fort, marschierten die Avenue hinauf, vorbei an der *Indo Pak Kitchen*, dem *Olympian Gourmet Deli*, dem Schnellimbiß der Corea Brothers – lauter Restaurationsbetriebe, in denen wir regelmäßig verkehrten.

Wir bogen ab in die 28. Straße, vorbei an Fenstern mit Jadeschildkröten, Elfenbeineinhörnern und Türkispferdchen, an deren silbernem Geschirr kleine Edelsteine funkelten. Das Schicksal hatte uns vom Glanz und Prestige des Big Business abgeschnitten, doch gewissermaßen zum Ausgleich lebten wir, wie jene übernatürlichen Geschöpfe, in einer Arkade der Träume und fabrizierten Märchen für den modernen Leser. Der Tag ist das, was du draus machst, eine Form, offen für unzählige Interpretationen, alles nachzulesen in der *Mitternachtspost*.

Am Broadway schlurften wir in den *Hongkong Express*, bestellten von einer Speisekarte, die wir auswendig kannten, und zwängten uns dann nach hinten durch an einen freien Tisch, der noch mit ein paar vertrockneten Nudeln und ein paar einsamen Reiskörnern garniert war. Wir wischten die Sojasauce vom Sitz und nahmen Platz. Hip saß mir gegenüber, mit den riesigen vorstehenden Schneidezähnen, die seine Oberlippe ein Stück anhoben, sah er aus wie ein großes, verlottertes Kaninchen. «Schon mal beim Arschpikser gewesen, Howard?»

«Soweit ich weiß, nicht.»

«Bei so 'nem Chinesen?» Er stupste mich mit einem Eßstäbchen. «So 'n Typ, der dich mit Nadeln spickt?»

«Ein Akupunkteur.»

«Schießen heutzutage wie Pilze aus dem Boden.» Er warf einen Blick über die Schulter in Richtung Küche, als vermute er dort einen. «Soll wahre Wunder wirken am menschlichen Körper, wie es heißt.» Er drehte sich wieder zu mir. «Hab mir überlegt, ob ich mal zu 'ner Arschpikserin gehn soll, die in meinem Viertel praktiziert.»

«Fehlt dir irgendwas?»

«Das ist so 'ne rundliche kleine Chinesenlady, die mir ständig im Supermarkt übern Weg läuft. Hat schon romantisches Interesse bekundet. Ich meine, man muß schließlich für den Lebensabend vorsorgen. Könnte ganz angenehm sein, 'ne Arschpikserin um sich zu haben. Was meinst du?» Er blickte mich über den Rand seines Wasserglases hinweg an, das er aus seiner Taschenflasche halb mit Gin gefüllt hatte.

«Ich glaube nicht, daß so was eine solide Basis für eine Ehe abgibt.»

«Arschpiksen?»

«Nee. Das mit dem Lebensabend.»

«Ich hab's mit eigenen Augen gesehn, Howard, wie alte Leute in dieser Stadt hier enden. Steif wie 'n Brett, an den kalten Heizkörper gekauert. Wenn ich mal keine Schlagzeilen mehr schreiben kann, wenn nach und nach zerfällt, was noch von meinem Hirn da ist, dann ist es Zeit für 'ne rundliche kleine Arschpikserin, die nach mir schaut. Ich hab so 'ne Vorahnung, da seh ich mich auf der Bowery hocken, in Lumpen gehüllt, mit 'ner Flasche Fusel in den Griffeln, und über die guten alten Zeiten bei der *Trib* sabbern.»

«So was wird dir nie passieren, Hip.»

«Wie willst du mir das garantieren?»

«Nun, ich würde dich zum Beispiel bei mir wohnen lassen.»

«So schnell laß ich mir diese Arschpikserin nicht abspenstig machen. Das ist 'ne wertvolle Ressource.»

«Nummel fienf...» Die Chinesin hinter der Theke rief unsere Nummer auf, und wir gingen hin, unsere Bestellung holen. Sie reichte uns die Teller, dazu Tütchen mit scharfem Senf und anderen Gewürzen. «Wie geht dir heut?» fragte sie und grinste Hip an.

«Was hältst du von der, Howard, auf lange Sicht?»

«Sie ist doch noch ein Teenager, Hip.»

«Im Orient haben sie großen Respekt vorm Alter. Können dort gar nicht genug tun für ihre alten Leutchen.» Er warf einen Blick zurück auf das Mädchen hinter der Theke, konzentriert auf seine fixe Idee für den heutigen Tag, die Frage der Altersversorgung. Dann wandte er sich wieder mir zu. «Durch die Arschpikserin einerseits und Ursula andrerseits steh ich romanzentechnisch gesehen nicht schlecht da. Hab ich dir schon von Ursula erzählt? Sie arbeitet bei NBC und hat 'ne wundervolle Krankenversicherung, speziell bei Klinikaufenthalten.»

«Guter Versicherungsschutz ist ein starkes Aphrodisiakum.»

Als wir unseren Lunch beendet hatten, schlenderten wir hinüber zum Seward Park, wo wir uns im Schatten einer Platane auf der gewohnten Bank niederließen. Hip streckte die Beine aus und hatte die Hände in den Hosentaschen vergraben. «Mit Miriam hab ich übrigens Schluß gemacht. Du weißt doch, diese Lehrerin, mit der ich 'ne Zeitlang zusammen war. Hatte 'ne wunderbare Zusatzversicherung für chirurgische Eingriffe, aber die langen Sommerferien waren ein Problem. Sie wollte an jedem Wochenende raus ins *Grüne*.» Er sah mich an. «Macht sich immer herrlich in 'ner Zeitschrift, Howard. So 'n Farbfoto von 'nem Hügel mit 'n paar Bäumen drauf, wunderschön. Aber hinfahren und dann da rumhocken in all dieser Ruhe und diesem Frieden?»

«Es hat seinen Preis.»

Ich will nicht auf der Bowery enden, Howard. Aber noch größere Angst hab ich davor, auf dem Land zu enden.»

«Zu Tode gehackt von Rotkehlchenschnäbeln.»

«Wenn ich mal alt bin und meine Zeit gekommen ist, möchte ich in der Lage sein, in 'ner Menschenmenge unterzutauchen.» Er machte eine Geste zum Broadway hin. «Ich will mitten in der *Rushhour* sterben, und die Leute sollen über mich rübersteigen.»

Zwei Penner, die sich ein Fechtduell mit Gabeln lieferten, kamen durch den Park auf uns zu. Sie parierten, drehten Pirouetten und fintierten, bis der eine ins Gras fiel. Der andere schlurfte weiter, die Gabel in Siegerpose erhoben, mit den Zinken gen Himmel gereckt, daß die Spitzen im Sonnenlicht glänzten. Hip holte sein Notizbuch hervor. «UFO-KAPITÄN MIT LICHTSCHWERT STICHT PASSANTEN NIEDER.» Er schrieb es sich auf und verstaute das Notizbuch wieder sorgfältig in seiner Tasche. «Machen wir uns auf den Rückweg?»

Wir hielten uns auf der 27. Straße Richtung Westen. «Ich habe den guten Kampf gekämpft.» Hip, mit einer unbestimmten Geste hinauf zum heutigen Tag, der Stadt, die ihn umgab. «Ich habe den Lauf vollendet, ich habe Glauben gehalten. Timotheusbrief vier, Vers sieben, ein irischer Saufkopf zitiert aus seiner begrabenen Vergangenheit.»

«Crumpacker wüßte es bestimmt zu schätzen, wenn du ihm dreihundertfünfzig Worte zu eben diesem Thema liefern könntest.»

«Wer ist Crumpacker?»

«Frau in Tijuana gebärt junge Hunde.»

«Die hieß Crumpacker?»

«Nicht die Frau. Unser neuer Redakteur. Der heißt Crumpacker.»

«Guter Mann.»

«Der wird von jedem von uns Artikel brauchen, für *Offenbarung.*»

«Was ist *Offenbarung*?»

«Nathans neue Zeitschrift.»

«Gutes Blatt.»

Wir waren wieder am Portal unseres Bürogebäudes angelangt. In der Mitte der Eingangshalle stand ein Kiosk mit Süßigkeiten und Zeitungen, und der Besitzer nickte uns zu, über einen Zeitschriftenständer hinweg, in dem all unsere Kreationen aufgereiht waren – seine allmonatliche freundliche kleine Geste uns gegenüber.

Wir fuhren hinauf in unsere Etage. Der Empfang war nicht besetzt, Hyacinth war zum Lunch gegangen, und keiner kümmerte sich um die Telefonanlage. Ohne Zweifel war sie völlig blockiert mit Anrufen von Gläubigern, wutentbrannten Anwälten, beleidigten Lesern und Glückskreuz-Inserenten. Ich begab mich hinter meinen Schreibtisch, genau im richtigen Augenblick, um ein Gespräch zwischen Hattie und Celia mitzuhören. Celia redete wie ein Schnellfeuergewehr, während Hattie sich Notizen machte für die nächste Ausgabe von *Geständnisse.* «Meine Freundin hatte mit ihrem Mann einen herrlichen Tag verbracht, die beiden waren so richtig eng miteinander verbunden, und als sie dann in der Küche das Abendessen vorbereiten will, kriegt er so einen depressiven Rappel. Sie fragt ihn, was los ist, und er sagt: ‹Warum sollte ich mit dir darüber reden wollen?› Sie sah ihn an, nach ihren zwanzig Jahren Ehe, hob den wunderschönen antiken Krug hoch, den sie gerade in der Hand hielt, rief: ‹Leck mich doch am Arsch!›, warf ihn auf den Boden, daß er in Stücke sprang, und sagte: ‹Ich hab die Nase voll von dir! Ich habe diese Ehe satt, geh doch und fick dich selbst, warum rede ich überhaupt noch mit dir, wozu steh ich überhaupt noch hier, du kannst mich mal!› Ich war total vom Hocker, daß Loretta so was zu ihrem Mann sagte, und sie meinte: ‹Ich hab gedacht, mit wem redet er *denn*, mit einem seiner Flittchen?› Ich frag, woher sie denn wissen will, daß er mit irgendwelchen Flittchen rummacht, und Loretta sagt: ‹Weil er mich anders fickt in letzter Zeit.›»

Hattie beugte sich vor. «Wie fickt er sie denn anders?»

«Er tut es eben, und sie merkt das, ich hab keinen Schimmer, woran, aber hör zu, was ich dir jetzt erzähle –» Celia dämpfte ihre Stimme, und ich sah mich gezwungen, mit dem Stuhl näher zum Eingang meines Kabuffs zu rollen.

«Loretta hat da diesen Therapeuten, ein uralter Typ, sehr berühmt, und der hat ihr vor ein paar Jahren beigebracht, wie sie ihren Mann wieder für sich interessieren kann. Er sagte zu ihr: ‹Der springende Punkt sind nicht die anderen Frauen, sondern Sie.›»

«Und was hat er ihr geraten?»

«Er sagte: ‹Sie sollten mal auf Swingerparties gehen und es mit *Partnertausch* versuchen!›» kreischte Celia. «Der Therapeut meinte, das würde ihren Mann eifersüchtig machen. Er sagte: ‹Schauen Sie, Männer können bloß ein paarmal pro Nacht, das ist 'ne physiologische Tatsache, aber Sie können es die ganze Nacht durch, und das wird ihn eifersüchtig machen.› Irgendwie unglaublich, denn Loretta war zu dem Zeitpunkt fünfzig, aber sie ist 'ne echt attraktive Frau, und sie zieht sich an wie 'n junger Feger.»

«Hat sie graue Haare?»

«Nee, ihr Mann steht auf Brünette, also färbt sie sich die Haare. Die stehn ihr so vom Kopf ab, sieht irgendwie punkig aus.»

«Na so was, die ist ja gut drauf.»

«Sie trägt nicht viel Make-up, sie hat volle runde Wangen, richtig hübsche Grübchen, und sie ist irgendwie nicht sehr groß, mußt du wissen, aber ihre Beine können sich sehen lassen. Sie trägt tolle Klamotten, ziemlich ausgefallenes Zeug, zum Beispiel trägt sie so einen total tiefsitzenden Gürtel mit lauter Silberkram dran –»

«Gute Figur?»

«Ja – und hautenge schwarze Hosen und übergroße Seidenhemden, die sie sich vorn am Bauch zusammenknotet.»

Das Gespräch schweifte ein wenig ab, nun hieß es Geduld bewahren, da wird die gesamte Garderobe durchdiskutiert, aber hier kommen sie wieder zum Thema:

«Ich frag sie also: ‹Hat dir denn diese Swingerei *gefallen*?› und sie meinte, das wäre irgendwie ganz in Ordnung gewesen, es hätte ihren Mann tatsächlich eifersüchtig gemacht, aber ich hab sie nicht nach den Details gefragt, ob sie es nun alle vier zusammen machten oder ob sich das in getrennten Zimmern abspielte.»

«Hat dich das denn nicht interessiert?»

«Na ja, sie hatte mir da zum erstenmal ein Geheimnis anvertraut, und ich wollte ihr Vertrauen nicht überstrapazieren und ihr das Gefühl geben, sie hätte sich zu sehr geöffnet.»

Zu sehr geöffnet?

«Jedenfalls hörte diese Swinger-Phase dann irgendwann auf, aber über diese Wut, die sie auf ihren Mann hatte, kam sie nicht weg.»

«Weil er ihr untreu gewesen war.»

«Ja, während sie fünfzehn Jahre lang brav zu Hause gehockt hatte.»

«Das war also der einzige Fall, daß sie ihm untreu wurde, bei dieser Swingerei?» Hattie wendet ihre raffinierte Interviewtechnik an.

«Nee, jetzt kommt der wirklich *interessante* Teil. Ihr Therapeut meinte nämlich, sie müßte sich einen Liebhaber anschaffen, weil ihr das helfen würde, ihre Wut abzureagieren. PS: Sie hat einen kennengelernt, viel jünger als sie, verheiratet, so Mitte bis Ende Dreißig, es war der Typ vom Fernseh-Reparaturdienst! Ich frag sie: ‹Wie lief denn das?› – und sie sagt: ‹Wir waren scharf aufeinander, und wir fanden uns gegenseitig ziemlich interessant!›»

«Herrlich.»

«Aber jetzt paß auf, sie ließ sich von diesem Fernsehmechaniker Geschenke und Klunkern und so kaufen, denn der Therapeut sagte – du greifst dir an den Kopf, aber der sagte: ‹Daß jemand Sie liebt, erkennen Sie daran, daß er Ihnen Geschenke macht.›» Mit einer Kopfbewegung schüttelte Celia ihre Mähne zurück, schlug ein Bein übers andere und beugte sich verschwörerisch zu Hattie vor. «‹Und je teurer sie sind, um so besser für Sie. Wenn er Ihnen ein teures Geschenk kauft, dann wissen Sie, daß Sie ihm wirklich etwas bedeuten!› Ist das nicht 'n Ding?»

«Das ist mir vielleicht ein Therapeut!» sagte Hattie.

«Er ist achtzig Jahre alt und sehr berühmt.»

«Jetzt ist mir klar, warum.»

«Okay, sie hatte also diese Affäre mit dem Fernsehmechaniker. PS: Aber sie hatte nie einen Orgasmus.»

«Nie?»

«Nee, mit keinem von ihren zwei Ehemännern, mit keinem von den Swingerknaben und nicht mit dem Fernsehmechaniker. Aber – paß auf! Sie hat mir schließlich ihr Oberobergeheimnis verraten. Sie hat seit einem Jahr was laufen mit 'nem siebzigjährigen Manager bei Merrill Lynch, und *das war der beste Sex in ihrem ganzen Leben.*»

«Orgasmen?»

«Der einzige, der's je bei ihr geschafft hat. Sie treffen sich ein paarmal die Woche zum Lunch, sie ist auch schon ein paarmal mit ihm weggefahren, ich hab keine Ahnung, wie sie das auf die Reihe kriegt.»

«Ich frag mich, wie er das auf die Reihe kriegt – mit siebzig!»

«Der ist schwer in Form, war früher mal Sportler, sie merkt nichts davon, daß er siebzig ist. PS: Mit ihm hat sie oralen Sex entdeckt. Also, ich sag zu ihr: ‹Wenn du glaubst, dein Mann fickt dich anders, nachdem er's gerade mit einem von seinen Flittchen gemacht hat, meinst du nicht, ihm fällt das irgendwie auf, wenn du nach zwanzig Jahren plötzlich anfängst, ihm den Schwanz zu lutschen?› Aber sie meinte, keine Gefahr, der kriegt nichts mit, null. Da ist sie sich sicher.»

«Kauft der Knabe von Merrill Lynch ihr Geschenke?» Hattie wendet die allerneueste Theorie an.

«Ja, er himmelt sie an, er kauft ihr Sachen, sie hat mir 'ne Hermès-Handtasche gezeigt, und er kauft ihr sündteure Schuhe. Und Stiefel.»

«Und ihr Mann denkt, sie beweist Geschmack beim Shopping.»

«Genau, der hat keinen Schimmer.»

«Er merkt nicht, daß sie keinen Orgasmus kriegt, er merkt auch nicht, was sie für Kleider trägt.» Hattie saß jetzt an ihrem Computer und nutzte die höhere Geschwindigkeit der Tastatur, um die Geschichte in Gänze festzuhalten: MIT 57 IST ES NICHT ZU SPÄT.

«Genau», sagte Celia, «und es steckt noch mehr hinter dieser Oralsex-Geschichte mit dem Siebzigjährigen, aber darüber haben wir uns bisher nicht unterhalten.»

«Woher weißt du, daß es da noch mehr gibt?»

«Sie hat so Andeutungen gemacht.»

«O mein Gott, das ist ja phantastisch.»

«Ist das nicht 'n Ding?» Celias Kopf bewegte sich vor und zurück, während sie sprach. «Sie ist so klug, weißt du, wirklich eine bemerkenswerte Frau, sie blüht sozusagen richtig auf, irgendwas geht mit ihr vor – sie hat so eine rosige Aura um sich.»

Rosige Aura? Da muß ich Crumpacker drauf ansetzen, für *Offenbarung.*

«Ach ja, es gibt noch 'ne interessante Fußnote. Sie wollte mich mit ihrem Fernsehmechaniker verkuppeln!»

«Aber der ist doch verheiratet.»

«Ja, aber er wollte sich von seiner Frau trennen, bloß haben sie jetzt gerade ein Baby bekommen, und er ist sich nicht mehr so sicher.»

«Kann ja nicht schaden, wenn du dich mal mit ihm triffst.» Hattie mit ihrem Sinn fürs Praktische.

«Sie hat ihn mir beschrieben, aber ich fand ihn nicht so toll.»

Na, immerhin ein Versuch. Celia hatte sich erhoben, strich sich das Kleid glatt und begab sich wieder hinter ihren Schreibtisch, während ich diskret hinter meinen rollte, um meine Dr.-Doris-Kolumne zu Papier zu bringen. ORALER SEX FÜR MÄNNER UM DIE SIEBZIG?

Durch die Glasfenster rings um mein Kabuff konnte ich beobachten, wie Amber von einer zweistündigen Lunchpause zurückkam. Statuarische Haltung, die erhabene Königin schwebt herein. Aber doch ein wenig schwankend. Hoppla, Kollision mit der Schreibtischkante. Kleinen in der Krone, na, was kümmert's mich.

Sie läßt ihre Handtasche von der Schulter gleiten, geht zum Fenster, starrt gedankenverloren hinaus. Ihr Telefon läutet.

«Hier ist dein Chefredakteur.»

«*Was willst du*?»

«Die Liebe vermag selbst einen Esel das Tanzen zu lehren. Anonymes französisches Sprichwort.»

«*Du bist kein Esel.*»

«Was bin ich denn?»

«*Ein gutmütiger Trottel.*»

«Na, das ist doch immerhin etwas.»

«*Ja, aber es genügt nicht.*»

«Wessen Ansprüchen?» (Dankeschön, Miss Wimple!)

«*Howard, ich habe zu tun.*»

«Komm mit zum Abendessen.»

«*Nein.*»

«Morgen zum Lunch?»

«*Nein.*»

«Kaffeepause an meinem Schreibtisch, nur wir beide und das Zwillingspärchen in Essig?»

«*Auf Wiederhören.*»

Ich sah ihr zu, wie sie auflegte. Sie setzte sich an ihren Schreibtisch, legte den Kopf zurück, streckte den langen Hals und schüttelte kurz ihre Haarpracht, um die letzten Fragmente unserer Unterhaltung abzuwerfen. Nun war ihr Kopf wieder klar, sie beugte sich über den Schreibtisch und machte sich an die Arbeit. Ihre Artikel liefert sie stets pünktlich ab, ihr Stil ist klar und sachlich, wenn auch Miss Agnes T. Wimple mitunter ihre Grammatik korrigieren muß, wofür Amber dankbar ist, und wer wäre es nicht? Kritik verletzt keineswegs ihr Selbstbewußtsein, wohl aber ihre Sensibilität: «Wenn du noch ein einziges Mal in aller Öffentlichkeit meine Grammatik korrigierst, erwürge ich dich mit bloßen Händen.»

Ich wandte mich meiner eigenen Arbeit zu. Hier waren sie, meine tanzenden Girls, meine Spitzköpfe. Der Nachmittag lag vor uns, wir würden uns unbeschwert lachend im Kreise drehen, so kommet, ihr Spitzköpfe, kommet her zu eurem Redakteur, sagt ihm, wie er aufs neue eure unglückselige Physiognomie ausschlachten kann. Wie wär's mit: STAMMESSITTE BEFAHL MEINER BRAUT VON GEBURT AN DEN SCHLEIER – ZU SPÄT ENTDECKTE ICH IHREN SPITZKOPF?

Ich glaube, das hatten wir letzten Monat schon mal.

Ich holte meinen kleinen Spiegel aus der Schreibtischlade und betrachtete mich. Über meine Brillengläser zogen sich breite fettige Spuren; seltsam, daß ich beim Durchsehen nichts davon bemerkt hatte. Unter den Augen bildeten sich kleine Säckchen, das kam vom vielen Saufen. Die Nase aristokratisch, ohne Zweifel. Zieh deine Wangen ein und zeig sie her, die schönen Backenknochen, die sich sonst immer verstecken. Gesamteindruck? Bißchen zerknittert. Jedoch, Nachlässigkeit ist kleidsam, Ovid, *Ars Amatoria*.

Finger dreht die Wählscheibe.

«Celia, Liebes, würdest du einen Augenblick zu mir hereinkommen?»

Eine schöne junge Frau, diese Celia, und vielleicht fragt ihr euch, wieso ich mit ihr kein romantisches Verhältnis pflege; nun, der Grund dafür ist: Ich fühl mich nicht so wohl mit Begriffen wie ‹sich aneinander binden›. Man bindet sich die Schuhe. Man bindet zwei Holzscheite mit Bindfaden zusammen. Das ist binden. Wenn Celia von Leuten redet, die miteinander verbunden sind, dann seh ich immer zwei vor mir, die aufgrund eines Geburtsfehlers an der Hüfte zusammengewachsen sind, ein Zwillingspaar, wie geschaffen für die Seiten der *Mitternachtspost*. Aus diesem Grunde habe ich mich nie an sie rangemacht, und deswegen haben wir uns wahrscheinlich nie verbunden. Wie dem auch sei, ich habe vor, ihr das zu eröffnen, obwohl ich mich in acht nehmen werde, mich dabei nicht *zu sehr zu öffnen*.

Da kommt sie, trägt eine Bluse wie ein schlotterndes weißes Akkordeon, dazu einen indigoblauen Plisseerock, der ihr beinah bis an die Fesseln reicht. Ihr Haar trägt sie heute offen, es fällt ihr fast bis zur Hüfte, wir hatten es mal für ein Foto in *Heiße Spuren* verwendet: ICH ERDROSSELTE IHN MIT MEINEN ÜPPIGEN LOCKEN.

«Ja, Howard?»

«Celia, nimm bitte Platz. Ich darf vorausschicken, daß mir das Outfit gefällt, das du heute trägst, vor allem diese Bluse.»

«Das ist mein Engelshemd.» Sie schob die Hände darunter und bauschte den meterlangen Faltenstoff. «Das trage ich so ungefähr ein- oder zweimal im Jahr. Ich weiß auch nicht, warum ich das Ding unbedingt haben mußte. Wahrscheinlich dachte ich, es wäre praktisch, falls jemand mal 'ne Umstandsbluse leihen will.»

«Celia, Amber hat es gerade abgelehnt, mir bei Abendessen, Lunch oder Frühstückskaffee Gesellschaft zu leisten. Spricht sie überhaupt je von mir?»

Celia läßt sich die Frage durch den Kopf gehen. Ein ernsthaftes Mädchen; sie gibt nie eine Antwort ohne reifliche Überlegung. Sie legt einen Finger an die Wange, hilft ihrem Gedächtnis auf die Sprünge, wendet dann ihre Aufmerksamkeit wieder mir zur: «Ich glaube nicht.»

«Worüber redet sie denn mit dir?»

«Darüber, daß sie sich einen neuen Job suchen will.» Unter dem weiten indigoblauen Faltenstoff schlug Celia die Beine übereinander, lehnte sich auf ihrem Stuhl nach hinten und ließ die Ellbogen auf der Kante meines Bücherregals ruhen. «Ich hab gerade einen jungen Mann erhängt. Er dreht sich sachte, ganz sachte im Wind…»

«Sehr gut. Ein schöner, langsamer Tod, der sich hinzieht und eine gute Viertelspalte hergibt.»

«Er hat seine Freundin mit 'ner Hantel erschlagen, weil sie vergessen hat, eine Münze in die Parkuhr zu werfen.»

«Ist die neue Ausgabe damit komplett?»

«Alles fertig. Amber hat mir bis fünf ihre Story über den kackenden Einbrecher versprochen.»

Ich schwenkte in meinem Stuhl herum zu meinem Produktionsplan und machte ein Kreuz durch *Heiße Spuren*: «Du hast ein beachtliches Talent für diesen Job, Celia.»

«Manchmal kommt's mir pathologisch vor.»

«Es ist eine wunderbare Begabung.» Ich blickte ihr in die dunklen Augen, die, auch wenn sie gar nichts sagte, immerzu hin und her huschten, nach links und rechts spähten, als wähne sie an jeder Seite Verschwörer, oder hatte sie bloß Ärger mit ihren Kontaktlinsen? Ich war mir über Celia nicht ganz im klaren, es gab da etwas in ihrem Wesen, das sich mir beharrlich entzog. Ihre blutroten Nägel klickten einen langsamen Rhythmus auf das Bücherregal, in dem ich meine mehrbändige Sammlung medizinischer Abnormitäten sowie meine reich bebilderten Essays über Kuriositätenkabinette und UFO-Beobachtungen aufbewahrte. «Howard, meinst du, es wäre besser, Chameleon Publications *nicht* zu erwähnen, wenn man sich woanders um einen Job bewirbt?»

«In dieser Frage gehen die Meinungen auseinander, Celia. Ich selbst tendiere dazu, jegliche Erwähnung zu vermeiden.»

Es war Zeit für den Kaffeewagen. Wir schlenderten gemeinsam hinaus auf den Korridor, Celia stellte sich vor mir an, und der diskrete Duft ihres Parfüms mischte sich mit dem zuckrigen Aroma von Butterstreifen und Blätterteigstückchen. Sie stand da, die Hände in den Taschen, die weiten Falten ihres Rockes spreizend, und ich stand in meinem schlechtsitzenden Anzug hinter ihr, versunken in ihre Formen, und ergänzte im Geiste mit der Spritzpistole ihre Unterwäsche, ein harmloser Reflex.

Hattie tauchte hinter mir auf, flüsterte mir was ins Ohr. «Ich bin verknallt in den Boy hinterm Kaffeewagen – Wie sage ich's ihm bloss?»

«Indem du ihm ein Briefchen zwischen die Brötchen steckst?»

«Ja», erwiderte Hattie, «das könnte hinhauen.» Sie schenkte dem Kerlchen, einem jungen Latino von schüchternem Naturell, ihr verführerischstes Lächeln. «Einen Butterstreifen bitte, Raoul, und einen Kaffee ohne Milch ... du solltest bald mal unserem Fotografen Modell stehen! Findest du nicht auch, Celia?»

Celia fand das auch, und früher oder später würde das Antlitz des jungen Mannes bei jedem einzelnen von uns auf dutzendfache Weise Verwendung finden – als Axtmörder bei Celia, als unbedarfter Praktikant in Hatties *Bekenntnisse junger Schwesternhelferinnen*, als neuentdecktes, geheimnisumwobenes Teenageridol bei Yvonne, als junger Fischer bei Hip, der einen von seinen Killerhaien auf ihn losließ (in jeder Ausgabe gab es einen), und am Schluß würde ich ihn zum Bräutigam einer Pygmäin machen.

Wir begaben uns wieder in unsere Kabuffs. Mir fiel auf, wie Celia ernährungsbewußt ein paar Scheiben Knäckebrot futterte, sonst nichts, während ich wie ein Gorilla die zuckersüßen Butterstreifen verschlang, ein Affront gegen meine Bauchspeicheldrüse, der meinen Zuckerspiegel hochschnellen ließ, worauf es mir erheblich besser ging. Jetzt einen schwarzen Kaffee und dann zwei Koffeintabletten, die mich sanft dem Feierabend entgegentragen würden.

Fernando, Hattie Flyer und ich standen am Tresen einer nahegelegenen Kneipe, wo sich die Redaktionsmitglieder oft nach Feierabend einfanden. Ein paar Stunden später würde sich der Ort in eine Oben-ohne-Bar verwandeln, und es hatte sich herumgesprochen, daß ich hin und wieder hängenblieb für die superbe Unterhaltung durch eine Truppe gelangweilter, müder, verkokster Tänzerinnen, von denen Melvin ein paar für *Freche Früchtchen* und *Scharfe Kurven* abgelichtet hatte. Im Moment jedoch war es still auf der Bühne, die silbernen Girlanden und bunten Pompons hingen im Dunkeln.

Erstmals mit von der Partie war an diesem Abend Crumpacker, die langen Finger graziös um ein Martiniglas geschlungen; in der diffusen Barbeleuchtung wirkte er sogar noch kultivierter als sonst. Ich dagegen hing schlaff auf meinem Hocker und kam mir in meinem hoffnungslos altmodischen Anzug zerknittert und schäbig vor, wenn ich auch eigentlich nicht genau wußte, weshalb. «Trinken Sie, Crumpacker. Lockern Sie Ihre Krawatte, entspannen Sie sich mal 'n bißchen.»

«Ich bin vollkommen entspannt.»

«Na, ich werd Ihnen noch einen Martini kommen lassen, mal sehn, ob uns das weiterhilft.»

Fernando öffnete seine Arbeitsmappe und zog ein paar Layouts heraus, die er angefertigt hatte, um sie bei *Redbook Magazine* zu präsentieren, wo er einen Termin für ein Bewerbungsgespräch vereinbart hatte. «Wie dir gefällt das hier? Ziemlich witzig, hm?»

Er hatte eine Kuh im Kleid gezeichnet, die in einer Küche stand und offenbar damit beschäftigt war, Gemüse einzumachen. Sie hätte aus einer südamerikanischen Frauenzeitschrift stammen können, zirka 1942. «Perfekt gezeichnet, Fernando. Sehr modern. Trifft haargenau den Typ der Frau von heute. Meinst du nicht auch, Hattie?»

Hattie warf kaum einen Blick auf das Bild; sie beharrte darauf, ihren Feierabendcocktail zu genießen. Sie hatte einen harten Tag hinter sich und kein Interesse, weder jetzt noch später, Fernandos Kuh im Kleid zu begutachten.

Crumpacker pflückte sich ein Staubkorn vom Ärmel und entledigte sich seiner mit einem ungeduldigen Fingerschnipsen. «Heute einen Wurf Welpen, morgen ein Rudel Rothirsche? Ich glaube, ich leide unter postnataler Depression.»

«Kann jedem von uns passieren, Crumpacker.» Ich hob mein Glas und stieß mit ihm an.

Hattie zupfte an den gespaltenen Spitzen ihrer Haare, als seien es die Blütenblätter eines Gänseblümchens. «Ich krieg nicht genug Fettsäuren.»

Der Barmann stellte eine Schale mit fettigen Shrimp Chips vor sie hin. «Greifen Sie zu.»

Sie pickte sich einen Chip heraus, hielt sich das gekrümmte Ding ans Auge und sah ihn durch das Loch in der Mitte an. «ICH WURDE ZUR SCHLAMPE, WEIL DER BARMANN SO SCHÖN WAR. ABER ER SPEISTE MICH MIT EINER SCHALE CHIMP TRIPS AB.»

«Shrimp Chips.»

«Was immer das für Dinger sind. Ist er nicht göttlich, Howard? Wir müssen hier unbedingt mal unsere Kameras aufbauen, und er posiert mit einem Glas Portwein unter der Palme.»

Wir knabberten uns durch die Schale mit den Shrimp Chips, kippten noch eine Runde Drinks und beschlossen dann, daß es an der Zeit war, etwas Nahrhafteres zu sich zu nehmen.

«Ich werde kochen», sagte ich. «Ihr seid meine Gäste.»

«SIE SAGTEN, ICH SAUFE – DOCH WAS WUSSTEN SIE VON LIEBE?» Hattie wickelte ihre Waden aus dem Gestänge des Barhokkers und stieg unsicher herab. Crumpacker und ich boten ihr den Arm, und sie wankte in unserer Mitte mit hinaus auf die Straße, beschwingt wie ein Sperling und voll wie eine Eule.

Es war ein milder Abend, durch den Smog ließen die Flußnymphen ihr Parfüm herüberwabern, das der Dämmerstunde von New York eine spezielle Duftnote verleiht. Crumpacker und ich standen auf der Straße und versuchten, ein Taxi anzuhalten. «Los, Alter, stürzen wir uns ins Abenteuer!»

«Ich muß nach Haus zu meinen Katzen.»

«Ach was. Wenn sich die Tiere noch ein oder zwei Stündchen die Füße vertreten, kriegen sie erst richtig Appetit.»

«Es sind Abessinier. Wenn die nicht pünktlich ihr Futter kriegen, stellen sie ihr Katzenklo auf den Kopf.»

Ein Taxi schoß auf uns zu und kam mit quietschenden Reifen zum Stehen. Unser Fahrer hatte, wie so viele Taxifahrer heutzutage in New York, einen ernsten Dachschaden. In blinder Wut brüllte er auf andere Fahrer, Fußgänger, tote Gegenstände ein. Hattie versuchte, ihn in ein Gespräch zu verwickeln, um auf diese Weise sein Fahrtempo zu drosseln, und wir erfuhren, daß er in New Jersey wohnte, nachts oft in seinem Taxi schlief und gerade ein 100000-Dollar-Eigenheim in Tenafly erworben hatte, mit Kamin und Swimmingpool. «Man hat mir jetzt schon fünfundzwanzigtausend mehr dafür geboten, als ich bezahlt hab!» In Windeseile das Fenster runter: «Friß deine Socken, Arschgeige!» Scheibe hoch, wieder zu Hattie: «Ich hab alles auf die hohe Kante gelegt. Ich weiß, wie der Hase läuft. Ich werd Immobilienhai.» Fenster runter: «Schieß in den Wind, du räudiger Mutterschänder!» Fenster hoch. «Bande von Saftnegern. Wissen nicht, wie man zivilisiert Taxi fährt. Woher auch.»

«Pfefferminz gefällig?»

«Klar.» Kopf zum Fenster raus: «Du bist ein auserlesenes Arschloch!» Kopf wieder rein. «Wozu mach ich mir die Mühe und brülle? Die können doch nicht mal Englisch. In den Taxis sitzen heute bloß noch Terroristen am Steuer. Schmieriges Gesocks aus dem Mittleren Osten.»

Wir befanden uns jetzt auf dem Broadway und fuhren Richtung

Times Square. Hattie hatte ihren Kopf an die Scheibe gelehnt, sang leise und falsch: «*There's a broken heart for every light on Broadway.*» Ich betrachtete die Reklametafeln vor den Kinos: SEXFIEBER EROTISCHE TRÄUME FEUCHTE GIRLS SCHARFE SCHNEPFEN

Hattie kurbelte ihr Fenster runter, machte eine fahrige Geste hinaus zu den Horden, die uns umgaben: «Das *Leben*! Wie es *vibriert* hier draußen!» Sie winkte in Richtung eines gutaussehenden Rastafari-Dealers. Ich zerrte sie wieder auf den Sitz zurück und kurbelte das Fenster hoch.

«Liest du nie *Heiße Spuren*? Die meisten Frauen, die man ermordet in ihrer Wohnung auffindet, haben den Täter freiwillig reingelassen. Keinerlei Anzeichen eines gewaltsamen Eindringens.»

«Mein Gott», sagte Crumpacker, «die Burschen arbeiten inzwischen schon mit Verstärkern.» Er starrte zum Seitenfenster hinaus. Auf einer Verkehrsinsel mitten auf dem Broadway war ein Podium errichtet worden. Ein schmerbäuchiger Erweckungsprediger in weißem Leinenanzug und Panamahut brüllte in sein Mikrofon:

«KEINE STADT IST STARK GENUG, UNS ZU VERTREIBEN! NICHT CAPHTOR, NICHT HAZERIM, UND NICHT NEW YORK, MEINE FREUNDE. NICHT NEW YORK, WO HEUTE ABEND GOTT SELBST WIRKT! HALLELUJA!»

«Crumpacker, Sie machen morgen ein Interview mit dem Mann.»

Unser Fahrer erspähte eine Lücke im Verkehr, katapultierte uns hindurch, und weiter ging es, hinauf zum Columbus Circle, den er unter vornehmer Nichtbeachtung der anderen Fahrzeuge umrundete. «Ein Haufen roter Schlitzaugen. Mein Himmel, was ist bloß mit Amerika passiert?»

Der Broadway wurde breiter, der Verkehr flüssiger, wir rasten Richtung Needle Park, zur 72. Straße hinauf. Ein junger Mann stand allein in der Gegend, grinste in sich hinein, erinnerte sich an etwas, das er unternehmen könnte, etwas, das das Rad seiner Nacht einen Zahn weiterdrehen würde, und widmete sich beglückt dieser Wahrnehmung, während sein Körper eine ruckartige, mechanische Bewegung machte, aufgeschreckt von der endgültigen Verzweiflung, die seiner harrte. Wir ließen ihn hinter uns, kreiselnd in seinem Traum; manchmal mache ich mir Gedanken über wildfremde Menschen. «All diese Existenzen, Crumpacker –»

«Ich hab genug am Hals mit meinen beiden Abessiniern.»

Wir hatten jetzt grüne Welle, rasten weiter, überquerten die breite Kreuzung der 86. Straße: die alte Frau, die wir um ein Haar überfahren hätten, bewegte sich mit erstaunlicher Gewandtheit. Wir bogen in die 87. und stoppten unweit des Flußufers, wo Crumpacker seine Bude hatte. «Es dauert nicht lange», sagte er beim Aussteigen.

Der Taxameter tickte weiter. Unser Fahrer starrte an der Häuserfront entlang. «Allerhand Latinopack in der Gegend hier.»

Ich dachte insgeheim daran, seinen Schädel zu vermessen, zog Notizbuch und Stift hervor. «Hören Sie, ich frage mich – wissen Sie vielleicht Ihre Kopfgröße?»

«Variabel.»

BERÜHMTER ARZT ENTDECKT: ES STIMMT – DER KRIMINELLEN-SCHÄDEL HAT SEINE TYPISCHE FORM – *Drei simple Messungen, die Sie davor bewahren könnten, einen Mörder zu heiraten.*

«Latinos und Schlitzaugen.»

Hattie beugte sich zum Vordersitz hin. «Ist in Ihrem Taxi irgendwann schon mal was Romantisches passiert?»

«Ich hab schon alles gesehen.»

«Erzählen Sie mir das Zärtlichste, was Sie je erlebt haben.»

«Eine Ische hielt mir 'ne Wumme an den Schädel, und ihre Freundin kaute mir einen ab. Zärtlich genug?» Ein Blick hinauf zu Crumpackers Haustür. «Wo steckt der Bursche?»

«Füttert seine Katzen.»

«Bei mir im Haus ist 'n alter Mann gestorben, den haben seine Katzen aufgefressen.»

Schnell das Notizbuch wieder raus.

«... haben ihm das ganze Gesicht weggeknabbert.»

KITEKAT ALLE, KATZE FRISST HERRCHEN.

«Ein Haustier, das gehört in einen Käfig. Hey! Auf geht's, Mann!» Ausgiebiges Gehupe.

Da kommt Crumpacker, ohne die Spur eines Katzenhärchens auf dem Jackett. Er steigt ein, das Taxi zischt ab, unsere Köpfe fliegen nach hinten, meine verspannten Halswirbel kommen wieder ins Lot, die Fahrt hat sich bezahlt gemacht.

Wir fuhren auf der West End Avenue weiter gen Norden und bogen an der 103. Straße ab zu meiner Wohnung am Riverside Drive. Fernando bezahlte; im Aussteigen drückte ich dem Fahrer noch ein Pfefferminz in die offene Hand. «Danke schön auch, daß Sie Ihren Traum mit uns geteilt haben.»

Hattie zog sich die Schuhe aus, denn nach ein paar Drinks hatte sie die Angewohnheit, mit ihren hohen Absätzen umzuknicken. Sie lief quer über die Straße und starrte durch die Wipfel des Parks hinunter auf den Fluß. Die untergehende Sommersonne ließ die blassen Rosen auf ihrem gemusterten Kleid noch bleicher erscheinen, und ihr Haar begann wie Kupfer zu leuchten. Sie war, trotz ihrer drei Begleiter bei Sonnenuntergang, eine alleinstehende Frau, und irgendwie sah man es Hattie an, ihr einsames Leben. Sie hatte zu viele Gutsherren geliebt, zu viele grausame, schneidige Chirurgen, um sich je mit der Sorte von männlichem Single zufriedenzugeben, die man auf der Upper West Side antrifft – einen Witwer etwa, der im Restaurant an der Ecke sein Joghurt löffelt. Nein, Hattie muß auf der Lernschwestern-Station von einem herzlosen Assistenzarzt geschändet werden, der sie unterschätzt und dem sie später mit einem simplen Schwesternkniff das Leben retten wird, wenn er unter Schockeinwirkung auf dem OP-Tisch liegt.

Ich lenkte sie fort vom penetranten Geruch des Hudson und dem fernen Gewummer einer Teenager-Gang, die auf ihre Ölfässer eintrommelte. Wir gingen über die Straße zurück auf das Haus zu, in dem ich wohnte, ein altes Sandsteingebäude, dessen Eingang von zwei hohen Betonsäulen flankiert wurde. Unter dem kleinen Portikus war es kühler. Den Deckenbogen über uns zierten Rosetten aus dunklem, polierten Holz. Dekorative Querstäbe sicherten das Glas der Eingangstür, den Rahmen umkränzten schmiedeeiserne Ranken. Ich kramte meinen Schlüssel hervor; wir traten in die alte, mit Marmor verkleidete Eingangshalle und marschierten durch einen schmalen Korridor zu dem winzigen, antiken Lift. Ich zog das quietschende Gatter auf, wir stiegen ein, und ich drückte den Knopf für meine Etage.

«In diesem Aufzug hier komme ich mir immer vor wie der Dritte Mann», sagte Hattie und versuchte, mit ihrer dünnen, trillernden und unmusikalischen Stimme die Titelmelodie zu singen.

Meter um Meter schoben wir uns aufwärts, stiegen im zweiten Stock aus. Meine Wohnung lag gleich neben dem Lift, und sie war lächerlich billig für ihre Größe: drei sehr große Räume, die an Bahnhofswartesäle erinnerten, und zwar in einem Teil des Hauses, wo die Zimmer über Decken mit Blattgoldauflage und Parkettboden verfügten, und über hohe Sonnenfenster mit tiefen Simsen, auf denen ich meine vielen Pflanzen stehen hatte. Im Badezimmer gab es eine riesige alte Badewanne und ein Marmorwaschbecken, dessen antike Armaturen noch Porzellanspindeln trugen. Die Küche war modern eingerichtet, bekam jedoch eine malerische Note durch das alte Flügelfenster, das nach außen aufging und in einen stillen Luftschacht führte. Ich genoß das behagliche, heimelige Gefühl des zufriedenen New Yorkers, der sich sicher wähnt in seinem Nest – eine gefährliche Illusion, wie wir noch sehen werden.

Wir tranken Cognac mit Eis, und Hattie und ich kochten Lamm-Curry. Das hatten wir schon oft getan, und nie den richtigen Dreh rausgekriegt, denn keiner von uns verfügte über die geringste Spur von kulinarischem Talent. Crumpacker hüllte sich die ganze Zeit über in diskretes Schweigen, verfolgte unser Tun jedoch mit kritischem Blick. Schließlich, als es ans Anmachen des Salates ging, sah er sich veranlaßt, zu intervenieren, griff sich die Schüssel und vermengte den Salat mit ungeduldigen kleinen Schwüngen des hölzernen Bestecks. «Wie können Sie überhaupt existieren ohne frische Minze?»

«Eher schlecht als recht, Crumpacker.»

Fernando legte seine Lieblingsplatte auf, *Noel Coward in New York*. Er liebte Cowards schnellen Singsang, und jedesmal, wenn er mich besuchen kam, versuchte er ihn mit einem gebrochenen Geschnatter zu imitieren, das an die Unterhaltung einer Mungomutter mit ihrem Jungen erinnerte. Das Abendessen wurde im Nebel der Trunkenheit aufgetragen. Wir saßen am Küchentisch, mit Blick auf den Luftschacht, aus dem eine angenehm frische Brise hereinwehte. Kardinal Crumpacker legte sein Jackett ab. «Crumpacker, ich hätte gern, daß Sie irgendwann mal einen Blick in meinen Kleiderschrank werfen.»

«Verbrennen Sie ihn.»

Fernando drehte sich immer wieder um, besah sich die Wand. «Ich dir werde ein Bild malen, bringt Leben in diese Raum.»

«Schauen Sie, Crumpacker, irgendwo in dem kompletten Kleiderschrank eines Mannes muß es doch ein Stück geben, das es zu retten lohnt.»

Er streckte die offene Hand aus. «Darf ich mal Ihr Taschentuch sehen?»

Ich gab es ihm. Er streifte es mit einem flüchtigen Blick, warf es dann durch das offene Fenster hinaus in den Luftschacht. «Der Rest kann folgen.»

«Na», sagte Hattie und legte ihre Hand auf meinen Ärmel, «ich finde Howards Polyesteranzüge sehr attraktiv.»

«Für andere Polyesteranzüge vielleicht», sagte Crumpacker.

Zum Nachtisch gab es einen Bananenkuchen à la Sara Lee, mit Schlagsahne und Pfirsich obendrauf. Der schien Crumpacker milde zu stimmen. «Vielleicht können wir Ihre Socken retten», sagte er. «Zeigen Sie mal her.»

Ich zog das Hosenbein hoch. Crumpacker äugte über den Rand seines Glases und schüttelte den Kopf. «Indiskutabel.»

Hattie hob den Saum ihres Kleides und zupfte das Rosenmuster über den Knien zurecht. «Ich trage Sachen, die bequem sind.» Ihre Augen wurden schmal, als sie Crumpacker anblickte. «Das tun meine Heldinnen auch. In der freien Prosa braucht man bequeme Kleidung.» Ihr Ellbogen kollidierte mit dem Weinglas, und es fiel um. «Howard, mach eine neue Flasche auf. Ich hab gerade meinen Wein in den Brotkorb geschüttet.»

Fernando stand schwankend auf, durchquerte das Zimmer, öffnete den Reißverschluß seiner Mappe und zog einen langen Kohlestift heraus. Er spitzte ihn mit einem Federmesser an, dann machte er sich über die Wand her. Ich saß da wie in einem Goldfischglas und sah zu, wie er die große weiße Fläche mit düsteren, rabiaten Strichen bedeckte. Crumpacker machte eine neue Flasche auf und schenkte Hattie ein. «Wie lange arbeiten Sie denn schon in der Redaktion?»

«Zehn Jahre.»

Entsetzen malte sich in Crumpackers Blick, als er sich die vor ihm liegende Dekade ausmalte.

Hattie hob ihr Glas. «Von Nathan kann man eine Menge lernen.»

«Was denn? Wie man ein Blasrohr verlegt?»

«Darf ich darauf hinweisen, daß ihr beide einfach so hier sitzt, während Fernando meine Wand vollmalt?»

«Nathan zahlt eine Weihnachtsgratifikation.» Hattie nippte an ihrem Wein, sah Crumpacker über den Rand des Glases hinweg an.

«Ich kann mir nicht vorstellen, daß ich so lange durchhalte. Ich meine, wie viele Stories von der Sorte, die ich heute geschrieben habe, kann ein menschliches Hirn produzieren?»

«Jetzt trägt er meinen Couchtisch rüber an die Wand.»

«Mein Lieber, der Quell ist unerschöpflich.»

«Jetzt steht er obendrauf. Um höher raufzukommen, nehme ich an – ja genau das will er ... ich kriege eine drei Quadratmeter große Kuh im Kleid auf meine Wand.»

Hattie kickte ihre Schuhe von den Füßen und legte die Beine auf Fernandos leeren Stuhl. «Ich weiß nicht, wo ich wäre ohne die GERAUNTEN VERSPRECHUNGEN EINES GEHEIMNISVOLLEN FREMDEN.» Sie wackelte mit den Zehen. «Auch wenn ich entdecke, ER IST SCHON SEIT JAHREN VERHEIRATET.»

«Nun, wie gut, daß es da noch Sara Lee gibt», sagte Crumpacker und schaufelte die letzten beiden Stücke auf seinen und Hatties Teller. Ich starrte immer noch erstaunt Fernando an, der mit weit ausholenden Strichen meine Wand bearbeitete und dabei seine verhunzte Imitation von Noel Coward sang. Sein Stift brach ab, flugs spitzte er ihn wieder an und setzte sein Werk fort. Ich versuchte mich aus meinem Stuhl zu erheben, aber irgendeine starke Kraft hielt mich zurück.

«Man gewöhnt sich daran», sagte Hattie zu Crumpacker, «und dann wird einem bewußt, daß man bei den Menschen ein bestimmtes Bedürfnis befriedigt. Ich will Ihnen mal was erzählen –» Sie beugte sich zu Crumpacker hinüber. «Ich war mal unterwegs im Mittleren Westen. Ich übernachtete in einem Motel, Zimmer mit Frühstück. Der Schwiegersohn guckte sich immerzu Ringkämpfe im Fernsehen an, hatte einen Adler auf den Hintern tätowiert und verbrachte sein halbes Leben in der Ausnüchterungszelle. Die Tochter war ungefähr fünfundzwanzig und sehr attraktiv. Sie schluckte zwanzig Aspirin am Tag und hatte jede Ausgabe von *Geständnisse* gelesen, die in den letzten fünf Jahren erschienen ist. Ich konnte den Gedanken nicht ertragen, daß diese gutaussehende junge Frau sich derart fesseln ließ von meinen schäbigen Phantasien, also nahm ich sie beiseite und riet ihr, es mit Fassung zu tragen. Und erzählte ihr, daß ich jede dieser Stories frei erfunden hatte. ‹Ja›, meinte sie, ‹sie klingen schon irgendwie ähnlich.› Das war alles. Kein Schock, keine Wut. Kein Gefühl, verarscht zu werden. Meine Geschichten waren wie ihre Aspirintabletten. Sie schluckte sie, um den Tag zu überleben.»

«Tja», sagte Crumpacker, «aber sind zwanzig Aspirin am Tag denn wirklich so gesund?»

«Wenn Sie Kopfschmerzen haben, die nicht nachlassen, dann schon.»

Fernando war jetzt dabei, meinen Schreibtisch hinüber an die Wand zu schieben, um sich draufzustellen und höher hinaufzukommen. Ich wollte ihn davon abhalten, aber ich werde immer so träge, wenn ich Sara-Lee-Kuchen esse.

«Betrachten Sie es als therapeutischen Dienst, den Sie Ihren Lesern erweisen.» Kollegial belehrend legte Hattie ihre Hand auf die von Crumpacker.

«Ich finde schon, man könnte die eine oder andere Erkenntnis aus einer Story gewinnen, in der eine Frau über das engstirnige Schulsystem von Tijuana triumphiert.»

Plötzlich war mir klar, was die Umrisse auf meiner Wand darstellten. Es war eine liegende Frau, ihre Fußzehen befanden sich neben meiner Schlafzimmertür, der Kopf nahe beim Bogendurchgang zur Küche. Ihr Bauch war so unsäglich dick, daß Fernando darin Platz gehabt hätte. Ihre Schenkel waren massive, breite Fladen. Fernando drehte sich um und sah mich an. «Ich brauch ein Modell.» Er ging zu Hattie hinüber. «Miss Flyer?»

Hattie hob kurz den Blick, linste um ihn herum zur Wand hin, auf die gleiche Art und Weise, wie sie das Kuh-im-Kleid-Bild für *Redbook* angesehen hatte, und wandte ihren Blick wieder Crumpacker zu. «Ihre Story enthält eine universelle Wahrheit über öffentliche Schulsysteme in der ganzen Welt!»

«Ich dich mache zu unsterbliche Große Frauens.» Fernando kniete neben Hattie, die Zeichenkohle in der Hand.

«Wenn Leser in *dieser* Story eine universelle Wahrheit finden, dann gehören sie ins Irrenhaus.» In diesem Punkt schien Crumpacker unnachgiebig.

«Etliche von ihnen *sind* im Irrenhaus», warf ich ein. «Ein guter Teil unserer Abo-Bestellungen kommt aus Gefängnissen und Nervenkliniken.»

«Ich male Sie, so was Sie haben noch nie gesehn.» Fernando ergriff Hatties Hand. «Bitte, Miss Flyer, eh ich verlier mein Inspiration.» Er drückte einen Kuß auf ihre Fingerspitzen. Hattie schaute auf ihn hinunter.

«Fernando, was machst du mit meinen Fingern?»

Er begann, sich zum Handgelenk voranzuküssen. «Ich dich mach Königin. Du bist Fernando sein Große Frauens. Ein Große Frauens... kann nicht gezeichnet werden... ohne ein schöne Frau... die Modell für sie steht!»

«Ich bin betrunken. Ich bin müde. Und ich weiß, womit so was endet. Ich werde splitternackt den Riverside Drive hinunterrennen.»

Mit expressivem Schwung zog Fernando ein unsichtbares Gewand von ihrem Leib. «Ich zeigen der Welt die wahren Frauens.»

«Und morgen früh find ich mich im Park hockend wieder und versuch mich zu erinnern, wo ich meine Kleider gelassen hab. Wär ja nicht das erstemal, Fernando.» Hattie gab ein nervöses Lachen von sich und trank den Rest Wein aus, den sie im Glas hatte. «Kann ich noch ein kleines Schlückchen haben?» fragte sie und hielt Crumpacker das leere Glas hin.

Fernando glotzte Hattie an. «Ich brauche Brüste.»

«Wir alle brauchen Brüste.»

«Ruf Mitzi Mouse an.» Er hielt mir das Telefon hin.

«Fernando, ich bin sicher, Mitzi Mouse hat anderes zu tun, als hierherzukommen.»

«Sie hat die schönsten Titten in New York, und sie kommen für Fernando, wenn sie hört von diese großartige Wandbild.»

Ich wählte ihre Nummer, sicher, daß sie nicht kommen würde. Wir hatten sie nicht mehr gesehen, seit Nathans Bruder Melvin sie als Modell für ein spezielles *Freche-Früchtchen*-Centerfold angeheuert hatte, bei dem er selbst als Fotograf fungierte. Seine Aufnahmen von dieser üppigen jungen Frau gehörten zu den groteskesten Bildern, die je einer von uns gesehen hatte. Melvin hatte die ganze Session damit verbracht, ihre Brüste aus einer Entfernung von wenigen Zentimetern zu fotografieren, und dies aus einer Perspektive, die sie aussehen ließen wie einem Brobdingnagschen Alptraum entsprungen; die ganze Session wäre für die Katz gewesen, wäre Hip O'Hopp nicht auf die Idee gekommen, die Fotos unter dem Titel ZORNIGE MUTTER ERSTICKT SCHMÄCHTIGEN RÄUBER MIT BLOSSEN BRÜSTEN in der *Mitternachtspost* abzudrucken.

Mitzi war zu Hause. Sie konnte sich an uns erinnern, sie hatte nichts vor heute abend, und die Idee, daß ein Maler sie als Modell verlangte, schien ihr zu gefallen. «*Ich nehm ein Taxi.*»

«Als ich ein Teenager war», sagte Hattie, «gingen mir immerzu die Maidenform-BH-Anzeigen im Kopf herum. In einer hieß es: ‹Mir träumte, ich sei ein internationaler Star, im Maidenform-BH›. Auf dem Bild sah man eine Frau mit B-Körbchen, die auf einem Flughafen von einer großen Menschenmenge begrüßt wurde. Ich erinnere mich sogar noch an den Schnitt des BHs. Das Modell hieß *Intermezzo.*» Sie warf einen Blick zu Fernando hin, und ich merkte, daß sie ihre Entscheidung überdachte, doch sie hatte ihre Chance vertan, Gott sei Dank – es wäre unerträglich gewesen, jeden Morgen mit Hattie Flyers Po in sechsfacher Vergrößerung auf der Wohnzimmerwand zu erwachen.

Wir plauderten, die Geräusche der Sommernacht drangen herauf – gedämpfte Stimmen aus den Apartments weiter unten im Luftschacht, Sirenengejaule von der Straße, Musik, Hundegebell – und dann meine Türklingel. Ich drückte auf den Knopf der Sprechanlage, und Mitzis verzerrte Stimme quäkte mir entgegen. Ich betätigte den Türöffner und wartete draußen im Flur, während der uralte Aufzug sich ächzend heraufquälte.

Ihr Anblick überraschte mich, als sie aus dem Lift in den Flur trat, denn das Mädchen, das wir für Chameleon Publications fotografiert hatten, war stark geschminkt gewesen, mit golden, blau und grün schattierten Augen; falsche Wimpern hatten ihr den entrückten Blick einer ägyptischen Gottheit verliehen, das kräftige Rouge auf den Wangen ihr Gesicht wirkungsvoll konturiert, auf ihren Lippen hatte der Glanz von kirschrotem Lipgloss geschimmert, und all dies hatte sich zu einer betörenden Maske addiert. Das Mädchen, das jetzt vor mir stand, trug keinerlei Make-up, keine falschen Wimpern, kein glänzendes Lippenrot, kein Na-komm-schon-Lächeln. Das lange gebleichte Blondhaar hing matt herunter; ihre Augen, obschon groß, waren eingerahmt von sehr hellen Wimpern und Brauen, die sie kahl und irgendwie erstaunt wirken ließen; ihre Nase, die in meiner Erinnerung den aristokratischen Schwung einer Nofretete hatte, war in natura ein wenig schief.

«Ich war mir nicht sicher, ob ich die richtige Adresse hatte. Zwei Sekunden nachdem du sie mir sagtest, hab ich sie vergessen.» Sie ging an mir vorbei, ein kleines, farbloses Persönchen in marineblauem Trenchcoat, dessen loser Gürtel hinten runterhing.

«Darf ich dir den Mantel abnehmen?»

Mit einem schnellen Schritt stand ich hinter ihr, sie bewegte die Schultern, und ihr Mantel glitt herab in meine Hände. Alles, was sie darunter trug, war ein Paar hochhackige Schuhe, in denen sie meinen Flur entlangstöckelte. «Ich dachte mir, wieso mir erst groß die Mühe machen und mich anziehen.»

«Vollkommen vernünftig.» Auf der Stelle bot ich ihr meinen

Arm, wie es sich gehört, wenn eine Dame splitternackt zu einer Party erscheint, damit ihr Auftritt ein schlichter Ausdruck persönlicher Präferenz bleibt und nicht als allzu kalkuliert oder gar als verstiegene Phantasie aufgefaßt wird. Wir traten ins Wohnzimmer, und Hattie Flyer rutschte die Brille auf die Nasenspitze. «Was für eine phantastische Figur, meinst du nicht auch, Howard?»

«Mitzi, Hattie Flyer kennst du ja, und dies ist Kardinal Crumpacker, Prälat der Heiligen Versandkirche von Kalifornien.»

«Ach du meine Güte.» Mitzi versuchte ohne großen Erfolg ihre stattlichen Brüste mit den Armen zu bedecken.

«Crumpacker gehört zu den radikalen neuen Theologen, Mitzi. Und hier ist Fernando, unser Künstler.»

«Du bist ein Göttin», sagte Fernando, als er ihre Hände in die seinen nahm. Eine nackte Frau tendiert stets dazu, eine Dinnerparty zu dominieren, gegen sie wird jedes Aspik vergeblich anzittern. Einen Augenblick lang erstarb jede Konversation. Nervös suchte ich in meinen Taschen nach einem Taschentuch, um mir damit die Brille zu putzen, aber das hatte Crumpacker ja zum Fenster hinausgeworfen. Mitzi drehte sich um und besah sich die Wand, eine Hand in die Hüfte gestemmt, über der weißen Linie eines unsichtbaren Bikinihöschens. «Ich sehe schon, worauf's dir ankommt.»

«Ein Große Frauens.» Fernando nickte, steckte sich eine Zigarre an, führte dann Mitzi zur Couch neben der Wand. «Ich werde dir nie das vergessen», sagte er, rückte sie auf der Couch in Positur. «Lehn dich zurück gegen Kissen, ja, so. Ah, du bist Mona Lisa. Jetzt hebe dein Knie, so ist's fein. Laß deine Hand da rüberhängen, *si si*, du bist ein Göttin, du weißt, was ich will.» Mitzis Haar breitete sich über das Kissen hinter ihrem Kopf; jene bemerkenswerten Brüste, die auf Melvins Foto den SCHMÄCHTIGEN RÄUBER ERSTICKTEN, arrangierten sich nun in überaus gefälliger Art und Weise.

Fernando studierte sie einen Augenblick lang, die Zigarre glühte zwischen seinen Lippen, und dann stieg er wieder auf den Schreibtisch hinauf und machte sich mit seinem Zeichenkohlestummel über die Wand her. Ich schenkte unserem Gast einen Drink ein und rückte mit meinem Stuhl an ihre Seite. «Was hast du denn in letzter Zeit so angefangen, Mitzi?»

«Immerzu alles verkorkst.»

Fernando rief von seinem Schreibtisch herab: «Dein Platz in den Geschichtsbüchern ist dir sicher, Kleines. Fernandos Große Frauens.»

«Bin ich schon längst, eine Große Frauens. Es gibt ein acht Meter hohes Plakat von mir auf 'ner Kinofassade an der 42. Straße.»

Ich beugte mich in meinem Stuhl vor. «Doch nicht etwa *Im Sexfieber erotischer Träume*?»

«Du hast es gesehn?»

«Wir sind gerade heute abend dran vorbeigefahren.»

«Nun, ich spiele die Hauptrolle, wenn man das so nennen kann.»

«Hiermit ist es beschlossen: Ich werde morgen abend reingehn.»

«Bitte tu es nicht.» Sie machte eine Pause, als widerstrebe es ihr, weiterzusprechen. «Eigentlich habe ich ja an einer Sammlung von Gedichten gearbeitet. Das klingt vielleicht unvereinbar –»

«Aber nicht doch!» Ich beeilte mich, ihr zu versichern, daß derlei keineswegs unvereinbar war, daß man in der Tat von Elizabeth Barrett Browning, von Christina Rossetti, selbst von Virginia Woolf wußte, daß sie an dem einen oder anderen Punkt ihrer Karriere die Hüllen hatten fallen lassen.

«Das ganze Jahr lang ist mir ein bescheuertes Ding nach dem anderen passiert», sagte Mitzi, «aber ich hab es geschafft, irgendwie diese Sammlung von Gedichten zusammenzukriegen, und ich glaube, da sind 'n paar gute Sachen dabei.»

«Freier Vers?» fragte Crumpacker, was mich überraschte, denn einen Lyrik-Kenner hätte ich nicht in ihm vermutet, aber da sieht man es mal wieder: Es gibt sie in allen Schattierungen.

«Nicht unbedingt», antwortete Mitzi. «Ich wollte beweisen, daß ich so was kann, also hab ich mich an sehr strenge Formen gehalten – alles in achtsilbigem Versmaß, wie beim französischen Rondo.» Sie warf tapfer das Haar nach hinten und drückte das Kreuz durch, was ihren glorreichen Busen auf die poetischste Art und Weise nach vorn schob, die man sich nur vorstellen kann. Ich war schrecklich gerührt, wie ich es immer bin, wenn vom achtsilbigen Versmaß die Rede ist.

Sie ließ sich wieder in die Kissen zurücksinken, einen Arm matt zum Boden hin baumeln und fragte: «Und was läuft bei euch so?»

«Wir starten ein neues Magazin mit Namen *Offenbarung*. Spirituell orientiert. Kardinal Crumpacker hier ist der zuständige Redakteur.»

«Druckt ihr auch Gedichte ab?» fragte Mitzi und lächelte Crumpacker ganz allerliebst an.

«Ich wüßte nicht, was dagegen spräche», sagte Crumpacker und sah mich an.

«Crumpacker wird ein paar mit reinnehmen, und ich kann ein paar in *Freche Früchtchen* unterbringen – du hast doch nichts dagegen, in *Freche Früchtchen* abgedruckt zu werden, oder?»

«Zahlt ihr Honorar?»

«Normalerweise pro Titte.»

«Aus dem Grund mach ich Pornos.» Sie strich sich mit der Hand der Außenseite ihres glatten, gebräunten Schenkels entlang, als entledigte sie sich eines imaginären Schleiers, den sie dann in der Luft davonschweben ließ.

«Du bist 'ne intelligente junge Frau», sagte Hattie. «Du könntest 'ne Lizenz als Immobilienmaklerin kriegen.»

«Hattie, wieso sollte sie Immobilien makeln wollen?»

«Sie könnte mir vielleicht 'n neues Apartment verschaffen.»

«Das bezweifle ich», sagte Mitzi. «Ich kann nichts besonders gut. Ich war 'ne lausige Kellnerin, absolut hoffnungslos als Empfangsdame, und als Bardame hab ich's gerade zwo Abende durchgehalten. Alles, was ich kann, ist, mich auszuziehen.» Sie fuhr sich mit einer trägen Geste durchs Haar, und ich wußte, als Berufsberaterin hatte Hattie hier keine Chance. «Außerdem», sagte Mitzi, «mußte ich meinen Ex-Mann unterstützen, der ein brotloser Maler war.» Sie gab einen poetischen Seufzer von sich. Mein Blick wurde von den seidenweichen Locken ihrer Scham angezogen, bei denen ich mich an Tennysons Gedichte erinnert fühlte.

«Erzähl mir von deinem Ehemann, Mitzi», sagte Hattie, zog einen Notizblock hervor und bemühte sich, ihren Stift geradezuhalten. «Inwiefern hat er dein Leben beeinflußt?»

«Er nahm mich mit in einen *Camera Club*, und ich zog mich aus.»

Ich sah Hattie an, die betrunken vor sich hin kritzelte, und wußte, welche Headline ich morgen zu sehen bekommen würde:

MEIN MANN LIESS MICH VOR SEINEN KUMPELS STRIPPEN.

«Ein paar von meinen Freundinnen meinten, daß er mich benutzt, aber die Wahrheit ist, daß es mir gefällt, wenn mich Männer angaffen. Es ist Teil meiner elementaren Unsicherheit.»

«Warum bedeuten mir diese gierigen Blicke soviel?» Hattie schaute von ihrem Notizbuch auf. «Das wird unsere Leser-Beichte des Monats, Howard. Gib Mitzi einen Scheck über hundert Dollar.»

«Mein Mann gab mir zu verstehen, daß ich nach einer kosmetischen Nasenoperation fotogener sein würde, und er kannte da einen Arzt unten in Mexiko, angeblich ein wahres Genie. Wir sind also da runter gefahren. Aber er war kein Genie.» Mitzi seufzte, drehte ihren Kopf einen Moment zur Seite und deutete mit dem Finger auf das Profil ihrer Nase.

«Mein Mann sagte: Neue Nase – oder Scheidung.» Damit hatte Hattie das Thema abgerundet.

«Es gefiel ihm im sonnigen Mexiko, und er meinte, jetzt sei er mal an der Reihe mit dem Geldverdienen. Er wolle einen Handel mit peruanischen Hängematten aufmachen, das seien echte Kunstwerke, also fuhr er nach Durango, und ich sah ihn nie wieder.»

«Hängematten-Vertreter wird König eines Dschungelstammes», sagte Crumpacker, als sei er plötzlich aus einem Traum erwacht. Er sah uns nacheinander an, offensichtlich sehr zufrieden mit sich.

«Crumpacker hat sich schnell emporgearbeitet, Mitzi. Er verfügt über eine beachtliche spirituelle Begabung.»

Mitzi zog eine Strähne ihres Haars in die Länge und inspizierte die Enden. «Ich hab ein wundervolles Shampoo entdeckt. Es heißt *Für schwer angegriffenes Haar*.»

Hattie, deren Haar so schwer angegriffen aussah wie nach einer Attacke mit Entlaubungsgift, ignorierte diesen angebrachten Verbraucher-Rat; ihr Stift machte nervöse kleine Kratzgeräusche. «Er hat dich also in Mexiko sitzenlassen.»

«Ich kehrte zurück nach New York und versuchte im Schauspielfach Fuß zu fassen. Es gab da diesen Regisseur, ziemlich berühmter Mann, der lud mich zum Dinner ein. Er wollte mit mir darüber reden, ob ich in einem neuen Film von ihm mitmache. Wir saßen gerade im *21 Club* beim Essen, als mir plötzlich einfiel, daß ich in diesem Augenblick eigentlich einen Termin in Chinatown hatte, und zwar für eine Foto-Session bei einem alten Mann namens Mr. Wang. Ich rief also bei Mr. Wang an und sagte ihm, ich sei verhindert. Er machte mir derartige Vorwürfe wegen der nicht eingehaltenen Verabredung, daß ich Gewissensbisse kriegte und den Regisseur mit dem Essen sitzenließ. Mein Regisseur hat mich nie wieder angerufen, und Mr. Wang hatte keinen Film in seinem Fotoapparat. Und nach der Session bot er mir zehn Dollar extra an, dafür sollte ich ihm einen blasen.»

Die Zigarre glühte zwischen Fernandos Zähnen, sein Kohlestift sauste hin und her, und aus den archaischen Tiefen seines Unterbewußtseins drang das Gesicht der Große Frauens ans Licht, das Ähnlichkeit mit einer bluttrinkenden aztekischen Gottheit aufwies.

«Wie kamst du zu den Pornos?» fragte Hattie, die nie vergaß, wesentliche Einzelheiten zu recherchieren.

«Ich lernte einen anderen Regisseur kennen, und der meinte, er hätte eine Rolle für mich, allerdings wäre das ein Film mit Bumsen. Aber ich sagte mir, was ist denn Bumsen, das ist was Elementares, es ist poetisch, es ist das Urbild.»

«Bumsen ist Bumsen», sagte Hattie.

«Sicher, aber es ist die netteste und freundlichste Sache, die zwei Leute miteinander tun können. Nichts Kriminelles, keine Gewalt, keine Habsucht, nichts von alledem. Ich weiß, wie bescheuert es aussieht, aber im Grunde ist es einfach bloß Zärtlichkeit. Wenn man es sich anschaut, sieht man nichts weiter als zwei Leute, die sich gegenseitig Freude bereiten.»

«Es ist halt Bumsen.»

«Die Heilige Versandkirche erteilt ihren Segen», sagte Crumpacker.

Ich hob mein Glas. «Da kann ich nur drauf anstoßen.»

«Das einzige, was ich nicht mag», sagte Mitzi, «sind die Produzenten. Das ist ein Haufen Gangster. Tony Baloneys Gang. Die behandeln die Darsteller wie den letzten Dreck.»

Hatties Stift fuhr fort, übers Papier zu krakeln. Fernando fuhr fort zu zeichnen. Wir alle fuhren fort zu trinken, und die Geräusche der nächtlichen Stadt fuhren fort, rings um uns zu murmeln – fernes Getrommel, Sirenen, das Nebelhorn eines Schiffes auf dem Fluß, und irgendwoher aus dem Luftschacht ein Mann, der bellte wie ein Hund.

Also», sagte Nathan Feingold, «Kardinal Crumpacker hier ist der Chefredakteur von *Offenbarung*. Er wird eure volle Unterstützung brauchen. Kardinal, ich bin sicher, Sie möchten ein paar Worte sagen.»

«Ich wüßte nicht, wozu», sagte Crumpacker, und damit war unsere Konferenz beendet. Wir kehrten zurück in unsere diversen Kabuffs, und ich bat Crumpacker zu mir herein.

«Was haben Sie für die erste Ausgabe in petto?»

«Einen Haufen irren Nonsens.»

«Wie finden Sie den Anzug, den ich heute trage?»

«Er ist typisch für Sie.»

«Nehmen Sie Platz, Crumpacker. Da ist an meiner Wohnzimmerwand ein Kunstwerk im Entstehen begriffen. Ich wünschte, ich hätte eine positivere Einstellung dazu, und ich habe mich gefragt, ob Sie als Geistlicher mir diesbezüglich einen Rat erteilen könnten.»

«Schaffen Sie sich einen Wandvorhang an.»

Fernando erschien an der Tür meines Kabuffs. «Was für ein Große Frauens.» Er zog eine lange Zigarre aus seiner Tasche und steckte sie in Brand. «Also –» er beugte sich vor und stützte sich mit beiden Händen auf meinen Schreibtisch – «ich will nicht, daß Sie bezahlen irgendwas. Ich komm für alle Auslagen auf.»

«Gut. Wir sprachen gerade von einer Art Wandvorhang.»

«Sämtliche Pinsel, Ölfarben und so weiter ich bezahle aus eigener Tasche...»

«Wir dachten an einen breiten Vorhang, nichts Auffälliges, aber aus festem, robustem Stoff. Blickdicht, um es genau zu sagen.»

«Die ganze Nacht hab ich geträumt von mein Große Frauens.»

«Ich hatte auch Alpträume. Also, wir werden eine lange Stange brauchen, und ein paar Halter mit Ösen.»

«Ich werd nach dem Abendessen vorbeikommen.» Er lachte und klopfte mir auf die Schulter. «Ich muß bei mein Große Frauens sein. Sie ist einsam ohne ihre Fernando, der zu ihr singt.» Er marschierte davon, aufgeregt an seiner Zigarre paffend.

«Nun, was werden Sie unternehmen?» fragte Crumpacker.

«Man darf kein Unmensch sein, Crumpacker. Man darf nicht grob erscheinen, und man darf keinen *Fehler* machen. Was ist, wenn Fernando hier die neuen *Demoiselles d'Avignon* malt?»

Zum erstenmal sah ich einen zögernden Ausdruck auf Crumpackers Gesicht. Er war sich also doch nicht sicher. Als er sich umdrehte, um zu gehen, kam Siggy Blomberg herein. Er hatte dunkle Ringe unter den Augen; sein Gesicht war aschfahl. Erschöpft ließ er sich in meinen Besuchersessel fallen. «Ich hab die letzte Nacht kein Auge zugemacht. Bin immer wieder aus dem Bett gehüpft und wie 'n Irrer im Kreis gerannt. Ich kam mir vor, als hätte ich fünfzig Tassen Kaffee gesoffen.»

«Nimm ein Pfefferminz, Siggy. Das beruhigt die Nerven.»

Er steckte sich eins in den Mund. «Seit gestern bimmelt's mir immerzu in den Ohren. Und mein Blutdruck benimmt sich, als würde er jeden Moment durch die Decke gehn.» Er erhob sich, wobei ihm der letzte Rest Farbe aus dem Gesicht wich, und wieselte davon, in seiner glänzenden, abgewetzten Hose. Ich rotierte langsam auf meinem Stuhl, vorbei am Fenster, an den Wänden, am Eingang meines Büros.

«Howard, was machst du denn?»

«Ich dreh mich im Kreise, Amber, ich rotiere davon in meine Zukunft.»

Unsere Redakteurin für Schönheitspflege stand in der Tür. Ich ließ sie an mir vorüberziehen, sie und die Galerie meiner grotesken Fotos, konzentrierte mich unterdessen auf ein inneres Bild meiner selbst als gealterter Pin-up-Redakteur in zerknittertem Anzug und mit schlechtsitzendem Toupet, der seine Ginseng-Tropfen auf die Bildlayouts verschüttete, für die er gerade Unterschriften textete.

Und wieder zu Amber hin.

«Ja, meine Liebe, was kann ich für dich tun?»

«Woran arbeitest du gerade?»

«DER MANN, DER GEKOCHTE TURNSCHUHE ISST.»

«Ich tausche mit dir.»

«Was hast du denn?»

«Vibrator läuft Amok, verstümmelte Frau klagt vor Gericht. Ich bin einfach nicht in der Stimmung für so was.»

«Also schön, hier ist der Turnschuhfresser – und ich übernehm deinen Vibrator.»

«Es ist nicht *mein* Vibrator.»

«Nein, gewiß nicht.»

Ich sah, wie Amber auf meinen Schreibtisch starrte, und folgte ihrem Blick. Siggy hatte seinen Kugelschreiber liegenlassen. Es war ein eigentümliches Schreibinstrument, dessen Oberteil aus einem mit farbiger Flüssigkeit gefüllten Zylinder bestand, in dem das Foto einer jungen Bikinischönheit zu sehen war. Amber nahm den Stift in die Hand, inspizierte ihn, drehte ihn um. Die Flüssigkeit sank nach unten, und mit ihr verschwand der Bikini. «Wie bin ich je an diesem Ort gelandet? Je mehr Zeit ich hier verbringe, desto weniger bin ich qualifiziert, bei *Vogue* zu arbeiten.» Geistesabwesend drehte sie Siggys Stift immer wieder von neuem um, der Bikini erschien und verschwand an der winzigen Maid in dem durchsichtigen Zylinder: Amber selbst, die sich wie betäubt im Griff des Schicksals drehte.

«Gehn wir beide heute zusammen zum Lunch?»

«Nein.» Sie verschwand mit der Turnschuhfresser-Story, und ich wandte meine Aufmerksamkeit der Frau zu, deren Vibrator Amok lief. Ihrer Geschichte war ein Foto von Hattie beigefügt, das Fernando aus dem Archiv herausgesucht hatte. Natürlich hatten wir es zuvor schon benutzt, unter anderem bei der Story Frau vom Postboten gebissen, doch unsere Leser, ausnahmslos vielbeschäftigte Leute, die Hirnoperationen ausführen, Haute Couture entwerfen, Texte aus dem Altgriechischen übersetzen, vergessen schnell.

Aus den Augenwinkeln sah ich, wie die Gestalt Siggy Blombergs wieder auf mein Kabuff zuwieselte.

«Hab ich hier meinen Stift liegenlassen?»

Ich nickte zustimmend, und Siggy klaubte sein Eigentum von meinem Schreibtisch. «Unentbehrliches Stück.»

«Wirklich ein wunderschönes Schreibgerät.»

Er sah mir über die Schulter und warf einen Blick auf meinen Computer-Bildschirm. «Vibrator läuft Amok? Was zum Teufel geht denn hier ab?»

«Die wahre Geschichte einer schrecklichen Prüfung, die eine Frau durchzustehen hatte, Siggy.»

«Machst du Witze? Die Story kannst du nicht bringen.»

«Wieso nicht?»

«Wieso nicht? Du fragst mich, wieso nicht? Ich werd dir sagen, wieso nicht. Weil unsere ganzen Scheißblätter hier *randvoll sind mit Vibratoranzeigen*!» Er schnappte sich eine Ausgabe der *Mitternachtspost* von meinem Tisch, schlug sie energisch auf und legte sie mir hin. «Hier, halbe Seite: Mr. Good Vibes, das griffig-schlanke neue Modell für Ihre Entspannung. Das ist 'ne respektable Vibratorfirma, die pünktlich zahlt. Wenn die so 'ne Geschichte sehn, dann gehn die hoch wie 'ne Rakete!» Er blickte wieder auf meinen Bildschirm. «Frau wird von ihrem eigenen Vibrator vergewaltigt – du hast sie doch nicht mehr alle. Wessen Idee war das?»

«Hips Idee.»

Siggy stürmte um mein Büroabteil herum, hinüber zu Hips Schreibtisch, und fing an zu brüllen. Hip schaute zu mir herüber, fuhr sich mit dem Finger quer über die Kehle, und ich drückte die Löschtaste auf meinem Keyboard. Siggy nahm im Durchgang zwischen unseren Kabuffs Aufstellung. «Ich will euch Jungs ja nicht mehr Arbeit machen, als ihr schon habt. Ich weiß, daß ihr euch den Arsch aufreißen müßt, um mit eurem Zeug rüberzukommen. Aber ich lieg Tag für Tag mit diesen Scheißvibratorherstellern im Clinch, und ich kann es mir nicht leisten, einen guten Anzeigenkunden zu verlieren. Kapiert ihr, was ich meine?»

Ich kapierte, und Hip schraubte seine Medizinflasche auf und goß sich einen Schluck ein.

«Okay, ich mach's wieder gut», fuhr Siggy fort. «Ich werd mir was als Ersatz ausdenken. Wie wär's mit –» Er kratzte sich mit seinem Bikinistift am Kopf. «ARABERFRAU HEIRATET KAMEL.»

An dem Blick, mit dem Hip durch die Glasscheibe herübersah, erkannte ich, daß er bereits verschiedene Gestaltungsvarianten durchspielte. Ich nickte und schwenkte auf meinem Stuhl wieder vor meinen Computer. «In Ordnung, Siggy, du bist entschuldigt.»

Siggy eilte davon, und ich versetzte mich in die Kamelställe von Firuzkuh. Ich stand bis zu den Knien im Kameldung, als Celia Lyndhurst in mein Kabuff trat, Platz nahm und sich an einem der Elfenbeinkämme zu schaffen machte, die ihr rapunzelhaftes Haar in Fasson hielten. «Howard, ich glaube, es wär mal an der Zeit für 'ne Gehaltserhöhung.»

«Sonderzulagen sind jedem Mitglied unserer Belegschaft zugänglich.»

«Ich hab keine Lust, mich für eins dieser behämmerten Bekenntnisse herzugeben.»

«In Schwesterntracht siehst du immer so charmant aus.»

Celia zupfte am Saum ihres Minis, als sähe sie den Winkel voraus, in dem Melvin sie fotografieren würde. «Hast du mal was von Kloss gehört?» Sie hatte eine Affäre mit ihm gehabt, bis zu dem Zeitpunkt, als ihm Nathan einen Pfeil ins Bein schoß. Nun war Kloss aus dem Rennen, und Celia war seitdem nicht mehr die alte. «Ich wußte, daß Kloss mir weh tun würde, und ich wußte, ich würde es drauf ankommen lassen.» Sie schaute in Richtung Fenster, in ihren unruhig hin und her suchenden Augen lag jetzt eine tiefe Melancholie, die Stimmung, in der Menschen oft ein konvulsivischer Bekenntnisdrang befällt. Ich hörte, wie Hatties Stuhl leise an die gegenüberliegende Ecke meines Kabuffs heranrollte, als sich Celia nun wieder mir zuwandte. «Kloss und ich trafen uns in einer merkwürdigen Millisekunde in der Zeit, aus der sich keine klare Modulation ableiten ließ.»

Mystischer Kram. Crumpackers Abteilung.

«Und ich sagte mir, richtiger Typ, falsches Leben. Kennst du dieses Gefühl?»

Wie so oft, wenn ich Celia zuhörte, hatte ich nicht die geringste Ahnung, wovon sie redete.

«Ich erkannte, daß er nicht bereit war, sich festzulegen, aber ich dachte mir, versuch doch mal dein Glück. Wir verbrachten oft die Lunchpause in seinem Apartment. Da fiel immer die Sonne durchs Fenster auf sein Bett, und ich hatte das Gefühl, wir schwebten auf dem Staub von Engelsflügeln.»

Hattie kam auf den quietschenden Rollen ihres Drehstuhls um die Ecke und parkte im Türeingang. «Über diesen Bastard kommst du nie weg, wenn du dir nicht die verdammten Engelsflügel abschminkst.»

«Es war Teil unserer Liebeswerbung.»

«Kloss war ein Scheißkerl, und das weißt du.»

«Hattie, wir haben *Kerzen* angezündet und miteinander *gebadet.*»

«Trotzdem war er 'n Scheißkerl», sagte Hattie und rollte wütend davon.

«Nach einer Mittagspause mit Kloss kam ich voller Inspiration wieder in diese Bruchbude.»

«Ich nehme an, das war die Zeit, als all deine Mörder begnadigt wurden.»

«Ich konnte diesen Stromschalter nicht umlegen, nicht mit dem Frühling in meinem Herzen.»

«Heute grillst du sie ohne Ausnahme.»

«Manchmal verwende ich auch letale Injektionen. So 'ne Injektion ist immer für zwei Absätze Spannungsaufbau gut.»

Sie stand auf. Ihre Augen, auch wenn sie jetzt in meine blickten, sahen Engelsflügel. Ich schaute ihr nach, wie sie die Redaktion durchquerte und in ihr Büro zurückkehrte. An ihrem Schwarzen Brett hatte sie ein Foto von Kloss hängen, gleich neben dem Bild des Mannes, der den Kopf seiner Freundin im Kühlschrank aufbewahrte – in Wirklichkeit Siggy Blomberg mit falschem Schnurr- und Kinnbart, aufgenommen von Melvin. Siggy benutzten wir des öfteren als Modell, denn er besaß eine Kollektion Toupets, die er als Teilzahlung von Mr. New Hair, einem ehemaligen Inserenten, erhalten hatte.

Es war Zeit für die Lunchpause. Ich hielt es für meine Pflicht, Yvonne Plum einzuladen, um unseren kleinen Zusammenstoß von gestern auszubügeln. «Yvonne, darf ich dich zum Lunch ausführen?»

Ich stand in der Tür zu ihrem Büroabteil. Sie drehte sich auf ihrem Stuhl herum, mit den Fingern die Strähnen ihrer Perücke auflokkernd. «Aber natürlich, Schätzchen. Laß mich nur gerade noch schnell 'ne Reißzwecke durch Fürst Rainier bohren.» Sie befestigte ein Hochglanzfoto des alternden Monarchen an ihrem Schwarzen Brett. «Aus den Grimaldis hab ich diesen Monat meilenweit Textspalten rausgemolken.» Sie klappte den Spiegel ihrer Puderdose auf, überprüfte Lippenstift und Rouge, klappte ihn wieder zu. «Monaco besteht aus eintausendzweihundertdreiundneunzig Quadratkilometern geliftteter Gesichtshaut, Howard.» Sie griff nach ihrer Handtasche und nahm mich beim Arm, wobei sie kurz ihre großen Brüste an mich preßte, um uns beiden zu verdeutlichen, daß wir immer noch lebendige Menschen waren.

Wir verließen das Büro und nahmen den Lift runter zur Straße. Die Gehsteige der Sixth Avenue waren bevölkert mit Angestellten, die zum Lunch eilten. Yvonne ließ meinen Arm nicht los, als wir durch den Dschungel aus Topfpflanzen schlenderten, die die Straße säumten. «Ich fühlte mich den ganzen Morgen über furchtbar unbehaglich», sagte sie, «bis ich entdeckte, daß ich mein Höschen verkehrt herum trug.»

Wir betraten ein Schnellrestaurant, das einer breithüftigen Frau namens Sonia gehörte, deren Foto Yvonne bereits einmal in ihrem Magazin verwendet und in der Bildunterschrift als «die geheimnisvolle Figur» im Leben eines jungen Rockstars ausgewiesen hatte, der sich durch ein Faible für reife mütterliche Frauen auszeichnete. Ihr Mann, der im ärmellosen Unterhemd am anderen Ende der Theke stand, hatte einen Zigarrenstummel zwischen die Zähne geklemmt und machte mit seinen tätowierten Armen gerade einen Salat an. «Habt ihr diesen Monat mal wieder 'n Modelljob für mich?»

Wir hatten ihn bei etlichen Features der *Mitternachtspost* verwendet, zuletzt bei WAHNSINNIGER EHEMANN VERSPEIST RENNMÄUSE SEINER FRAU: «DELIKAT, ICH WÜRDE ES WIEDER TUN.»

«Vielleicht hätten wir da bald etwas für Sie», sagte ich. «Wir haben jetzt ein neues Wochenblatt im Programm.»

«Ach ja? Worum geht's in dem Ding?»

«Um christlichen Glauben.»

«Schauen Sie her. Bin die Gläubigkeit in Person.» Lloyd hob seine Pranke und zeigte mir das in Blau und Rot tätowierte Kreuz am Unterarm. «Und hab 'nen Vetter, der kehrt immer die Kirche.»

«Für den finden wir auch was.»

Wir trugen unsere Teller in den hinteren Teil des kleinen Lokals und machten uns über Sonias Futter her. «Howard, denkst du manchmal zurück an die Zeiten von Debbie und Eddie?»

«Offen gestanden, nein.»

«Eddie war erst siebenundzwanzig, als er mit Debbie ging. Damals war ich einundzwanzig. Wieso macht mich die Lunchpause immer so wehmütig?»

«Weil es dann mit dem Tag schon halb vorbei ist, meine Süße, genau wie mit uns.»

«Das wird's sein, schätze ich. Aber Debbie und Eddie –» Yvonne sah mich an, während sie aß. «Damals war irgendwie alles dauerhafter. Das waren Stars, die dazu auserkoren waren, für alle Zeiten Stars zu bleiben.»

«Und inzwischen sind 'ne ganze Reihe von ihnen in der Psychiatrie gelandet.»

«Ich hab eine Story geschrieben mit dem Titel HIER SPRICHT

MRS. EDDIE FISHER. Damals hatte ich gerade das College hinter mir, und Debbie und Eddie bedeuteten mir so viel.»

«Die Einstellungsrate für in die Jahre gekommene Klatschkolumnistinnen liegt weitaus höher als die von alternden Stars.»

«Ich kann's nicht fassen, daß das alte Hollywood verschwunden ist. Wo ist Jeanne Crain? Eine prachtvolle Frau mit roten Lippen, von der man nie glaubte, daß sie mal abdanken werde. Ich glaube, ich kann nichts mehr essen.»

«Darf ich dich darauf hinweisen, daß du im Augenblick nicht bloß von deinem, sondern auch von meinem Teller futterst?»

«Ich meine, seelisch.»

«Kardinal Crumpacker ist unser Führer in seelischen Dingen.»

Yvonne sah mich an, als sei ihr schlagartig klargeworden, was sie tief in ihrem Innern bewegte. «Vielleicht brauche ich eine neue Perücke.»

«Nehmen wir Nachtisch?»

«Bring mir was Großes und Klebriges.»

Ich stand auf und ging zu Lloyd an die Theke. «Zwei große klebrige Irgendwas.»

Er reichte mir zwei Teller, kam dann hinter der Theke hervor und baute sich neben mir auf. «Wenn ihr wollt, daß ich mir den Schädel glattrasier, damit ich wie einer von den Hare Krishnas ausseh, soll mir das recht sein. Das Showbusiness ist nun mal so, stimmt's?»

Mit dem Dessert kehrte ich zurück zu Yvonne. Ihre Augen glänzten hell vor unvergossenen Tränen, wie Hattie Flyer es in *Geständnisse* ausgedrückt hätte. «Ich werd nie wieder in meinen alten Filmzeitschriften blättern. Das ist ja ein körperlicher Schock, wenn man June Allyson als junges Mädchen sieht.»

«Iß dein klebriges Dessert, Yvonne.»

Melvin hielt seine Kameratasche und sein Stativ zwischen den Knien und starrte schweigend aus dem Taxifenster auf die City, die an uns vorüberflog; Celia schnatterte auf Yvonne ein: «... sagte er zur mir, ich soll zu seiner Party kommen, weil da dieser *Mann* wäre – Arzt, ledig, gutaussehend, das ist alles, was ich erfahre; nun stell dir vor, mit so 'ner nichtssagenden Information versucht der mich nach Tarrytown zu locken!»

«Du solltest hingehen», sagte Melvin.

«Hoffnungslos», sagte Celia, mit einem Blick auf Yvonne.

«Entschuldige mal», sagte ich, «ich finde, das ist schon einen Trip nach Tarrytown wert. Ich meine, ein Arzt? Ledig? Gutaussehend?»

«Die haben alle bloß das eine im Kopf», sagte Yvonne.

Melvin und ich tauschten einen Blick und sahen Celia an.

Sie seufzte und erklärte geduldig: «Eine *Frau* hätte über *sämtliche* relevanten Informationen verfügt.»

«Was brauchst du denn sonst noch zu wissen, verdammt noch mal», sagte Melvin. «Da ist dieser alleinstehende, gutaussehende Arzt. Du heiratest ihn, und er kann dir umsonst den Blinddarm rausnehmen.»

«Eine Frau würde wissen, ob der Typ eine *feste Beziehung* sucht, ob er sich bloß austoben will oder auf einen Seitensprung aus ist. Wen *interessiert* denn, ob er Arzt, alleinstehend und gutaussehend ist, wenn er bloß mal einen Seitensprung riskieren will?»

Der chinesische Taxifahrer sah hinauf in seinen Rückspiegel: «Ich würd's mal auf einen Versuch ankommen lassen, Girly. Tarrytown nicht weit.»

Wir fuhren die 103. Straße runter zum Riverside Drive und stiegen aus. Fernando war gerade seinem Taxi entstiegen. Er trug eine Leiter auf der Schulter.

«Howard», sagte Celia, «ich wußte ja gar nicht, daß du in so einer hübschen Gegend wohnst!»

«Haus wird Nationaldenkmal werden», sagte Fernando. Wir betraten das Gebäude und fuhren hinauf in meine Etage.

«Howard, ich wußte ja gar nicht –» kommentierte Celia den Flur. «Ich meine, schaut euch die geschnitzten Blumen an der Decke an.» Eine Decke, die etwas Tröstliches hat nach einem anstrengenden Tag. Ich schloß meine Wohnungstür auf.

«Ah, da ist sie», sagte Fernando. «Wie geht's dir, Baby? Hast du mich vermißt?» Er tätschelte der Große Frauens die Hüfte. «Ich dachte, vielleicht war sie nur eine Traum? Aber hier ist sie, in Fleisch und Blut.»

«Die ist ja wirklich häßlich», sagte Yvonne.

Celia warf einen Blick auf die Große Frauens, zeigte sich aber weitaus mehr von der Geräumigkeit meiner Wandschränke angetan. «Was für eine *geräumige* Wohnung, Howard!» Sie hatte sämtliche Schranktüren geöffnet, stand auf Zehenspitzen und lugte in die Fächer. «Ziemliches Durcheinander, nicht wahr?»

«Da kommt schon Ordnung rein, wart's ab. Meine komplette Garderobe wird gerade ausrangiert.»

«Du bist nicht gut organisiert, Howard.» Celia legte ein paar Hemden ordentlich zusammen, ihre grazilen Finger strichen den Stoff auf eine Art und Weise glatt, wie Father Monkey es niemals gekonnt hätte. Sie wandte sich mir zu, ihr Kopf vollführte sein kleines Hindutänzchen. «Ich räume jedes Wochenende meinen Kleiderschrank neu ein. Hole sämtliche Pullis raus, lege sie der Reihe nach hin und sortiere sie nach Dicke und Farbe, von Wolle über Baumwolle bis zu den T-Shirts, dann werden sie gestapelt, und anschließend kann man Inventur machen und sieht genau, was man hat. Ich kann den Inhalt meines Wäscheschranks vor mir sehen, ohne die Tür aufzumachen. Ich weiß genau, wo alles liegt.»

«Ich werde sofort eine Presseerklärung vorbereiten.»

«Man nennt das seine Umgebung unter Kontrolle bringen. Als ich im College war, konnte ich mich nie an meine Bücher setzen, wenn ich nicht vorher drei Stunden lang mein Apartment in Ordnung gebracht hatte, und dann konnte ich mich daranmachen und acht Stunden lang ohne Unterbrechung arbeiten.» Sie sah mich an, mit ihrem Kontaktlinsenklimpern. «Weißt du, wo du in diesem Augenblick deine Wattebäusche hast? Meine liegen hinten in der vierten Kommodenschublade, und wenn du eine Nagelfeile suchst, liegt sie in der zweiten Schublade, links hinterm Nagellackentferner. Aber ich bin total verblüfft, wieviel *Platz* du hast, daran merke ich doch, wie *inadäquat* meine Wohnung ist.»

«Tja, nun, das ist möglicherweise der Grund, weshalb bei dir alles so systematisch aufgeräumt sein muß, Celia, weil deine Wohnung klein ist, während ich in der Lage bin, mich auszubreiten, weißt du, sozusagen schwelgen kann in meiner geräumigen, mietpreisgebundenen Wohnung.» Nachdem ich mir auf diese Weise eine gewisse Genugtuung verschafft hatte, ließ ich sie stehen und kehrte zurück ins Wohnzimmer zu meinen übrigen Gästen.

Melvin schritt vor der Große Frauens auf und ab, die Kameratasche noch über der Schulter. Hattie hatte für ihr Bekenntnis um Fotos von dem Wandbild gebeten. ALS ER EIN MITTELLOSER MALER WAR, HAB ICH IHN DURCHGEFÜTTERT – NUN, DA ER BERÜHMT IST, BIN ICH VERGESSEN.

Yvonne stellte sich zu mir an den Barschrank, warf aber immer wieder einen kurzen Blick über die Schulter auf die Große Frauens. «Ich bin natürlich kein Künstler. Aber was Nervenzusammenbrüche angeht, kann ich ein Wort mitreden.»

Fernando breitete auf meinem Schreibtisch seine Farben und Pinsel aus. «Du Augen machen, wenn ich sie farbig ausmale.»

«Die Titten von der sind größer als mein Kopf», stellte Melvin fest. Er machte die Kameratasche auf und packte seine Ausrüstung aus. Yvonne kam, blieb neben mir am Küchenfenster stehen, während ich, einen steifen Drink in der Hand, in den Luftschacht hinunterstarrte.

«Du wolltest meine Meinung hören. Ich werd sie dir sagen. Kleb 'ne hübsche Rauhfasertapete drüber.»

«Schau ihn dir doch mal an, Yvonne. Ich hab Fernando noch nie so glücklich gesehen.»

«Er hatte dieses Monsterding auf seiner Seele, und nun ist er dabei, sich davon zu befreien. Aber das spielt sich auf deiner Wand ab.»

«Vielleicht wird es mir irgendeine tiefere Einsicht vermitteln.»

«Der einzige Künstler, mit dem ich je zu tun hatte, brachte mich dazu, mich nackt auf einer noch feuchten Leinwand zu wälzen. Hinterher war mein Schamhaar voll violetter Farbe, und die ging wochenlang nicht mehr raus.»

Ein schwacher Luftzug zirkulierte im Schacht, der Geräusche des Hauses mit heraufbrachte, darunter die Laute meines Hausmeisters, der im Keller wohnte und zu jeder Tages- und Nachtzeit das Wort «Arrgggghhh» in diversen Bedeutungsnuancen zu artikulieren pflegte. Im Moment äußerte er sich gerade wieder.

«Wird da unten jemand umgebracht?»

«Ist bloß mein Hausmeister.»

«*Arrrrggghhhhhh...*»

«Mit so was im Keller und *dem* Ding da an der Wand –»

Yvonne setzte sich an den Küchentisch und kämmte sich ihren Modacryl-Pony. Melvin baute sein Stativ auf, mit einem leisen schabenden Geräusch rutschten die Beine heraus. «Selbst wenn ich ein Weitwinkelobjektiv nehme, kriege ich nicht alles drauf. Vielleicht sollte ich's mit dem Fischauge probieren.»

«Mein Große Frauens.» Fernando kletterte auf die Leiter und hob seinen nassen Pinsel mit Ölfarbe.

Celia kam in die Küche. «Ich werd jetzt gehen, bevor ich noch vor Neid sterbe.» Als ich Celia zur Tür brachte, kam gerade Mitzi die Treppe herauf, die Arme voller Container aus dem Chinarestaurant. Sie war vollständig bekleidet mit einem weitgeschnittenen, losen Pulli und zerknitterten Schlapphosen, das Haar trug sie hochgesteckt; an ihren Ohren baumelten silberne Reifen. Allerdings hatte sie auch diesmal auf ihre Kriegsbemalung verzichtet und den gleichen kahlen, überraschten Ausdruck um die Augen wie neulich. Ich nahm ihr die Warmhalte-Container ab und stellte Teller auf den Tisch. Sie half mir dabei und latschte in der Küche umher mit ihren offenen Sandalen, deren Bänder hinterherschleiften. Ich stellte rasch fest, daß ihre gute Absicht durch eine gewisse Grobmotorik beeinträchtigt wurde. «Ja», sagte sie, nachdem sie größere Mengen Lo Mein über sich verteilt und eine warme Seltersflasche geöffnet hatte, deren Inhalt bis zur Decke hinauf spritzte, «ich bin ein Tolpatsch. Bin ich immer schon gewesen.» Sie blies sich eine Strähne ihres schwer angegriffenen Haars aus den Augen, und ich fragte mich, wie sie es überhaupt fertigbrachte, sich in diesen offenen Sandalen fortzubewegen, aber offenkundig funktionierte es. Wahrscheinlich wurde sie von einer Art schlampiger Willenskraft getrieben. Ihre ganze Konzentration schien auf irgendeinen Punkt tief in ihrem Innern gerichtet, auf etwas, das sie verzweifelt zu erkennen versuchte, was dazu führte, daß sie über die eigenen Füße stolperte, mit mir zusammenstieß und einen Ohrring in die Wonton-Suppe fallen ließ. «Und bei welchem Magazin arbeiten Sie?» wollte sie von Yvonne wissen, während sie einen Container mit Entensauce so ungeschickt öffnete, daß ihr der Inhalt über den Ärmel spritzte.

«Filmklatsch, Schätzchen. Weißt du irgendwas?»

«Unser Produzent ist ein Mafiaschwein. Ich würde lieber für einen harmlosen alten Perversen wie Mr. Wang arbeiten als für diese Gangster.» Mit zwei Suppenlöffeln teilte sie Moo Goo Gai Pan aus. «Tony Baloney verpaßt Leuten Mäntel aus Zement und versenkt sie im Fluß.»

«Du arbeitest für Tony Baloney?» fragte Yvonne. «Seine Familie hat früher ganz Brownsville kontrolliert. Sie haben in *Talerico's Clam House* den kompletten Mastachenza-Clan umgenietet.»

Mitzi fischte ihren Ohrring aus der Wonton-Suppe. «Zwei geschlagene Stunden lang hopse ich vor laufender Kamera auf diesem Kerl rum, ich bin ausgepumpt, ich bin wundgescheuert, und plötzlich habe ich eine Kanone an der Schläfe. Und Tony Baloney sagt: ‹Du strengst dich nicht genug an. Ich will mehr Leidenschaft.›» Mitzi machte sich wieder den Ohrring fest. «Ich weiß, das ist Material für ein Gedicht.»

«Tret ihm in Eier», sagte Fernando.

«Ich muß ihn transmutieren.»

«Tritt in Eier ihn transmutieren», sagte Fernando.

Ich brach mein Glücksplätzchen auf. *Zögere nicht, Irrtümer zu korrigieren.* Ich sah hinauf an meine Wohnzimmerwand. So furchtbar grotesk das Gemälde an sich auch war – ich hatte begonnen, an dem Trubel allabendlicher Parties Gefallen zu finden, und war der Ansicht, daß ich den Rat meines Glücksplätzchens nicht befolgen könne, was ein Fehler war: Tu immer, was dir dein Glücksplätzchen rät, einen unparteiischeren Ratgeber kannst du dir nicht wünschen.

«Mitzi», rief Fernando, «bist du bereit, noch mal Modell zu stehen?»

«Klar», sagte sie und ging hinüber zur Couch, wo sie ihre Kleider ablegte. Ich hörte, wie Melvins Augen mit einem knackenden Geräusch aus den Höhlen traten, und selbst Yvonnes Augen wurden beim Anblick von Mitzis Körper noch größer. «O Gott», sagte Yvonne leise. «Wie kann die nur so straffe Brüste haben?»

«Das hängt zusammen mit dem Jahr, in dem sie geboren wurde, meine Liebe.»

«Während ich ja noch aus der Roosevelt-Ära stamme.»

Ich nahm ihre Hand. «Yvonne, du bist eine Klatschkolumnistin von zeitloser Schönheit.»

Sie legte ihre Eßstäbchen hin, lächelte dann plötzlich, als erinnere sie sich einer geheimen Stärke. «Kosmetische Chirurgie! Brust geliftet, Bauchspeck abgesaugt!» Sie hob ihr Weinglas. «Oh, Howard, in Krisenzeiten ist es so wichtig, sich der wirklich entscheidenden Dinge im Leben zu erinnern.»

Melvin stand über Mitzi gebeugt, seine Kamera wenige Zentimeter von ihren Brüsten entfernt. «Das wird ein Ansel-Adams-Foto...»

Yvonne und ich räumten den Tisch ab, und sie schlug vor, einen Spaziergang draußen auf dem Drive zu machen. Die Dämmerung zog herauf, und die Laternen im Park waren gerade eingeschaltet worden; dahinter lag der Hudson, der sich lautlos und träge durch sein Bett schob. Gegenüber an der Küste von Jersey lagen die Fensterscheiben der Hochhaus-Apartments, gebadet im roten Schein der untergehenden Sonne. Wenn ich ein Pavian wäre, so wäre dies die Stunde meiner Andacht.

«... hat mir der Umstand, mit einem Zahnarzt von der East Side verheiratet zu sein, zu den besten Zahnprothesen in der ganzen Stadt verholfen», erzählte Yvonne gerade, während wir den gewundenen Drive hinunterspazierten, «ganz abgesehen von dem großartigen Gefühl der Sicherheit, aber manchmal, Howard, manchmal wünsche ich, ich hätte einen Buchmacher geheiratet, den ich früher mal kannte.» Ihre Hand ruhte schwerelos in meiner Armbeuge. Strähnen ihrer Perücke berührten meine Wange, und wir setzten unseren Weg dann schweigend fort, ließen die Dämmerstunde wirken auf unsere Gefühle und das, was in diesem Augenblick unsere Gedanken beschäftigte – in Yvonnes Fall der Buchmacher, bei mir die Große Frauens.

Durch den schmalen Durchgang, der vom Drive abzweigte, gelangten wir hinunter zum Fireman's Monument, wo ein junger crackrauchender Latino hockte, dem eine gekräuselte Wolke fritierter Ideen aus der Birne stieg. Wir gingen weiter, vorbei an dem halbrunden Peter-Stuyvesant-Gebäude und dem Bau namens Cliff Dwelling, errichtet zirka 1916. Wenn man sich umdreht und in der Dämmerung zurückblickt, kann man die Gespenster des alten Manhattan in ihren Pferdedroschken vorfahren sehen.

«Ich hab zuviel gelächelt heute», sagte Yvonne und massierte sich das Gesicht. «Ich hab das Gefühl, als hätte ich mir den Kiefer ausgerenkt.»

Der Drive führte jetzt wieder hügelan, zum Soldaten- und Matrosendenkmal hin, wo man den Rasen mit einer Pyramide aus aufgeschichteten Kanonenkugeln dekoriert hatte, deren Oberfläche im Laternenschein glitzerte. Yvonne und ich schlenderten über die Steinterrasse des Denkmals, in das eine versiegelte Eisentür eingelassen war, die Tür ins Nichts. Ein Schwarzer älteren Jahrgangs schälte sich aus dem Schatten des Monuments. «Ich war im Ersten Weltkrieg», sagte er und starrte mich unverhohlen an. «Und wo waren Sie?»

«Ich war noch gar nicht auf der Welt.»

«Ihr wart in Frankreich an der Magnetlinie, aber ihr habt die Kanonen nicht umgedreht, und da taucht dann Mistah Hitler hinter den Kanonen auf. Aber inzwischen könnt ihr mir allesamt den Buckel runterrutschen. Wenn's mich nicht gäbe, wär heute noch George Washington hier am Kämpfen.»

Er fixierte mich, in seinen Pupillen loderte das Fieber sämtlicher Kriege, die in seiner Seele miteinander verschmolzen waren. Er wirkte adrett und gepflegt, die Augen stachen unter der Krempe eines verschossenen Filzhuts hervor. «Die Vereinigten Staaten werden das Schlachtfeld sein, und mir kann das alles glatt am Arsch vorbeigehn.» Er langte in seine Tasche, brachte seine Brieftasche zum Vorschein, klappte sie dort auf, wo sein Veteranenausweis steckte, der die Namen fremder Länder trug und so zerknittert war wie er. «Amerika sagt, los, Ungarn, mach deine Revolution, ich komm und werd dir unter die Arme greifen, und da hat sich bis heute kein Ami blicken lassen. *Ihr* werdet's erleben, wie euch unterm eigenen Arsch 'ne Revolution ausbricht, daß ihr euch vor Angst in die Hose scheißt.» Er ließ die Brieftasche wieder zuklappen. «Unsre Jungs sind durchs Niemandsland in die Maschinengewehrnester reingerobbt, und ich soll mir euren verlogenen Scheißdreck anhören? Amerika ist erledigt.»

Sein Blick hielt mich gefangen: man weicht dem Auge des weißhaarigen Orakelpriesters nicht aus, wenn er vom Eingang des Tempels zu einem spricht. «Ich mach's nicht mehr lang, Bruder, ich hab nur ein Leben und guck mir bald die Radieschen von unten an. Ich bin das Rückgrat von diesem Land.» Er nahm Haltung an. «Euch wird der Arsch auf Grundeis gehn!» Er machte kehrt und spazierte weiter, den Riverside Drive entlang.

Wir machten uns auf den Rückweg durch den Dämmerdunst, während die Luft jetzt ein wenig abkühlte, und der Gestank des Flusses drang bis zu uns herüber. «In L.A., Howard, haben die Schönheitskliniken am Portal Pagen stehen, die dir den Wagen einparken.» Bei Sonnenuntergang wird Yvonne gern tiefsinnig.

Wir kamen zurück zu dem Haus, in dem ich wohnte, betraten wieder die stille Eingangshalle. Es war eine selbstzufriedene Halle, seit ihren frühesten Anfängen gewohnt, daß Damen und Herren aus den besten Häusern durch sie ein und aus gingen. Nun spürte ich ihre Mißbilligung wie einen eisigen Hauch im Nacken, und eilends bugsierte ich Yvonne in den Lift. Der Geist des Hauses beobachtete mich mit strengem Blick. *Was hat diese Große Frauens auf meiner Wand verloren?*

Als wir das Apartment betraten, stand Melvin noch immer mit klickender Kamera über Mitzi gebeugt. Sie war eingeschlafen, ein Bein war ihr dabei von der Couch heruntergesackt.

Fernando stand vor der Große Frauens. Beide Unterarme zeigten im rechten Winkel nach vorn, die ausgestreckten Zeigefinger waren auf die Wand gerichtet, als wolle er gerade etwas abmessen. Sein Körper verharrte vollkommen reglos. Die Augen blickten starr geradeaus. Ich fuhr mit der Hand vor ihnen vorbei, keine Reaktion. Ich drückte sanft eins seiner Handgelenke nach unten. Sein Arm senkte sich, sprang aber sofort wieder in die ursprüngliche Stellung zurück, als ich losließ, und zeigte von neuem zur Wand.

«Was 'n mit dem los?» Melvin war jetzt an meiner Seite. «So 'ne Art Trance, oder was?»

«Howard», sagte Yvonne, «sein Atem geht sehr flach.»

Mitzi Mouse war aufgewacht. «Wo brennt's denn?» Sie kam auf uns zu, verhedderte sich in den Bändern ihrer Sandalen, kam ins Straucheln und plumpste gegen mich; ich fing sie auf und hielt ihren nackten Leib in Armen. Sekundenlang überfiel mich das *Sexfieber erotischer Träume*, doch dann sah ich mich genötigt, sie loszulassen zugunsten Fernandos, dessen Gesicht blau anlief. Melvin und ich packten ihn, hoben ihn herunter und legten ihn auf den Boden. Seine Augen blieben offen, die Arme angewinkelt, die Finger zeigten jetzt hinauf zur Decke. Was hatte er abgemessen? Welcher Teil der Große-Frauens-Anatomie hatte seinen Anfall ausgelöst?

Ich patschte ihm leicht auf die Wangen. «Fernando...»

«Hier», sagte Melvin, «laß es mich mal damit versuchen.» Mit meinem Sodasiphon spritzte er einen glitzernd perlenden Strahl auf Fernandos Stirn. «Hey, Fernando...» Melvin schüttelte den am Boden liegenden Maler an den Schultern, drückte dann einen seiner angewinkelten Arme herunter, doch kaum ließ er ihn los, schnappte er wieder in die Ausgangsstellung und zeigte zur Decke.

Ich sah Yvonne an. Wahrscheinlich ging uns beiden in diesem Moment die gleiche Schlagzeile durch den Kopf: MALER STRECKT ZWEI FINGER IN DIE LUFT UND STIRBT.

«Laßt mich mal versuchen», sagte Mitzi. Sie kniete sich neben ihn, schob ihm ihre Hand unter den Kopf. «*Fernando*», gurrte sie leise, «Fernando, Schatzi, ich bin's, Mitzi.» Sie hob seinen Kopf hoch und drückte ihn an ihre Brüste. Seine Arme standen auf beiden Seiten von Mitzis nacktem Leib in die Luft, seine Nase verschwand in dem Spalt zwischen ihren Brüsten. «Zeit, an die Arbeit zu gehen, Fernando», flötete sie in sein Ohr. Sie blickte zu uns auf. «Genies sind immer so labil.» Sie wiegte seinen Kopf hin und her, rieb sein Gesicht an ihrem weichen Fleisch. Eine so innige Zuwendung hätte jeden *Freche-Früchtchen*-Leser aus dem tiefsten Suffkoma geweckt, aus der Ohnmacht nach einem Keulenhieb oder aus einer Vollnarkose nach überstandener Blinddarmoperation mit noch unverheilten Nähten – doch Fernando verharrte in seiner bewußtlosen Starre.

Yvonne suchte an dem ausgestreckten Arm nach dem Puls. «Ich kann nichts fühlen.»

Ich drehte ihn herum und begann mit künstlicher Beatmung. Sein Körper fühlte sich an wie ein lebloser Sack. Die Große Frauens starrte auf mich herab, während ich alles daransetzte, ihren bewußtlosen Schöpfer wiederzubeleben. Welche monströsen Kräfte besaß dieses Geschöpf?

«Ich... krieg... ihn nicht mehr... zum... Atmen.» Ich schnaufte schwer und spürte, wie mich Panik ergriff, einer von uns jedoch bewahrte gottlob seine Geistesgegenwart: Ich hörte Melvins Kamera klicken, die alles für unser Archiv dokumentierte, damit wir zu einem späteren Zeitpunkt darauf zurückgreifen konnten.

«Laß mich mal ran», sagte Yvonne. «Ich bin mit 'nem Zahnarzt verheiratet.» Sie schob mich aus dem Weg, rollte Fernando auf den Rücken und begann mit Mund-zu-Mund-Beatmung. Ihre Perücke versperrte mir die Sicht auf ihre Lippen, doch ich konnte den gleichmäßigen Strom tratschtriefender Lebenskraft hören, den sie in Fernando hineinpumpte. Sein Bein zuckte, sein Bauch hob sich, und schließlich entrang sich seiner Brust ein Stöhnen. Yvonne hob ihren Kopf, und er blinzelte.

«Wie geht's dir, Junge?»

«Howard, gib ihm einen Brandy.»

Ich wählte ein Eau de vie minderer Preislage aus und hielt es an seine Lippen. Er nippte daran, setzte sich dann langsam auf. «Wo ist mein Große Frauens?» Er peilte über meine Schulter hinauf zur Wand. «Ah, da ist sie. Ich wohl ein bißchen eingenickt, hm?»

«Du warst stocksteif», sagte Melvin. «Mit zwei in die Luft gestreckten Fingern.»

Fernando stand langsam auf und kramte in seiner Tasche nach einer Zigarre.

«Fernando, Alter –» Ich riß ein Zündholz an und gab ihm Feuer. «Ich möchte dich ja nicht beunruhigen, aber du hast deine zwo Finger in die Luft gestreckt und warst steif wie ein Brett. Yvonne konnte kein Lebenszeichen mehr an dir entdecken!»

«Du hast an falsche Stelle gesucht», sagte Fernando und zwinkerte Yvonne zu. Dann wandte er sich mir zu, zuckte mit den Schultern. «Passiert mir manche Mal.»

«Was passiert dir?»

«Ich krieg eine Blackout.» Er schnippte mit den Fingern. «Einfach so!»

«Und was dann?»

«Später ich wache wieder auf.»

«Wieviel später?»

«Manche Mal ich laufe an der West Side lang und wache später an der East Side auf. Und erinner mich an nix dazwischen.»

Erschöpft setzte ich mich hin. Mein Blick kehrte sich der Große Frauens zu. Ihr gräßliches Antlitz starrte zurück, ihre enormen schwarzen Pupillen schienen zu zittern.

Fernando hatte sein Skizzenbuch zur Hand genommen und sah Mitzi an. «Wir machen weiter mit Modell stehen, hm?»

«Wir werden dir helfen, dein großes Wandbild zu vollenden», sagte Mitzi, während sie wieder ihren Platz auf der Couch einnahm. «Nichts wird uns davon abhalten.»

Natürlich war ich dankbar, dies zu hören. Mein ganzes Leben lang hatte ich mir einen epileptischen Maler gewünscht, der mit angewinkelten Armen und steifen Zeigefingern die endlosen Korridore eines zerebralen Blackouts vermaß.

«Du meine Inspiration, Baby.» Er war jetzt dabei, Skizzen von Mitzi aufs Blatt zu werfen. «Ich nie jemand gesehen auf der ganze Welt, der hat, was du hast.»

Noch vor wenigen Augenblicken hatte der Mann in einem katatonischen Anfall am Boden gelegen, und jetzt paffte er an seiner Zigarre. Hätte ich stocksteif mit zwei Fingern in der Luft auf einer Leiter gestanden, so würde ich verzweifelt die Ursache wissen wollen. Ich würde in einem Taxi sitzen, das die Ambulanz der nächsten Klinik ansteuerte. Aber daran sieht man den Unterschied zwischen einem durchgeknallten spanischen Künstler und einem vernünftigen amerikanischen Redakteur. Vernünftig? Ich weiß, was Sie meinen.

«Eins steht fest», sagte Fernando, «du mich morgen mitnimmst zu diese Produzent, der dich nervt, und ich ihm sagen, wo Spaß aufhört.»

«Vielleicht solltest du mal zu diesem Arzt gehen, den ich da kenne.» Mitzi striegelte die Fransen an der Kante eines Kissens, als seien es die Falten einer zerfurchten Stirn. «Er hat viel mit Kreativen zu tun. Du solltest mal mit mir da hinfahren. Howard, du würdest doch mitkommen, oder?»

«Ich scheiß auf Ärzte.» Originalton Fernando.

«Ich glaube, der könnte dir helfen, Fernando. Diese Blackouts, die du da immer kriegst, das ist nicht normal.»

«Ich scheiß auf normal.»

«Ich werde ihn morgen anrufen, und dann gehen wir mal zu ihm hin.»

Melvin legte einen neuen Film in die Kamera, machte sich bereit für die nächst Runde Nahaufnahmen. Yvonne griff nach ihrer Handtasche und rüstete zum Aufbruch. «Deine Wand da ist bloß der Anfang.»

«Was meinst du damit?»

«Gute Nacht, Schätzchen. Trink nicht zuviel.» Sie drückte mir einen Kuß auf die Wange und entschwand. Ich schenkte mir einen riesigen Drink ein und schlenderte zurück ins Wohnzimmer.

«Ich bewundere Yvonne», sagte Mitzi, als ich mich wieder in ihrer Nähe in einem Sessel niederließ. «Sie ist eine sehr energische Person.»

Ich reichte Mitzi einen Drink, sie nippte am Glas, ein kleines Rinnsal lief ihr am Kinn hinab und tröpfelte zwischen die Brüste. «Ich bin kein bißchen energisch», sagte sie und wischte sich mit dem Handrücken übers Kinn. «Also bau ich auf spontane Eingebungen.»

«Jetzt kommt ein Meisterschuß», verkündete Melvin, die Kamera aus waagerechter Position zwischen Mitzis Füßen direkt aufs Modell gerichtet.

Die Praxis des Psychiaters lag an der Park Avenue; sein Wartezimmer war geräumig und komfortabel eingerichtet. Wir parkten auf einem tiefen Sofa, das von zwei antiken Tischchen flankiert wurde, auf denen japanische Vasen mit kunstvollen Blumenarrangements standen, Signale geistiger Gesundheit und gelassener Ruhe. Die große breite Wand uns gegenüber war in einem blassen Pfirsichton gehalten, und Fernando starrte sie an.

Ich nahm die Zeitschriften zur Kenntnis, die vor uns auf dem Couchtisch lagen. *Town & Country, House & Garden, European Travel & Life, Connoisseur*. Wo blieb *Macho*?

«Er wird dir Fragen stellen und alles über dich wissen wollen», sagte Mitzi. «Und du wirst ihm seine Fragen klipp und klar beantworten.»

«Ich scheiß auf alles.»

«Erzähl ihm auf jeden Fall von deinen Blackouts.»

«Ich scheiß auf Blackouts.»

Ich legte ihm die Hand auf die Schulter. «Fernando, Mitzi hat sich deinetwegen viel Mühe gemacht. Erzähle Dr. Schotzky, was immer er von dir wissen will, und bitte scheiß hier auf nichts, okay?»

«Scheiß.»

Schotzkys Empfangsdame kam hinter ihrem Schreibtisch hervor und winkte Fernando zu sich. Er zwinkerte uns zu, als er ihr ins Sprechzimmer folgte.

«Nun», sagte Mitzi, «wir haben's geschafft, ihn herzulotsen.»

«Wie hast du das hingekriegt, so schnell einen Termin zu bekommen?»

«Ich habe meinen Termin an Fernando abgetreten.»

«Du gehst regelmäßig zu Dr. Schotzky?»

«Er hat mir sehr geholfen.» Sie schenkte mir ein seidenweiches Lächeln, das seine Wirkung in erster Linie ihrem Make-up verdankte. Die Göttin war wiedergekehrt – in kurzem Lederrock, einer perlenbesetzten mexikanischen Bluse und roter Baskenmütze. Mir fiel auf, daß sie sich heute graziöser bewegte als sonst, sie war kein einziges Mal über ihre eigenen Füße gestolpert, hatte nichts entzweigebrochen und nichts fallen lassen. Schufen Make-up und Kleider ein Image, dem sich ihr Körper gehorsam unterwarf, hypnotisiert von der eigenen Schönheit?

Sie sprach von ihrer Lyrik. Ich hatte mich mit ein paar Takten Yeast – ich meine Yeats – eingestimmt. Ich räusperte mich, und nach einer bedeutungsvollen Pause legte ich los: «Wie viele liebten dich im heitren Licht/Und, weil du schön warst, sahn dich mit Begier/Doch einer liebt' das Pilgerherz in dir...»

Mitzi machte ihre Handtasche auf. «Schau mal, was Fernando mir geschenkt hat. Hübsch, nicht wahr? Diese Schnörkelverzierung?»

Eine hübsche Waffe, im Vergleich zu anderen Automatik-Pistolen. Die Inschrift auf dem Lauf, *Fabrique Nationale d'Armes de Guerre Hersial Belgique*, war mit erhabenen Blätter- und Beerenranken verziert. «Sehr schön», sagte ich und gab sie ihr zurück.

«Spürst du ihr heitres Licht?» Sie hielt die Waffe in den hellen Kreis der Tischlampe. «Nach außen hin so zivilisiert, so fein, und dabei so überaus tödlich.»

«Geladen?»

«Selbstverständlich.» Sie verstaute die Waffe wieder in ihrer Tasche. «Sonst wär's ja bloß 'ne Art Souvenir.» Sie lehnte sich in ihrem Sessel zurück und reckte beide Arme über den Kopf. Ihr kleines paillettenbesetztes Blüschen rutschte am Bauch hoch, man hatte freien Blick auf ihren Nabel. Ich klappte mein Notizbuch auf und notierte rasch: BAUCHTANZ RETTETE MEINE EHE!

«Was schreibst du?»

«Ein Sonett.»

Wir plauderten über die petrarkische Form, bis Fernando wieder aus dem Sprechzimmer kam. «Ich werde ein Expräsident.»

«Ein Ex-Präsident?»

«Er findet meine Fall faszinierend.» Fernando zog eine Zigarre hervor, steckte sie in Brand, geleitete uns hinaus in den Flur. Sein

Auftreten hatte sich gewandelt, er strahlte jetzt die ganze Würde eines Mannes aus, der plötzlich zum Studienobjekt der Wissenschaft geworden ist. Wir fuhren mit dem Lift nach unten und traten hinaus auf die Park Avenue.

«Nun?»

«Er sagte, ich sei höchst interessante Typ. Sagte –» Fernando blies eine dünne Rauchsäule in die Sommerluft, «– sagte, einer wie ich ihm ist noch nie begegnet.»

Mitzi hakte sich bei ihm ein, fragte ihn ganz sanft: «Du hast ihm auch alles über dich erzählt?»

«Mein ganze Lebensgeschicht. Ihm gefallen besonders die Hühner im Badezimmer. Hab ich dir mal erzählt davon? Hat angefangen, als ich zehn Jahre alt war. Immer wenn ich in Badezimmer gehe, ich sehe Hühner. Gackern herum, laufen an mir vorbei raus und verschwinden, weg.»

«Siehst du diese Hühner immer noch?«

«Wir uns verstehen bestens. Ist bloß dumm, daß sie legen keine Eier.»

«Was hat er zu deinen Blackouts gesagt?»

«Er sagt, ich bin Schizofrenetiker.»

Fernando schlenderte zwischen uns einher, ein anerkannter Schizofrenetiker, der in Badezimmern Hühner sah. Er lächelte, hatte den Kopf zurückgelegt, atmete tief durch in der Sommerluft, ein Mann voller Zuversicht und beseelt von gutem Willen, bereit, es mit allem aufzunehmen, was die Macht des Schicksals ihm entgegenschleuderte, und sein halluziniertes Federvieh folgte ihm hinterdrein. «Dieser Doktor weiß eine Menge über Kunst. Er mir hat Bilder gezeigt, die er hat gesammelt, hübsch kleine Bilder in schwarze Tusche. Fragt mich, was ich von Bildern halte, sagte zu mir, ist sehr wichtig, was ich meine. Ich ihm sofort gesagt, sie sind großartig, daß er wertvoll Sammlung hat. Auf jedem ist eine Kuh in eine Kleid.»

Wir setzten Mitzi in Midtown vor dem Filmatelier ab, wo sie mit Dreharbeiten für Mr. Tony Baloney beschäftigt war, und fuhren weiter zu Chameleon Publications, wo ich schnurstracks zu Hattie hinüberging und eine Scharade für sie vollführte, ausgestreckte Arme, rotierendes Becken.

Sie sah mir aufmerksam zu. «MEIN MANN TRÄGT MEINE KLEIDER?»

Ich schüttelte den Kopf, drehte mich um und ließ mein Hinterteil kreisen. Hattie stützte die Ellenbogen auf ihren Computer und beobachtete mich nachdenklich. «MOM, ICH BIN VERLIEBT IN EINEN MÄNNLICHEN STRIPPER?»

Ich legte die Hände an die Hüften, ließ sie noch heftiger kreisen, auf und ab und im Kreise herum, bis mir die Knie anfingen zu zittern.

«Bauchtanz?»

Ich nickte, drängte sie zum weiterraten, indem ich eine Pirouette drehte, noch immer mit den Hüften kreisend.

«Bauchtanz...»

Ich zog mein Sparbuch hervor und wedelte damit vor ihr herum.

«...aufgespart...gerettet?»

Ich streckte den Arm aus, summte den Hochzeitsmarsch.

«BAUCHTANZ RETTETE MEINE EHE!» Sie wandte sich ihrem Computer zu, ich wankte in mein Kabuff, ein schmerzhaftes Ziehen in den Schenkeln, und kam genau zur rechten Zeit, um Crumpacker dort anzutreffen.

«Ich habe die ersten fünf Artikel für *Offenbarung*.» Er deutete auf den Aktendeckel, den er in der Hand hielt. «Ich nehm nicht an, daß Sie die sehen wollen.»

«Ganz recht.»

«Ich habe *sehr* hart gearbeitet an BEFEHL VON SATAN – ICH SÄGTE MEINE SCHWESTER MITTENDURCH.»

«Genau die Kragenweite der *Mitternachtspost*.»

«Nun, es wird in *Offenbarung* erscheinen, weil ich auf diese Story *nicht* verzichte.»

«Sie brauchen ja auf nichts zu verzichten. Machen Sie einfach 'ne Kopie davon für Hip, und er wird das für die *Post* umschreiben. Sie müssen die Interessen des Verlages im Auge behalten, Crumpacker. Nur so können wir all diese Magazine produzieren und trotzdem nachmittags noch Zeit zum Einkaufen finden.»

Ein Anflug von Skepsis spielte noch über Crumpackers Miene. «Wir schreiben voneinander ab?»

«Sooft es geht.»

«Merken das die Leser nicht?»

«Wenn sie 'ne getürkte Story in zwei verschiedenen Publikationen lesen, dann wird sie in ihren Köpfen zur Tatsache. Das ist das Geheimnis des Journalismus. Wirklich, Crumpacker, von einem Prälaten der heiligen Versandkirche von Kalifornien hätte ich erwartet, daß er die Form unserer Arbeitsweise schneller begreift. Und nun müssen Sie mich entschuldigen.» Der Summer an meiner Sprechanlage ertönte, ein Ruf von Nathan. Ich verließ mein Kabuff, begab mich vor seine Tür, öffnete sie und hielt dabei den Körper flach gegen die Füllung gepreßt, um möglichst wenig Zielfläche zu bieten, kein großer Vorteil, doch einer, der sich als entscheidend erweisen konnte, siehe *Kloss Pennington gegen Chameleon Publications*.

«Howard, wir werden auf zwanzig Millionen verklagt.» Er wies auf ein juristisches Schriftstück, das auf seinem Schreibtisch lag. «Ich frage mich, ob es einen Weg gibt, so etwas zu umgehen.» Ich nahm den Schriftsatz zur Hand und stellte fest, daß es sich bei der gekränkten Person um eine Filmdiva in mittleren Jahren handelte, die von Yvonne in obszönster Weise verleumdet worden war. Nathan drückte auf den Knopf seiner Sprechanlage. «Yvonne, kommst du mal bitte herein?»

«Ich habe zu tun.»

«Man will mich verklagen.»

«Das ist doch nichts Neues.»

«Jetzt komm mal rein, Yvonne.» Nathan schaltete ab und wandte sich wieder mir zu. «Eines Tages wird sie dieses großartige Verlagsimperium in einen Scherbenhaufen verwandeln.»

Man hörte ein zaghaftes Klopfen, dann schob Yvonne sich, seitwärts an die Tür gepreßt, ins Zimmer. Als sie Nathan unbewaffnet am Schreibtisch sitzen sah, verzichtete sie auf weitere Vorsichtsmaßnahmen und kam auf uns zu, mit stolz erhobener, erhebender Oberweite – der schwarze Häkelpulli saß wie angegossen.

Nathan streute sich Brom in ein Glas Wasser. «Du hast Lorna Lee im Umkleideraum einer Profi-Basketball-Mannschaft auftreten lassen.»

«Sie steht auf große Männer.»

«Weiterhin steckst du sie mit einem Fernsehprediger in ein Motelzimmer.»

«Sie hat zu Jesus gefunden.»

«Sie hat zu einem Anwalt gefunden, der drauf und dran ist, mir die Eier abzureißen. Deine Stories müssen sein wie Zuckerwatte, hast du das vergessen? Wie Zuckerwatte. Sobald man die Lippen dranhält, schmilzt alles weg. Hab ich dir das nicht immer wieder gesagt?» Er leerte sein Glas aus und stellte es zurück auf den

Schreibtisch. «Es erstaunt mich, daß ich so was einem alten Hasen wie dir erzählen muß, Yvonne.» Nathan hielt sich die Hand vor den Mund und rülpste. «Sieh mal, wir sind hier nun alle schon lange in dieser Branche. Wir verstehen unser Handwerk. Dieser Donald Duck von einem Anwalt kann sich was in den Hut kacken. Aber wir wollen es solchen Knaben in Zukunft nicht allzu leicht machen. Okay?»

Yvonne pflanzte sich vor Nathan auf und ging zum Gegenangriff über. Ich zog es vor, in mein Kabuff zurückzukehren, wo ich Siggy Blomberg mit versengten Brauen antraf, ein Jesus-Nachtlicht aus Plastik schwenkend, dessen Stecker schwarz verrußt war. «Ich hab's in die Steckdose gedrückt, und das Dreckding ist mir unter der Nase explodiert.»

«Ich hab dir doch gesagt, du sollst nie den Kram aus diesen Anzeigen ausprobieren!»

Er nickte, während er sich die versengten Brauen rieb. «Jedenfalls hab ich *Offenbarung* unter Dach und Fach. Jeder Zoll Anzeigenplatz ist für die nächsten sechs Wochen verkauft. Religiöser Ramsch und Bruchbänder. Und Nathan will von mir wissen, wieso ich keine ganzseitigen Anzeigen für *Bijan*-Parfum an Land gezogen hab!» Angewidert warf Sig sein angekokeltes Nachtlicht auf einen Stoß alter *Mitternachtspost*-Exemplare. «Diese Magazine sind etwas für *Yekls*, nichts für Damen im Zobel.» Er knöpfte sich den Hemdkragen auf und fuhr sich mit dem Finger rings um den schwitzenden Hals, während er auf die in der Sonne flirrende Straße hinausstarrte. «Da draußen kommst du dir vor wie in Dubinskys Dampfbad, und ich muß mir bei dieser Hitze die Hacken ablaufen.»

«Warum greifst du nicht auf diese moderne Erfindung namens Telefon zurück?»

»Meinst du vielleicht, Lady Rana von *Lucky Coin Medallion* geht ans Telefon? Das ist, als wolltest du 'ne Botschaft von den Toten empfangen.» Sig fächelte sich mit einem Aktendeckel Kühlung zu. «Ich muß da selber hin, zwei Treppen hoch in einem Treppenhaus, wo du zu jeder Tages- und Nachtstunde abgemurkst werden kannst, und der höchstpersönlich auf die Pelle rücken. Hier –» Siggy griff in seine Tasche, reichte mir eine Münze, die an einem Kettchen hing. «Kriegst du garantiert einen grünen Hals von.»

Ich schlang mir die Kette um den Hals und ließ Lady Ranas

Glücksmedaillon unters Hemd rutschen. Siggy lehnte sich vor, die Ellenbogen auf meine Schreibtischkante gestützt. «Wenn du in Midtown Manhattan 'ne Tür aufmachst, Howard, dann mußt du mit *allem* rechnen. Ich mach sie auf, diese Türen, ich trete hindurch. Ich finde mich in einer Fabrik für Hautcreme wieder, ein großer Raum mit 'nem blubbernden Kessel in der Mitte. Da drin blubbert sie, Howard, die Pustel-Creme, und irgend so ein alter Knabe steht drübergebeugt und rührt das um, mit 'nem Baseballschläger. Ich entwerf für den 'ne Anzeige, ich schreib den Text und kleb das Layout, ich mache alles, um Anzeigen zu verkaufen. Pustel-Creme, Howard. Ich bin einer ihrer Schöpfer. Mir fiel mein Kaugummi in den Kessel, und der alte Knabe meinte, das macht nichts, da fällt immer mal was rein.»

«Sie beseitigt Pusteln?»

«Mir ist das Ende von meinem Schlips in den Kessel gerutscht.» Siggy hielt mir das Ende von seinem Schlips entgegen. «Siehst du das? Unten ist er völlig weiß. Wenn ich das nächste Mal hinkomme, werfe ich den ganzen Schlips rein, damit er 'ne einheitliche Farbe kriegt.» Gedankenverloren starrte er auf das Unterteil von seinem Schlips. «Falls irgend 'ne Ratte in die Pustel-Creme fällt, wird sie zerkocht und in ein Glas mit Schraubverschluß gefüllt.»

«Sig, vielleicht sollte ich dich eines Tages mal auf deiner Runde begleiten.»

«Wir werden Madame Veronique von *Voodoo Afrique* besuchen. Schon mal ihre Anzeige gesehen?» Er schlug eine *Mitternachtspost* auf und zeigte mir eine halbseitige Anzeige, in der Liebestränke, Puppenmagie und Amulettsteine angeboten wurden. «Steht schon mit fünf Mille bei uns in der Kreide, aber ich verschone sie, weil ich keine Lust hab, neben 'nem toten Frosch in 'ner Flasche zu enden.»

Vor meinem geistigen Auge entstand unvermittelt das Bild eines geschrumpften Siggy Blomberg, der hilflos in einer Flasche schwamm. Seine Lockenpracht trieb ihm rings um den Schädel, und er starrte mit aufgerissenen Augen heraus, während sich seine Händchen nach der Glaswand streckten. «Jetzt komm, Sig, du hast doch wohl nicht im Ernst Angst vor der, oder?»

«Howard, ein Anzeigenkunde, der getrocknete Fledermäuse im Fenster hängen hat, der kriegt bei mir Kredit.» Mit einem tiefen Seufzer stand er auf, und ich schlenderte mit ihm zum Trinkwasserspender. Sparsam füllten wir unsere kleinen Pappbecher, denn

Nathan zog uns den Wasserpreis jeder Tankfüllung vom Gehalt ab. Sig leerte seine bescheidene Portion mit einem einzigen Schluck und ging dann, wobei er sich hinten an der Hosennaht zupfte. Ich schlenderte weiter und besuchte Amber in der Schönheitsgrotte, deren Wände mit Fotos der neuen Frisuren, der neuen Rocksäume, der letzten Entdeckungen auf dem Gebiet der Hautpflege tapeziert waren. «Du hast hier keine Pustel-Creme?»

«Pustel-Creme?»

«Die aus der Anzeige in der *Mitternachtspost.*»

«In die *Post* guck ich nie rein, wenn es sich vermeiden läßt.» Amber trug ein blaues Oberteil, das Arme und Schultern unverhüllt ließ; ihr Kleid war in passendem Blau gehalten und übersät mit lauter aufgestickten Äuglein; die untersten drei Knöpfe standen offen und ließen ein Paar wunderschöne Knie sehen. Ich blätterte in ihren Modekatalogen und fragte mich, wie ich mit meiner eigenen Sommergarderobe verfahren sollte, die Crumpacker so grausam niedergemacht hatte. «Amber, ich führe eine Umfrage durch. Was hältst du von meiner Garderobe? Crumpacker hat mir zu verstehen gegeben, sie lasse zu wünschen übrig.»

«Es braucht Jahre, einen eigenen Stil zu entwickeln, Howard. Manche Leute schaffen es nie, sie haben einfach keine Veranlagung dazu.»

Ich legte meine Hand auf die ihre. «Du kannst vielleicht gar nicht wissen, wieviel mir an dir liegt, Amber. Dein Foto steht neben meinem Bett. Das Bild, das wir in *Geständnisse* abgedruckt haben, du erinnerst dich? ICH WAR GEZWUNGEN, MEINEN KÖRPER ZU VERKAUFEN – ZUR FINANZIERUNG MEINER SUCHT.»

«Auf dem Foto konnte man nicht einmal mein Gesicht erkennen.»

«Du warst niemals berückender.»

«Siggy verpaßt mir da gerade eine Injektion in den Oberschenkel, mit einer Nähnadel, die er vorne an eine Eieruhr drangepappt hat.»

«Du hast die schönsten Schenkel, die mir je begegnet sind. Ich hab dich in einem antiken Rahmen neben mir, gebadet in bernsteingelbem Licht. Falls ich mitten in der Nacht ohne jede Orientierung im Dunkeln aufwache, wie es mir oft passiert, dann bist du zur Stelle.»

«Howard, ich habe in fünf Minuten eine Verabredung zum Lunch.»

«Amber, wenn wir heiraten würden, könnten wir ein kleines Häuschen in Tenafly kaufen.»

«Wieso in Gottes Namen sollte jemand in Tenafly wohnen wollen?» Mit diesen denkwürdigen Worten entschwand sie zum Lunch, wie auch die restliche Belegschaft, und ich kehrte in mein Kabuff zurück, um über ein paar fünf mal sieben Zoll große Dias junger Frauen nachzusinnen, die uns Herr von Germersheim überlassen hatte. Dem gewellten Haar und ihren Muskelpaketen nach zu urteilen schien es sich um Mitglieder von Hitlers Mädchenbund zu handeln. Von Germersheim versuchte wahrscheinlich, alte Bestände abzustoßen.

Das Geräusch einer zuknallenden Tür ließ mich herumfahren, und ich sah, wie Mitzi Mouse in die Redaktion hereingerannt kam, nichts am Leibe als einen kurzen schwarzen Kimono, Netzstrümpfe und Stöckelschuhe. Ihre Kriegsbemalung war verschmiert, die Frisur hing schief, und sie kreischte hysterisch: «Rate mal, auf wen ich gerade geschossen hab!»

«Geschossen?»

«Es war keine Absicht! Ich hab mit der Pistole auf ihn gezielt, ich wollte ihn ja bloß einschüchtern, aber das Ding ging los!» Unter den dunklen Streifen der zerlaufenen Wimperntusche war Mitzis Gesicht bleich vor Angst. «Du weißt ja, was ich für ein Tolpatsch bin.»

«Auf wen hast du geschossen?»

«Tony Baloney.»

Sie sank mir entgegen, als versuche sie, sich unter meinem Jackett zu verkriechen. Ich strich ihr mit der Hand übers Haar; es war steif vor Haarspray und befand sich offensichtlich im Übergangsstadium zwischen schwerer Angegriffenheit und totaler Zerstörung. Und Tony Baloney?

«Er fiel um und hielt sich sein Bein. Ich hab ihn doch bloß verwundet, oder?» Sie sah zu mir hoch, ihr Blick erflehte Bestätigung. «Bitte hilf mir, Howard – er bringt mich um!»

«Ist dir irgendwer gefolgt?»

«Ich bin gleich draußen vor dem Studio in ein Taxi gestiegen.»

Sie machte sich von mir los und ging zum Fenster. «Da fuhr so eine schwarze Limousine hinter uns, das könnte die von Tony gewesen sein.» Sie ließ sich auf meinen Stuhl sinken, auf ihre unbeholfene Art, der Kimono öffnete sich und enthüllte den roten Rüschensaum ihres Strumpfhalters, ein Strumpf saß lose. «Er hat mir in meiner

Kaffeepause seine Knarre unter die Nase gehalten, und die Pause ist die einzige Gelegenheit, wo ich an meiner Lyrik arbeiten kann. Ohne meine dummen Gedichte» – die Tränen liefen ihr über die Wangen – «besteht mein Leben doch bloß aus Pornographie. Da bin ich durchgedreht. Ich hab Fernandos Pistole aus der Tasche geholt, und irgendwie ging sie los.»

«Wir müssen die Polizei anrufen.»

«Die steht bei Tony Baloney auf der Gehaltsliste.»

«Mitzi, hier lang.» Ich bugsierte sie zu Nathans Tür. Nathan hielt ein Nickerchen auf seiner Couch, hatte die Hände überm Bauch gefaltet, sein Schmerbauch hob und senkte sich so niedlich wie bei einem kleinem Koalabär. «Nathan», rief ich leise. Er schlug die Augen auf. Einen Augenblick lang schien er nicht von dieser Welt; sein Astralleib streifte noch in den Regenwäldern seiner Träume herum.

«Nathan, du erinnerst dich doch an Mitzi Mouse.»

«Wie geht's?» Nathan schwang die Beine von der Sofalehne, gähnte und fuhr sich mit der Hand über den kahlen, sommersprossigen Schädel.

«Nathan, Mitzi hat gerade einen Pornofilmproduzenten namens Tony Baloney niedergeschossen.»

Mitzi unterbrach tränenreich. «Es war ein Versehen. Ich hatte gerade Kaffeepause –»

Nathan starrte sie an. «Sie haben Tony Baloney niedergeschossen?»

«Sie glaubt, daß seine Torpedos ihr hierher gefolgt sind», sagte ich. «Findest du nicht, wir sollten die Polizei rufen?»

Nathan erhob sich vom Sofa, nahm eine Flasche mit giftiger Pfeilsoße vom Fensterbrett. «Hab mir gerade eine neue Portion gemixt.»

«Die Typen sind sehr gefährlich», sagte Mitzi.

«Ich auch.»

«Ich nenne sie –» Mitzi machte nervös ihre Tasche auf, kramte mit der verstörten Beharrlichkeit einer Bag Lady eine Handvoll Notizblätter hervor, «– des Berserkers blutrünstige Bulldoggen.»

«Sie haben Hunde?»

«Mitzi hat ein Faible für poetische Metaphern, Nathan.»

«Wir müssen die gesamte Redaktion in Alarmbereitschaft versetzen.»

«Die sind alle beim Lunch.»

Nathan warf einen Blick auf seine Uhr. «Um diese Zeit? Wofür bezahle ich die eigentlich?»

«Sie warten immer, bis du dein Mittagsschläfchen hinter dir hast.»

Er drückte auf die Taste seiner Sprechanlage. «Hyacinth, schick alle zu mir rein, sobald sie zurückkommen.» Er blickte auf, zu Mitzi hin. «Weiß die Bande, zu wem Sie hier im Gebäude wollten?»

«Das können sie auf keinen Fall wissen.»

«Dann werden sie das ganze Haus absuchen.» Er zog die Schreibtischlade auf und nahm die Armbrust heraus.

»Nathan», sagte ich, «wir schießen hier nicht auf Tauben. Das sind die Burschen, die in *Talerico's Clam House* den kompletten Mastachenza-Clan umgenietet haben.»

«Und sie werden mich umnieten», schluchzte Mitzi.

«Mit denen nehmen wir's schon auf», knurrte Nathan; die Jagdlust blitzte in seinen Augen.

Ich versuchte es auf anderem Weg. «Nathan, wenn ein Staatsbürger über die Stränge schlägt und irrtümlich einen anderen Staatsbürger ins Bein schießt, muß sich das große Räderwerk der sozialen Ordnungsmechanismen in Bewegung setzen. Wieso wählen wir nicht einfach den Polizeinotruf, der für solche Fälle eingerichtet wurde?»

«Hast du es schon jemals mit dem Polizeinotruf versucht? Von welchen Ordnungsmechanismen redest du? Diese Stadt befindet sich am Rande des Chaos. Du rufst an und verlangst einen Krankenwagen, und was passiert? Nada. Kleine alte Damen, die eins mit dem Bleirohr übern Schädel kriegen, wählen 911 und krepieren mit dem Arsch aus dem Fenster. Eine Bande Vandalen klaut das Dach von 'nem Haus, der Hausmeister wählt 911, am nächsten Tag ist das ganze Haus weg, und dem Hausmeister tutet immer noch das Besetztzeichen ins Ohr. 911, das war einmal, Howard. 911 ist Opium fürs Volk.»

«Unsinn.» Ich nahm den Hörer ab und wählte 911. Eine Tonbandstimme sagte: «Alle Leitungen sind im Moment besetzt. Sobald eine frei wird, wird ihr Anruf entgegengenommen. Wir danken Ihnen, daß Sie vom Notruf 911 Gebrauch machen, und wünschen Ihnen einen schönen Tag.» Ich blieb dran, lauschte dem Gedudel der Muzak und wartete ab. Plötzlich hatte ich einen Summton im Ohr und hörte die verzweifelte Stimme einer Staatsbürgerin. «*Hier steht ein Mann in Unterwäsche in meinem Zimmer!*»

Ich wartete auf die Reaktion der Staatsgewalt und merkte dann, daß die Frau mit mir sprach. «Hallo?«

«Er fällt über mich her!«

«Geben Sie ihn mir bitte mal ans Telefon», sagte ich. «Ich regle das.»

Als nächstes hörte ich ein neuerliches Summen, und die Tonbandaufnahme begann von vorn. «Alle Leitungen sind im Moment besetzt. Sobald eine frei wird...»

Ich starrte den Hörer an und ließ ihn langsam zurück auf die Gabel sinken. «Nathan, mach dein Blasrohr schußbereit.»

Nathan begann, die Pfeile in seine Chilisauce zu tauchen. Mitzi nahm die Armbrust zur Hand, neben meinem Ohr ertönte ein metallisches *Zong*, gefolgt von einem unterdrückten Aufschrei von Mitzi, und der Bolzen sauste genau in dem Augenblick los, als die Tür geöffnet wurde, Kardinal Crumpacker ging in die Knie wie ein Pilger in Lourdes, der Bolzen sirrte über seinen Kopf hinweg und bohrte sich draußen in die Wand der Eingangshalle, neben Hyacinth, die ihn mit stummem Entsetzen ansah.

Crumpacker zupfte sich die Manschette gerade. «Ich kündige.»

Gleich hinter ihm kam Hyacinth hereingerauscht. «Ich kündige auch!» Sie rannte auf Nathan zu, baute sich vor ihm auf und keifte: «Ich hab dir schon tausendmal gesagt, ich arbeite nicht auf 'nem Schießstand!»

«Jetzt hört mal zu, ihr zwei», sagte ich, während Nathan fortfuhr, seine Pfeile in Gift zu tunken, «Mitzis Leben ist in Gefahr, und wir müssen ihr helfen.»

«*Ich* helfe gar keinem», sagte Crumpacker. «Ich kassier jetzt erst mal achtzehn Wochen Arbeitslosengeld.»

Yvonne kehrte vom Lunch zurück, sah die offenstehende Tür und gesellte sich zu uns. «Was ist denn los?»

«Jemand ist hinter Mitzi her.»

«Das überrascht mich nicht. Liebe Mitzi, wenn du in *diesem* Aufzug auf der Straße rumläufst, dann kannst du nicht erwarten –»

«Sie hat Tony Baloney umgelegt.»

«Ich hab ihn bloß verwundet.» Mitzi machte schlapp, ihr Körper sank in sich zusammen, ihr Gesicht wurde noch bleicher, sie preßte sich die Hände auf den Bauch. «Ich glaube, mir wird schlecht.»

«Hier rein in den Papierkorb, meine Liebe.» Yvonne trat ein paar Schritte zurück, doch Mitzi richtete sich wieder auf, sie hatte es überstanden. «Schon gut, ich bin okay.»

«Nun, du siehst furchtbar aus. Howard, gib ihr etwas.»

«Hier, Mitzi, nimm 'n Pfefferminz.»

«Das passiert mir immer, wenn ich mich vor etwas fürchte. Gewöhnlich krieg ich Diarrhoe.» Ihre Gedichte hielt sie krampfhaft in der Faust, wie ein zerknülltes Taschentuch. Schließlich waren sie alles, was sie wirklich besaß, diese Porno-Poetin in Kimono und Strapsen.

Nathan sah von seinem Gift auf. «Kardinal, schauen Sie nach, ob sich irgendeine zwielichtige Figur unten in der Lobby rumtreibt.»

«Ich habe vor zwei Minuten gekündigt.» Seelenruhig und mit hochherrschaftlicher Geste verschränkte Crumpacker die Arme vor der Brust.

Mitzi sah ihn flehentlich an.

«Oh, aber *gern*», sagte Crumpacker. «Wie sehen sie denn aus?»

«Teure Anzüge. Goldketten, dicke Ringe. Gemeine Visagen.»

«Vielen herzlichen Dank. Sehr zuvorkommend.» Crumpacker verließ die Redaktion mit einer Aura majestätischer Mißmutigkeit. Im gleichen Augenblick kam Hattie herein.

Ich nahm sie an ihrem schlanken Arm. «Mitzis Produzent hat sie bei ihrer Kaffeepause gestört, also hat sie ihn umgenietet.»

Schon hatte Hattie Notizbuch und Stift in der Hand. «ICH WARNTE MEINEN CHEF: EINES TAGES GEHEN SIE ZU WEIT!»

«Und jetzt sind die Gangster hinter ihr her. Nathan wird weitere Instruktionen geben.»

In Nathans Verhalten war eine merkliche Veränderung vorgegangen. Er versuchte, seinen Wanst einzuziehen, bis er vor Anstrengung rot anlief. «Hattie –» Er machte seinen Schreibtisch auf und holte ein Paar schwarze, rasiermesserscharfe *Macho*-Wurfsterne heraus. «Zeig mal, ob du mit denen umgehen kannst.»

Unsere Redakteurin für intime Geständnisse nahm einen der Sterne, holte aus und warf. Das grausige kleine Ding sirrte durch die Luft und bohrte sich tief in die Bürowand. Hattie sah uns an. «ICH WAR EIN WILDFANG – WAS NICHT HEISST, DASS ICH KEINE LIEBE EMPFAND.»

«Du übernimmst den inneren Teil der Redaktion. Falls irgendwer hier reinschneit, bereitest du ihm einen gebührenden Empfang.»

Nathan wandte sich an Yvonne. «Du behältst draußen die Feuerleiter im Auge.»

»Tony Baloney», sagte Hip O'Hopp, als er hereinkam, «der Sohnemann von Big Joe Baloney! Der Stammbaum läßt sich zurückverfolgen zu Murder Inc. Mit denen wollen wir uns anlegen?»

«Wir können nicht zulassen, daß sie die Kleine hier totschießen», sagte Nathan. «Sie hat sich unter unsere Fittiche begeben, und wir werden sie beschützen.»

Hip setzte sich auf die Schreibtischkante. »Überfälle auf Geldtransporte, Heroin, Girls, Zinswucher, die lassen nichts links liegen. Und sind jetzt seit drei Generationen im Geschäft. Wir haben mal 'ne Story über sie gemacht, als ich noch bei der *Times* war, und unseren Informanten fand man hinterher mit abgeschnittenen Ohren in 'ner Mülltonne in Brooklyn.»

«Ach was», sagte Nathan, «so was schreckt mich nicht.»

«Habt ihr das alle gehört?» verkündete ich. «So was kann Nathan nicht schrecken.»

«Jawohl», sagte Hyacinth, «weil er nicht alle Tassen im Schrank hat. Aber ich werde mir nicht die Ohren abschneiden lassen. Wer würde schon 'ne Empfangsdame einstellen, die keine Ohren mehr hat?»

«Das ist ein Argument, Nathan. Wie sollte sie die Telefonanlage bedienen?»

Nathan sah Mitzi an. «Haben Sie Ihre Knarre dabei?»

«Ich wünschte, die ich hätte ich nie gesehen!» Mit noch zitternden Händen öffnete Mitzi ihre Handtasche und nahm die Automatik heraus. Wir lehnten uns alle ein wenig zur Seite. Nathan nahm sie entgegen und reichte sie weiter an Hyacinth. «Geh wieder raus an deinen Platz am Empfang.» Er wandte sich mir zu. «Du machst dich auf den Weg und besorgst unten in dem Sportartikelladen noch ein paar Waffen. Vergiß nicht, den Verkäufer daran zu erinnern, daß wir zehn Prozent Rabatt kriegen.»

Ich kam an Hyacinths Empfangstisch vorüber. Die Pistole lag neben ihrem Telefon. Sie blickte auf und sah mich an. «Weißt du, daß ich bei Revlon-Kosmetik arbeiten könnte?»

Vorsichtig trat ich hinaus auf den Flur, drückte auf den Fahrstuhlknopf, stieg ein. Die Decke unseres Lifts war verspiegelt, ein frivoler Augenblick in der ansonsten freudlosen Karriere eines Fahrstuhl-Designers. Wenn ich nach oben schaute, sah ich mich auf dem Kopf stehen. Ich und ich, wie die Rastamänner sagen, gelangten ohne Zwischenfall ins Parterre. In der Lobby sah ich Crumpacker am Zeitungskiosk stehen. Er hob den Blick, sah mich über sein aufgeschlagenes *Gentleman's Quarterly* hinweg an. «Kommen Sie mit, Crumpacker. Sie sollten besser rings um den Block patrouillieren.»

«Ich sollte die Stellenangebote patrouillieren.» Er schlenderte neben mir her durch die Lobby. An der Tür blieben wir stehen und spähten nach draußen.

«Crumpacker, wir benehmen uns verdächtig. Gaffen Sie nicht in die Gegend, werfen Sie kurze Blicke nach links und rechts wie ein lauerndes Tier.»

«Rechts von mir sind *Sie*.»

«Sehen Sie irgendwen auf der anderen Straßenseite? Da! Im Eingang von dem Gebäude dort drüben, die typische Verbrechervisage!»

«Das ist Siggy.»

Siggy schlüpfte im Zickzackkurs durch den Verkehr zu uns herüber, eine Hand hinten unterm Hosenbund. «Ich hab heute schon zehn Pfund abgenommen, der Schweiß läuft mir nur so die Beine runter.»

«Sig, komm einfach ein Stück mit uns. Dort oben gibt es nämlich ein kleines Problem.»

«Uh, oh, die Dame mit den grünen Lollos?»

«Gangster aus Brownsville.»

«Mein altes Viertel. Pitkin Avenue. Da laufen wir jetzt am besten weiter geradeaus, denn das sind Typen, die stecken dir deinen Kopf in die Müllpresse. Oder noch schlimmer.»

«Sig, was ist schlimmer, als wenn dir einer den Kopf in die Müllpresse steckt?»

«Für Nathan arbeiten. Was hat er den Burschen denn getan?»

«Er hat nichts getan. Mitzi Mouse – du erinnerst dich an Mitzi?»

«*Solche* Titten?»

«Sie hat einen Filmproduzenten namens Baloney umgeballert.»

«*Oy, gewalt.*» Siggy griff hinter sich und zerrte heftig an seiner Hosennaht, um sich in volle Gefechtsbereitschaft zu versetzen.

Wir betraten das Sportgeschäft. «Kauf eine Waffe für dich, Sig.»

«Howard, wenn die kleine Schickse Tony Baloney umgenietet hat, dann ist das Spiel so gut wie gelaufen.»

Ich legte ihm meine Hände auf die Schultern und blickte ihm tief in die Augen. «Sig, ist es die Müllpresse, vor der du Schiß hast?»

«Genau. Ich will nicht als kleines viereckiges Päckchen enden, mit 'ner Schnur drumherum.»

Ich hatte eine jähe Version von Sig als vollendetem Würfel, oben starrten aus dem plattgedrückten Kopf zwei Augen hervor; seine Hände lagen fest an den Seiten, als ob sie den Würfel zusammenhielten, und unten ragte ein Paar Schuhe heraus.

«Sig, Mitzi sitzt in der Klemme.»

«Das kannst du aber laut sagen.»

«Und selbst Crumpacker, der noch keine Woche bei uns ist, leistet uns Schützenhilfe.» Ich wies mit einem Kopfnicken in Crumpackers Richtung und bemerkte, daß er zu einem Ständer mit nautischer Sportkleidung abgewandert war. «Waffen, Crumpacker, nicht Kleider.»

«Kleidung ist eine Waffe«, sagte er, wandte sich aber einem Tablett mit Angelhaken zu.

Ich blickte Siggy an, der sich in Richtung Tür davonstahl. «Sig, alter Junge, auch Yvonne und Hattie kämpfen mit. Wie kannst du da kneifen?»

«Weil ich ein *Pischer* bin.»

«Könntest du dich etwas allgemeinverständlicher audrücken?»

«Ein feiger, schwächlicher, alberner Anzeigenakquisiteur.»

Ich schob ihn vor ein Regal mit Bumerangs. «Bewaffne dich.»

«*Oy, gewalt.*» Er ließ eine leise Litanei von *Oy-oy-oys* vom Stapel und begutachtete der Reihe nach die Bumerangs. Ich suchte mir einen Baseballschläger mit Helm aus, dazu ein Schweizer Offiziersmesser. Sig erwartete mich an der Theke mit seinem Bumerang. Crumpacker hatte eine Angelrute. «Was wollen Sie denn damit?»

«Zufällig ist das die Waffe meiner Wahl.»

Ich ließ alles auf die Rechnung der Firma setzen, und beladen mit Paketen verließen wir das Geschäft. Als wir auf die Straße kamen, bemerkte ich aus den Augenwinkeln eine große schwarze Limousine, die langsam auf uns zukam. «Nicht hinschauen.»

«Ich laß mir überhaupt nix anmerken.»

«Bei den Limousinen schau ich immer rein, wer drinsitzt», sagte Crumpacker. «Ein gewisses Maß an Neugier ist ganz natürlich.» Er studierte die undeutlichen Umrisse hinter den meergrünen Scheiben. «Scheint voller Alligatoren zu sein.»

Der Wagen rollte an uns vorbei, und wir hasteten die Straße entlang, unter dem riesigen Fallrohr einer Baustelle hindurch, das vom oberen Teil eines Gebäudes in einen am Straßenrand stehenden Container führte. Durch das Rohr schepperten Putz, alte Latten und anderer Bauschutt, und einen kurzen Augenblick lang, während wir durch den aufgewirbelten Mörtelstaub eilten, hatte ich das höchst seltsame Gefühl, mich selbst in so einem Fallrohr zu befinden und mich in einem langen dunklen Schacht vorwärtszukämpfen.

Wir bogen um die Ecke und betraten unser Gebäude, plauderten über Belanglosigkeiten und vermieden es tunlichst, einen Blick über die Schulter zu werfen.

«Als ich 'n kleiner Junge war», sagte Siggy, «haben mich die Baloney-Brüder jede Woche verprügelt. Jetzt bin ich ein erwachsener Mann, und sie werden mich killen.»

Wir stiegen in den Fahrstuhl und fuhren hinauf in unser bewaffnetes Camp. «Geht ihr beide schon rein, ich will mal nachsehen, wie Yvonne klarkommt.»

Ich eilte den Flur runter zu der Stelle, an der wir sie postiert hatten. Sie stand am offenen Fenster und hämmerte gerade mit einem kombinierten Schwamm-Mop auf einen Mann draußen auf der Feuerleiter ein. Er stolperte rückwärts die Eisenstufen hinunter, Yvonne stieg zum Fenster hinaus, setzte ihm nach und verlor dabei einen ihrer Stöckelschuhe, auch die Perücke rutschte ein Stück zur Seite. Ich rannte zum Fensterbrett und kam gerade rechtzeitig, um mit anzusehen, wie der Mann die Stufen hinunterpurzelte, während sich von oben ein Eimer Wasser über ihn ergoß. Verzweifelt grabschte er nach dem Geländer und konnte seinen Sturz gerade noch aufhalten, doch Yvonne klatschte ihm erbarmungslos den schwammbewehrten Mop ins Gesicht.

«Der Reinigungsdienst, Yvonne», sagte ich, bevor sie ihn vom Geländer wegdrängen und in den Tod stürzen konnte.

«Ich arbeite hier, Miss, ich arbeite hier...» Der Mann schwang sich zurück auf eine Stelle, wo er wieder sicheren Halt hatte. Seifenschaum quoll ihm aus der Nase, Hemd und Hose waren mit einem penetrant riechenden Reinigungsmittel durchtränkt, in seiner Ohrmuschel hing ein Fetzen Schwamm. «Ich putze... die verdammten Fenster... sehen Sie?» Er hielt seinen kleinen Gummirakel hoch.

«Wieso haben Sie sich nicht ausgewiesen?»

«Der Eimer, Miss.» Er schnappte ihn sich von der Treppe und schwenkte ihn in ihre Richtung. «Denken Sie vielleicht, ich mach hier oben 'ne Meinungsumfrage?» Er nahm den Schwamm und drückte ihn aus. «Gehen Sie mir aus dem Weg, ich muß fertig werden.»

Er stieg an uns vorbei, das Wasser rann ihm in Strömen aus den Hosenbeinen in die Schuhe.

Yvonne rückte ihre Perücke zurecht und kletterte wieder herein in den Flur. Mit einem flinken Ruck zog sie sich den Rocksaum herunter. «Ich hab jede Minute genossen.» Sie schlüpfte wieder in ihren Schuh und klapperte mit dem Absatz, bis sie sicher in dem spitz zulaufenden Folterinstrument steckte. Ich beließ sie auf ihrem Posten und kehrte zurück in die Redaktion. Hyacinth zielte mit der Automatik auf die Eingangstür, als ich eintrat.

«Baller nicht auf den Falschen», sagte ich, als ich an ihrem Schreibtisch vorbeiging.

«Und woran soll ich den Richtigen erkennen?»

«Er wird sich wahrscheinlich ohne Umschweife auf dich stürzen.»

«Wenn ich jeden Kerl umballern würde, der sich ohne Umschweife auf mich stürzt, wäre die Stadt mit Leichen gepflastert.»

Ich gesellte mich zu den anderen in der Einsatzzentrale und reichte Hip O'Hopp den Baseballschläger und den Helm. «Du bist unser designierter Schlagmann.»

Er zog sich den Helm über den Schädel, wog prüfend den Schläger in seiner Hand, räusperte sich und tönte mit schwerer Zunge: «Casey wirkte wie immer locker und entspannt, als er seinen Platz auf dem Feld einnahm...» Leicht schwankend schritt er von dannen, den Schläger über der Schulter. Nachmittags verfügte Hip selten über einen klaren Kopf; ob er überhaupt wußte, worum es bei der ganzen Sache ging?

Nathan versuchte, einen Blick in Siggys Einkaufstüte zu werfen. «Was hast du denn da drin?»

Sig zog seinen Bumerang heraus, beim Anblick der exotischen Jagdwaffe ließ Nathan sich zu einem anerkennenden Nicken herbei. «Da brauchst du Bewegungsfreiheit, wenn du den effektiv einsetzen willst.»

«Stimmt. Am besten geh ich damit rauf in den Central Park.» Sig steuerte in Richtung Tür.

«Du wirst raufgehen und das Dach bewachen.» Nathan nahm Sig am Ellbogen und bugsierte ihn am Empfang vorbei nach draußen. Unser kleinwüchsiger Anzeigenchef trollte sich, in einer Hand den Bumerang, die andere hinten an der Hosennaht.

Nathan wandte sich an Crumpacker, der seine Angelrute zusammenschraubte. «Kardinal, ich möchte, daß Sie ständig die Runde machen. Flur, Treppenhaus, Lift und zurück zum Empfang. Falls Sie irgendwer auf ihre Angelrute anspricht, dann sagen Sie, Sie arbeiten für *Fluß und Auen*.»

Nathan reichte mir die Armbrust. «Okay, wo bleiben die anderen? Wieso machen sie so lange Lunchpause?»

«Weil sie unterbezahlt sind.»

«Ich hab dieses Jahr jedem eine Prämie gezahlt.»

«Die Kröten kamen sehr gelegen.»

Amber kam herein, und Nathan blaffte sie an: «Wo warst du denn?»

«Auf der Toilette.»

Bei Amber zog Nathan stets den kürzeren. Er trat schweigend von einem Fuß auf den anderen, dann: «Die Firma befindet sich im Ausnahmezustand. Ein Gangster versucht, Mitzi Mouse umzubringen.»

Ich reichte Amber die Armbrust. «Und wir sind sicher, du hättest nichts dagegen einzuwenden, hiermit auf jede zwielichtige Gestalt zu schießen, die unsere Redaktion betritt.»

«Hier kommen doch laufend zwielichtige Gestalten rein.»

«Wie bitte?»

«Dieser Deutsche, der dir immer Tittenfotos verkauft.»

«Amber, schieß bitte nicht mit der Armbrust auf Herrn von Germersheim. Er ist ein wichtiger Zulieferer.»

«Ich hab den kleinen Nazi mal dabei erwischt, wie er mein Lunchpaket klauen wollte.»

«Bestimmt ein Versehen.»

Angewidert hielt Amber die Armbrust hoch. «Das paßt so wunderbar zu dieser Redaktion.»

Dann kam Celia Lyndhurst, in der Hand ihre Taucherflossen, und wir setzten sie über die Lage ins Bild. «Du übernimmst mit dem Kardinal den Flur», sagte Nathan. «Er patrouilliert da draußen mit 'ner Angelrute.»

Celia starrte auf Mitzi. «Wir sollten ihr mal was zum Anziehen besorgen. Was hast du denn für 'ne Größe? Unten an der Ecke steht 'n Typ mit 'nem Kleiderständer und verhökert geklaute Klamotten.»

«Irgendwas in Größe sechsunddreißig.»

«Bin gleich wieder da», sagte Celia und verließ uns.

«Die Frauen in dieser Redaktion», sagte Nathan, «tun, was immer ihnen gerade in den Sinn kommt.» Er warf sich sein Blasrohr und einen Gurt mit aufgereihten Giftpfeilen über die Schulter. «Howard, du kommandierst die Operation im Hause. Ich werde mich zu Siggy aufs Dach begeben.»

Nathan stieg hinaus auf die Feuerleiter. Ich verließ sein Büro und kam an Hyacinths Schreibtisch vorbei.

«Ich hab gerade ein Gespräch angenommen, und der Teilnehmer am anderen Ende hat sofort aufgelegt, nachdem ich mich gemeldet hab.»

Ich starrte auf die Telefonanlage, deren Umrisse plötzlich die Konturen eines Alligatorkopfes anzunehmen schienen.

«Wahrscheinlich falsch verbunden.»

Aber wir wußten es besser. Ich ging hinaus in den Flur. Crumpacker hielt seine Angelrute zum Fenster hinaus und warf mir einen Blick über die Schulter zu. «Hier unten sind gerade ein paar verdächtige Typen durchmarschiert.» Er wies mit der Angelrute auf den Innenhof des Gebäudes.

«Ähnlichkeit mit Alligatoren?»

«Dunkle Anzüge, sehr teuer, furchtbar geschmacklos.»

«Könnten unsere Männer sein.»

«Und wenn sie gesehen haben, daß ich hier am Fenster angle?»

«Ich nehme an, sie wären nicht in der Lage, daraus irgendeinen definitiven Schluß zu ziehen.»

Ich marschierte den Flur runter zur Layout-Abteilung, aber Fernando war nirgends zu sehen. Von seinem Zeichenbrett starrte eins von Herrn von Germersheims nackten BDM-Mädels zu mir herauf, das mit verträumtem Blick an einem einsamen Bache stand, Blumen im Blondhaar, und darunter drei leere Zeilen im Layout, die ich zu füllen hatte.

Die Sprechanlage summte. *«Wir haben einen bewußtlosen Mann hier draußen im Flur.»*

Ich raste zum Empfang und sah Fernando und Hyacinth neben einem Mann im dunklen Anzug stehen, der mit dem Gesicht nach unten am Boden lag und an dessen Hinterkopf eine gewaltige Beule prangte. Eine Reißschiene pendelte in Fernandos Hand.

«Er wollte gerade was zu mir sagen», erklärte Hyacinth, «da hat ihm Fernando eins über den Schädel gegeben.» Sie schob ihm ihre Schuhspitze unter den einen Arm und hob seinen Ellbogen. Schwer sackte er wieder herab.

«Gute Arbeit, Fernando. Schaffen wir ihn raus hier.» Wir hoben ihn auf und schleppten ihn hinaus in den Flur.

Crumpacker kam von seinem Angelplatz herüber. «Ralph-Lauren-Krawatte. Sehen wir uns mal die Schuhe an...»

«Crumpacker, wenn Sie die Güte hätten –»

Yvonne sah uns kommen und stieg zum Fenster herein. «Das ist der Anwalt von Lorna Lee!»

«Ich ihm eins gut verbraten», sagte Fernando.

Ich sah hinunter auf den bewußtlosen Anwalt. Jung, dynamisch und erfolgreich. Jetzt restlos geplättet am Boden.

«Er war ausgesprochen beleidigend.» Yvonne knöpfte ihm das Jackett auf, durchsuchte seine Taschen und förderte ein kleines Spielzeug zutage, das der Anwalt bei sich trug – einen versilberten Derringer. «Genau was Mami braucht.»

«Wir schaffen ihn über die Hintertreppe runter.» Ich ging voran, drückte die Tür auf. «Yvonne, du bleibst auf deinem Posten.»

«Aber ich hab die anderen Taschen noch nicht gefilzt. Ich sollte ihm besser die Kreditkarten abnehmen.»

Mit dem Unschuldigen, den wir komatös geschlagen hatten, setzten wir unseren Weg die Treppe hinab fort. Crumpacker ging voraus bis ins untere Stockwerk und nickte uns durch. Wir hasteten über den Flur zu dem verlassenen Gebäude der ehemaligen Ajax Kammerjäger-Gesellschaft, *über 30 Jahre Erfahrung, Mitglied des nationalen Verbandes der Schädlingsbekämpfer.*

Das Schnappschloß war aufgebrochen, und wir schoben uns mit unserer Last hinein ins Dunkel. Ein Schild an der Wand offerierte kostenlose Inspektion ohne jede Verpflichtung, Insekten und Nagetiere aller Art. Wir ließen den Anwalt hinter einen verlassenen Schreibtisch fallen.

Fernando zog die Schreibtischlade auf und holte ein altes Werbegeschenk der Firma hervor – ein überdimensionales Paar Insektenfühler, welches er dem Anwalt aufs Haupt setzte. Sie ragten dreißig Zentimeter von seiner Stirn hoch und endeten in zwei dicken Kugeln, die träge auf und nieder schaukelten. Ich öffnete die Tür zum Flur, trat jedoch blitzschnell wieder zurück: Drei massige Gorillas in dunklen Anzügen entstiegen gerade dem Lift; sie schlugen den Weg zur Hintertreppe ein. Abgesandte von Tony Baloney.

Ich wartete, bis sie außer Sicht waren, winkte dann Fernando und Crumpacker zum Aufzug und deutete nach oben. Sie sprangen hinein, die Tür des Lifts schloß sich geräuschlos hinter ihnen. Ich schlich ins Treppenhaus. Der penetrante Geruch von Gorilla-Rasierwasser hing in der Luft.

Plötzlich entdeckte ich Yvonne über mir, die lautlos vom Fensterbrett neben dem Treppenaufgang herunterstieg und ihre Startpistole auf den Rücken der Männer richtete, die über den Flur auf den Eingang von Chameleon Publications zusteuerten.

Ich holte mein Schweizer Offiziersmesser hervor, traf eine willkürliche Wahl und erwischte den Flaschenöffner. Er mußte genügen.

Yvonne stieß ihren Warnruf aus: «Keinen Schritt weiter, oder ich schieße!»

Ich erklomm die oberste Stufe und linste um die Ecke. Der höflichste der Gorillas hatte sich umgedreht und trat mit jovialer Gebärde auf Yvonne zu. «Wir suchen nach Mitzi Mouse. Das ist eine Bekannte von uns. Sie sind ihr nicht zufällig begegnet?»

«Ich fürchte», sagte ich und trat ins Blickfeld, «es gibt da ein Mißverständnis. Wir sind ein kleiner religiöser Verlag, Spezialität christliche Traktate. Gerade wollte ich zu unserem Gesangbuch-Redakteur, ihm eine Flasche Limonade aufmachen.» Ich hatte mich an den Zuvorkommenden gewandt, in der Hoffnung, in zivilisierter Weise zu verhandeln.

«Maul halten, Kackvögel.» Einer von den anderen Gentlemen zog die Hand aus der Tasche. Sie hielt einen großen schwarzen Revolver. Als er damit auf mich zielte, hörte ich von irgendwo ein leises Schwirren. Eine buntgefärbte Fliege landete im Mundwinkel des Mannes. Er stieß einen Schmerzensschrei aus und wurde von Kardinal Crumpackers Angel seitwärts fortgezogen.

Der Gorilla schlug um sich, als er eingeholt wurde, ein Schuß löste sich aus seinem Revolver und landete in der Decke. Yvonne erwiderte den Schuß mit ihrem Derringer, die anderen beiden Gorillas gingen auf dem Boden in Deckung. Die Tür von Chameleon Publications flog auf, und Amber kam herausgeeilt. Unsere Redak teurin für Schönheitspflege fuchtelte mit ihrer Armbrust, die Bogensehne schnellte mit einem gräßlichen Schnalzen nach vorn, ein schwarzer Punkt vor mir wurde zusehends größer, und ein Hammerschlag traf mich auf die Brust. Ich kippte mit ausgebreiteten Armen nach hinten, keuchend nach Atem ringend; der Bolzen fiel mir mit einem Klacken vor die Füße. Ich langte mir unters Hemd und zog Lady Ranas Glücksmedaillon hervor – es war tief eingedellt von dem tödlichen Treffer, den es gerade abgewehrt hatte. Danke, Lady Rana, wer immer du sein magst. Die Gangster richteten sich wieder auf, einer zielte mit seiner Waffe auf Amber, doch ehe er abdrücken konnte, sirrte ein schlanker Pfeil durch die Luft und bohrte sich in seine Nasenspitze. Mit dem Blasrohr in der Hand kam Nathan aus dem Fahrkorb der Gebäudereinigung hereingesprungen, den er vor das Flurfenster herabgelassen hatte. Als ich mich zu dem Gorilla mit dem Pfeil in der Nase umdrehte, sah ich, daß seine Augen bereits einen glasigen Ausdruck annahmen, während Nathans Chilisauce sich in seinem Nervensystem ausbreitete. Seine Kanone ging los, die Kugel bohrte sich in den Boden, und der Mann kippte bewußtlos vornüber.

In diesem Augenblick ballerte Hyacinth im Büro mit der belgischen Automatik los, und das splitternde Sicherheitsglas der halboffenen Chameleon-Tür regnete heraus auf den Flur. Wir warfen uns auf den Boden. Der höfliche Gorilla schob sich rückwärts zum Flurfenster hin, um ihn herum spritzte in kleinen Explosionen der Putz aus den Wänden. Als er hinaus auf die Feuerleiter stieg, bemerkte ich den im Zeitlupentempo kreiselnden Bumerang, der hoch oben über der Straßenschlucht einen weiten Bogen beschrieb, dann umdrehte, kehrtmachte, in seinem eiernden Drall beflügelt durch das heiße Gebet der Vergeltung, das ein kleiner Junge in Brooklyn vor so langer Zeit gen Himmel geschickt hatte, geleitet von kindlichem Wunderglauben, getragen von der Unerbittlichkeit eines jüdischen Fluches, nähert er sich mit wachsender Geschwindigkeit über eine Schlucht aus Zeit und Träumen hinweg, ausbalanciert vom genialen Geist des australischen Ureinwohners, trifft er mit perfekter Zielgenauigkeit und einem lauten *Boing* den Gorillaschädel und läßt den Mann leblos auf der Feuertreppe zusammensacken.

«Pitkin Avenue!» Siggy sprang von der Treppe herunter und landete mit beiden Füßen auf dem Rücken des bewußtlosen Revolverhelden.

Der Ganove, der an Crumpackers Angelhaken hing, raste zur Treppe. Crumpackers Rute bog sich gefährlich, als sich die sirrende Leine von der Rolle spulte.

Hip O'Hopp tauchte leicht schwankend mit seinem Baseballschläger aus dem Treppenhaus auf und versetzte dem Burschen mit voller Wucht eins in die Nieren. Mit lautem Stöhnen ging der Gorilla zu Boden, den Haken noch immer in der Lippe. Ich glaube, er hatte das Rekordgewicht unter den in diesem Flur erlegten Gorillas: Dieser hier brachte runde 250 Pfund auf die Waage.

Wir schleiften ihn in die Redaktion, und Minuten später hatten wir ihm und seinen Kollegen Handschellen angelegt, die Melvin sonst als Requisiten bei seinen Fotos für *Heiße Spuren* benutzte. Mitzi Mouse kam behutsam näher, und hinter ihr erschienen Amber und Hattie, bewaffnet mit Armbrust und Wurfsternen.

«Mein Outfit», sagte Crumpacker, «ist natürlich vollig unpassend. Ich sollte was Fischiges von Abercrombie & Fitch tragen.»

Celia erschen als letzte, mit den Kleidern, die sie gerade für Mitzi gekauft hatte.

«Hat ja 'ne Ewigkeit gedauert», sagte Nathan.

«Ich mußte auch *Schuhe* besorgen, weißt du.» Sie ließ ein Paar Espadrilles vor Nathans Nase baumeln, und er verkrümelte sich, während Mitzi in die Kleider schlüpfte, die Celia erstanden hatte: ein blauweiß gestreiftes französisches Fischerhemd und, dazu passend, eine weiße Seemannshose. REVOLVERBLATT-REPORTER RETTEN PORNOSTAR, BUSENWUNDER BEKENNT: «ICH LIEBE SIE ALLE!».

Der Gorilla mit dem Nasenpfeil kam zu sich; der Pfeil hatte die Nasenspitze von links nach rechts durchbohrt und sah aus wie ein Stammesschmuck. Seine Gedanken sammelten sich langsam, wie Müllabfuhr-Laster, die durchs Dunkel rasseln. Die einzelnen Ladungen wurden geleert und sortiert, doch als er sprach, war es die Stimme eines Zwölfjährigen. «...diese Kaugummibilder gehören jetzt mir, verstanden? Und versuch nicht... dich mit... mir... anzulegen.»

Delirium, kombiniert mit frühen aggressiven Impulsen. Das gleiche hatte ich bei Kloss erlebt, nachdem die Chilisauce in seinem Hirn zu zirkulieren begann, sein Zustand hatte sich binnen Minuten verschlechtert.

«...Joey spielt mit Knallblättchenpistole, Mama. Joey macht peng-peng.» Fortschreitende Regression, der kleine Gorilla beim

Spielen. Wie kommt es, daß dieses unschuldige Kind, geprägt von einer starken Mutterfigur, jetzt mit einem Pfeil durch die Nase auf dem Büroboden eines Tittenmagazinverlegers hockt? Eine Frage, die der gründlichen Untersuchung des gewissenhaften Soziologen harrt.

«Na, was machen wir mit den Galgenvögeln, jetzt wo wir sie geschnappt haben?» fragte Siggy, auf unsere Gefangenen herabblikkend.

Ihr Anführer, der mit den geschliffenen Manieren, den Siggy per Bumerang erledigt hatte, schlug jetzt die Augen auf, entdeckte die Fesseln an seinen Händen, sah uns rings um ihn herumstehen. Ein schlitzohriges Grinsen kräuselte seine Lippen. «Hört mal, wir sind hier gewaltig aneinandergeraten – aber deshalb müßt ihr mir doch nicht gleich Handschellen anlegen, man ist ja schließlich kein wildes Tier.»

«Nur Tiere scheißen bei Leuten auf den Teppich», sagte Amber.

«Wovon reden Sie?»

«Ich rede von meinem Wohnzimmerteppich.»

«Ich hab Ihren Wohnzimmerteppich nie gesehen.»

«Ein Krimineller wie Sie hat ihn mir vollgekackt, und den Fleck krieg ich nicht mehr raus.»

«Auf Teppiche kacken ist nicht gerade mein Stil.»

«Ich arbeite den ganzen Tag lang hart, und wenn ich nach Hause komme, dann will ich mich ausruhen und nicht in einen Scheißhaufen treten.»

«Sehr richtig», mischte Celia sich in die Diskussion, «wir haben unsere Opferrolle satt.»

Hattie packte ihn an der Krawatte und zog ihn zu sich heran. «SEIT DIE MAFIA MEINEN MANN UM SEIN VERMÖGEN BRACHTE, BIN ICH WASCHFRAU FÜR DIE NACHBARSCHAFT.»

Ich nahm Nathan und Siggy beiseite. «Wir müssen sie laufenlassen. Das ist euch doch wohl klar.»

«Die kommen einfach wieder», sagte Siggy. «Mit MPi's.»

«Wir könnten sie gefesselt hierbehalten», meinte Nathan. «Und sie einmal am Tag mit Hundefutter abspeisen.»

«Nathan, du hast zuviel *Mitternachtspost* gelesen.»

«Ist das beste Blatt in ganz Amerika.»

«Wenn du 'n *Yekl* bist.» Ich blickte Siggy an, der meine Verwendung des Wortes mit einem anerkennenden Nicken quittierte.

Yvonne hatte sich jetzt zu den anderen Frauen unserer Belegschaft gesellt und setzte dem eleganten Gorilla ihren Derringer auf die Brust. «Verrat mir mal 'n bißchen pikanten Tratsch aus der Gangsterszene.»

«Ich würde lieber anfangen, über unsere Freilassung zu verhandeln.»

Celia packte den hübschen Anführer an beiden Ohren. «Ich hab noch die ganze nächste Ausgabe frei, ich will Stories. Überfälle auf Geldtransporter. Zinswucher. Manipulationen im Boxsport.»

«Davon weiß ich überhaupt nichts. Ich bin für die Sicherheit von Mr. Bulloni zuständig.»

«Weck den andern auf», sagte Hattie. «Ich will was hören über ALL DIE JUNGEN MÄDCHEN, DIE ER AUF DIE SCHIEFE BAHN BRACHTE.»

Die vier Grazien hatten ihre Notizbücher gezückt. Für unsere Gäste würde es ein langer Tag werden. «Raus mit der Sprache», sagte Amber und ziepte an der Angelrute.

«Rauf mit waf?» Sprachbehinderung mit Angelhaken.

Ich wandte mich an Nathan. «Nun? Was machen wir mit ihnen?»

«Sie verkaufen.»

«Wer soll sie uns abkaufen?»

Die Miene unseres Verlegers nahm einen nachdenklichen Ausdruck an, der sich auf den anderen Gesichtern widerspiegelte, als uns aufging, daß es gar nicht so leicht war, drei kräftige, wohlgenährte Killer loszuwerden. Da meldete Siggy sich zu Wort. «Wir legen sie auf Eis.»

«Siggy, das ist keine Tiefkühlkost, im Dreierpack zu einem Dollar. Es sind menschliche Wesen.»

«Ich rede von tiefer hypnotischer Trance. Wir werden sie zu Madame Veronique von *Voodoo Afrique* schaffen.»

«Ach, Siggy, komm mir nicht mit so was.»

«Hör zu, Howard, wenn sie in der Stimmung dazu ist, bringt Madame Veronique diese Kerle soweit, daß sie denken, sie wären drei Ochsenfrösche. Oder genoppte Pariser. Oder scheißverdammte Hotdogs.»

«Ich bin für genoppte Pariser», sagte Hattie.

Ich schwieg zu Hatties Wahl, doch von einer Redakteurin von *Meine Hochzeitsnacht* hätte ich gewiß mehr erwartet. Die Entscheidungsgewalt lag hier auf jeden Fall bei Nathan. Ich wandte mich an ihn. «Nun?»

«Wird sie alle drei von diesen Knallköpfen übernehmen?»

«Unter Umständen schon», sagte Siggy, «aber das wird uns was kosten.»

«Wieviel?»

«Sie steht bei uns schon mit fünf Mille in der Kreide. Vielleicht wird sie verlangen, daß wir das untern Tisch fallen lassen.»

«Wir werden verhandeln.»

Wir stellten die drei Ganoven auf die Füße, während Amber, Celia, Hattie und Yvonne sie immer noch mit Fragen löcherten. Der gutaussehende Gorilla versuchte Amber auf seine Seite zu ziehen. «War alles ein Mißverständnis. Sag das deinen Freunden, ja? Wir wollten nur mal nachsehen, ob bei Mitzi alles in Ordnung ist. Daß ihre Kanone losging, war keine Absicht, das wissen wir. Sie ist der Star von unserem Film, wir brauchen sie.»

«Wieso habt ihr uns dann mit Kanonen bedroht?»

«Schau, vielleicht sollte ich mich erst einmal vorstellen. Mein Name ist Angelo Sabella, und ich hab zwei Karten für die Met heut abend. Da singt Pavarotti. Ich führe dich zum Abendessen aus, und dann werden wir der schönsten Stimme der Welt lauschen.»

«Hör nicht auf ihn», sagte Hattie. AM ENDE WAREN SEINE GEFLÜSTERTEN SCHWÜRE NICHTS ALS LEERE WORTE.»

Ich zog Siggy beiseite. «Wie wollen wir sie unbemerkt durch die große Eingangshalle kriegen?»

«Wieso bringen wir sie nicht dort runter?» Siggy nickte durch die zerschossene Eingangstür zum Flurfenster hin, vor dem noch immer der Fahrkorb der Fensterputzer hing. «Jeder wird uns für Inspektoren von der Baubehörde halten.»

«Hyacinth, ruf einen Limo-Service an und bestell eine Limousine, die in einer Viertelstunde unten auf dem leeren Grundstück wartet.»

«Augenblick mal», sagte Amber, «dieser Mann will mich in die Oper einladen.»

«Tut mir leid, es dir sagen zu müssen, meine liebe Amber, aber Angelo ist auf dem Weg, von einer Voodoo-Hexerin in einen Ochsenfrosch verwandelt zu werden.»

«Ich bin seit Wochen nicht mehr aus gewesen.»

«Der ist hierhergekommen, um Mitzi zu kidnappen!»

«Das geht nur die beiden etwas an und hat nichts mit unserer Beziehung zu tun.»

«Vor einer Minute hast du ihn noch beschuldigt, er hätte dir auf den Teppich gekackt.»

«Wir haben uns miteinander verständigt.» Sie zupfte den blauen Flechtgürtel glatt, den sie um die Hüfte trug, und nahm etwas ein, was in meinen Augen nur als Pose gelten konnte.

«Amber, er wird für die nächste Zeit beschäftigt sein.»

«Womit?»

«Nach Fliegen zu schnappen, sofern alles nach Plan verläuft.»

«Limousine kommt in zehn Minuten!» gab Hyacinth bekannt.

Wir bugsierten unsere Gefangenen hinaus auf den Flur; sie waren noch immer mit Handschellen gefesselt. Der mit dem Pfeil in der Nase tastete sich behutsam die Nasenspitze ab und rezitierte dabei einen Kinderreim, den er als kleiner Gorilla gelernt hatte. «Wer hat das Rotkehlchen gekillt? Der Spatz war's, ungelohogen! Mit meinem Pfeil und Bohogen...»

Wir trieben sie ans offene Fenster. Siggy stieg hinaus und hielt den Fahrkorb fest. Ich schubste unsere Gefangenen vor. «Nach euch.»

«Du treibst es zu weit, Freundchen.» Angelo konzentrierte seinen kühlen Charme jetzt auf mich. «Du bist schon weiter gegangen, als es sich für einen Knaben von deinem Kaliber gehört.»

Yvonne beugte ihren Kopf zum Fenster raus. «Darling, paß gut auf dich auf.»

«Keine Sorge, Yvonne. Wir seilen uns bloß in einem total überladenen Fahrkorb ab.» Ich nickte Siggy und Crumpacker zu, und sie lösten die Arretierung. Unser Abstieg begann.

Das Aluminiumgestell wackelte und schwankte unangenehm in der heißen Sommerluft, und der höfliche Angelo arbeitete weiter daran, mein Vertrauen zu gewinnen. «Hör mal, ich bin kein rachsüchtiger Mensch. Ich werd die Sache für dich deichseln. Die Familie wird dich für deine Kooperation belohnen.»

«Angelo, fag ihm, er foll mir diefen Feif-Haken auf dem Mund raufmafen...»

Wir passierten die Fenster der Ajax Kammerjäger-Gesellschaft, Insekten und Nagetiere aller Art. Drinnen auf dem Boden kam Lorna Lees Anwalt gerade wieder zu sich und entdeckte die Fühler, die Fernando ihm aufgesetzt hatte. Seine Miene hatte große Ähnlichkeit mit der von Kafkas Handelsvertreter, der eines schönen Morgens als Käfer aufwacht.

Ich starrte runter auf das brachliegende Grundstück. Es war zum größten Teil mit Schutt bedeckt, in dem sich etliche Nager tummelten, die der Ausrottung durch die Ajax Kammerjäger-Gesellschaft entgangen waren. Auf der anderen Seite konnte ich durch die vor mir liegende Straßenschlucht bis zum Hudson schauen, der in der Ferne glitzerte. Stück für Stück ließ Siggy die Seile über die Rollen und pullte uns ruckweise abwärts. Aus seiner einen Tasche ragte ein Pistolengriff, aus der anderen sein Bumerang. Schweiß rann ihm von der Stirn, jeder Seilmeter entrang ihm ein gequältes Grunzen. Er sah mich an. «Wozu in 'nem überfüllten Lift fahren?»

Wir ruckten vor einem offenen Fenster vorbei, an dem eine Sekretärin stand und frische Luft schnappte. Crumpacker grüßte höflich mit der Rute. Und so ging es Stück um Stück tiefer, abwechselnd durch Licht und Schatten, als das Gebäude gegenüber zwischen uns und die Sonne geriet; ein Schatten fiel über Siggys Anzug, dann über Crumpacker und schließlich über unsere Gesichter. Während wir mit den Gefangenen in immer kühlere Tiefen herabsanken, spürte ich ihn, den einen großen Kessel, in dem wir alle schmoren, in dem wir uns ringsherum im Kreise drehen, umgerührt von Mr. Pustel-Creme, der uns nach und nach eindampfen läßt.

Der Fahrkorb setzte unten auf. Flaschenscherben glitzerten im Sonnenlicht; die Mauerwände waren mit Graffiti übersät. Wir stiegen gerade aus und standen auf dem staubig heißen Erdboden, da kam der Wagen von Aswan Limo Service aufs Grundstück gefahren – ein verbeulter Kombi, der über den Teppich aus Glassplittern rollte und neben uns anhielt. Ein offensichtlich aus dem Mittleren Osten stammender Chauffeur sah heraus, Zigarette im Mundwinkel. «Sie wollän ein Fahrt?»

Angelo machte Schwierigkeiten und pflanzte sich bockig in den Sand. Siggy zog ihm mit dem Bumerang eins über den Schädel, worauf der elegante Gorilla in Richtung Autotür kippte. Unser Chauffeur blinzelte, als er das sah, enthielt sich aber jeden Kommentars. Siggy schob Angelo in den Fond der Limousine, und Crumpacker hob seine Rute: der Gorilla am Haken stieg, auf Zehenspitzen balancierend, friedlich in den Wagen. Erneutes Blinzeln des Chauffeurs, der sich im Sitz umdrehte, um zuzuschauen, wie Crumpacker die Leine einholte, bis der Gorilla kerzengerade auf seinem Platz saß. Dann ließ sich der letzte unserer Gefangenen, der mit dem Pfeil durch die Nase, im Wagen nieder. Siggy hockte sich auf einen drehbaren Notsitz, der am Heck im Wagenboden verankert war, und saß den Gefangenen gegenüber. Ich stieg auf den Vordersitz neben dem Fahrer und ließ einen 20-Dollar-Schein in seine Hand gleiten.

«Siggy, gib ihm die Adresse.»

«Wir wollen rauf zur Hundertzehnten, Ecke Broadway.»

Der Chauffeur blickte Siggy an, dann mich, dann den Zwanziger, rang sich zu einer Entscheidung durch und legte den Gang ein. Ich warf einen Blick auf seine Fahrerlizenz, die am Armaturenbrett des Kombis baumelte:

UQAL MUSSA

Er kurvte hinaus auf die Straße, schielte verstohlen in den Rückspiegel, auf einen Fahrgast mit Angelhaken im Mund und einen zweiten mit einem Pfeil durch die Nase. Sein Kopf drehte sich blitzartig wieder in meine Richtung, und er begann nervös zu plappern, während er die Avenue hinaufsteuerte. «Manche Tag kein Verkähr, fliegst du, du verdien viel Geld. Andere Mal, nicht so gutt.» Blick rauf in den Spiegel, ob der Angelhaken noch da ist, Augen wieder auf die Straße. «Ich heut nicht mit rechnän soviel Fahrgäst. Ich von hier schon wieder sehen Leute stehn und wartän auf Taxi.» Erneuter Blick in den Spiegel, auf den Nasenpfeil dort hinten. »Ich schon vorbeifahrän an zehn Leut.»

«Ich nehme an, sie fragen sich, weshalb einer Ihrer Fahrgäste einen Angelhaken in der Lippe hat», sagte ich.

«Ich lernän muß ist gutt Erklärung für ahles.» Er fand eine Lücke im Verkehr, gab Gas und flitzte hindurch, die Faust fest auf der Hupe. Seine Zigarette roch wie verbrannte Pappe, er trug ein grelles Hawaiihemd über knallroten Hosen und auf dem Kopf eine Baseballmütze der New York Yankees. An seinem Hals baumelte eine Goldkette; die Füße steckten in abgewetzten Mokassins mit kleinen Ledertroddeln. «Ich herkomm aus Ägypten vor zähn Jarr. Sie waren schon in Mittlere Ostän? Geheimpolizei dort arbeitet besser als irgendein ander Land in der Weld.» Er wandte mir das Gesicht zu, sein Blick eine drängende Frage: Waren *wir* von der Geheimpolizei?

Crumpacker zerstörte diese Illusion, indem er seinem Überdruß spontan Ausdruck verlieh. «Wenn wir das hier erledigt haben, fahr ich *auf dem schnellsten Weg* nach Hause.»

«Natürlich, Crumpacker.»

«Und ich hoffe *sehr*, daß mir derlei morgen erspart bleibt.»

«Was morgen geschieht, entzieht sich unserer Kontrolle, Crumpacker. Wir akzeptieren, was immer das Schicksal für uns bereithält. Ihnen als Redakteur von *Offenbarung* sollte das eher einleuchten als jedem anderen.»

Angelo erholte sich von den Folgen seiner letzten Begegnung mit dem Bumerang. Er sah Siggy an, und sein Ton hatte jede Höflichkeit verloren. «Du kriegst noch dein Fett, wart's ab, Kleiner.»

«Sie haben mich immer in der Pitkin Avenue verdroschen», sagte Siggy. «Ich war der kleine *Pitselech* ein paar Häuser weiter.»

«Wenn ich dir demnächst die Fresse zu Brei schlage, fällt's mir vielleicht wieder ein.»

Uqal Mussas Augen klebten am Rückspiegel, und seine Hand fuhr unters Armaturenbrett, wo sie zaghaft den Griff eines Gummiknüppels streichelte. «Alles in Ordnung», sagte ich leise. «Die Situation ist unter Kontrolle.»

Er nahm seine Hand vom Knüppel und sah mich an, sein kindlich naiver Blick verriet die Zweifel, die an ihm nagten. Ich beruhigte ihn, so gut ich konnte. «Der Mann mit der Angelrute dahinten ist ein Pfarrer.»

Uqal Mussa kniff die Augen zusammen, während die Information langsam durch den Filter der Sprachbarriere sickerte. «Mann von Kirchä?»

«Richtig, Mussa. Ein Geistlicher.»

«Ah, jetzt värstehn», sagte er nickend. «Ich habben schon oft Geistlichär gefahrän.»

«Das letzte, was so ein Geistlicher will, ist Gewaltanwendung, verstehst du.»

«Klar, klar, sie kommen nach New York zu Besuch, frage mich erst wo ist Umpire State Building, dann wo ist Oben-ohne-Show. Ich sie fahrän zum *Metropole.*» Wir fuhren in diesem Augenblick gerade über den Times Square, und als wir am *Metropole* vorbeikamen, machte er Crumpacker darauf aufmerksam. «Sie gehän dahin, Patär. Ihne gefallen särr gutt.»

«Herzlichen Dank.»

«Schon gutt. Ich wissen, was Geistlicher suchen. Sie habben Hungär, Gentlemen? Ich Sie bringen zu Lokal, wo habben Roulad aus Weinblätter, ohne Trauben oder Kern, ist gefillt mit Reis, mit Hackfleisch. Und –» er nickte Crumpacker im Rückspiegel zu – «sie habben Frauen mit Edällstein in Nabbäl, tanzen für Patär.»

«Kann's kaum erwarten, wirklich.»

«Sie dort gutt essen, macht allär Leut freundlichär.» Uqal Mussa spähte wieder in seinen Rückspiegel, sein Blick verriet noch immer tiefe Besorgnis über das, was er dort hinten sah: Siggy mit dem Revolver im Anschlag, unsere gefesselten Gefangenen, der Pfeil, der Angelhaken. Ich stopfte ihm einen zweiten 20-Dollar-Schein in den Aschenbecher und sagte ruhig: «Heute machst du deinen Schnitt.»

Er steckte den Zwanziger weg. «Ist nur für mein Familjä. Sie värstehn?»

«Vollkommen.»

«Ich hab kleine Tochdär, mein Herr. Sie braucht ihre Vatär.»

Er zeigte auf ein gerahmtes Foto an seinem Armaturenbrett. «In Amerika geborän. Hier hat alle Möglichkeitän.» Er sah mich an, sein Blick hatte etwas Flehentliches. «Wenn ihre Vatär stirbt, was werdän aus ihr?» Mit diesen Worten vollführte er einen irrwitzigen Fahrbahnwechsel mitten im fließenden Verkehr, was ihm eine Serie wütender Schreie von abgedrängten Taxifahrern einbrachte, die ihn wahrscheinlich viel eher zu lynchen gedachten als ich, aber er hatte den Stau hinter sich gelassen und drückte wieder auf die Tube. Wir hielten uns gen Norden, wobei Mussa auf diverse Etablissements mit mittelöstlicher Küche hinwies, und auf die Oben-ohne-Bars, für Crumpacker. Unterdessen hockte Siggy mit krummem Buckel auf seinem Notsitz und hielt mit der Pistole die Gefangenen in Schach. Angelo wechselte die Taktik, seine Stimme hatte wieder einen samtenen, einschmeichelnden Ton. «Aha, du bist also in der Nachbarschaft aufgewachsen? Du hast es zu was gebracht. Und kannst es noch viel weiter bringen, wenn du kooperierst.»

«Seit Jahren habe ich auf diesen Augenblick gewartet», sagte Siggy.

«Mein Arbeitgeber wird dich für Mitzi Mouse bezahlen.»

«Ich bin nicht der Typ, der Freunde verrät und verkauft.»

«Diese Mitzi ist doch bloß 'n billiges kleines Flittchen.»

«Die Sorte ist mir am liebsten.»

Der Verkehr ließ nach, sobald wir den Columbus Circle hinter uns hatten, und Uqal Mussa brauste weiter durch die Upper West Side. Wir passierten die Bars, die Kinos und die Restaurants, die mehr oder weniger mein Lebensraum gewesen waren – nun raste ich hier mit drei gefesselten Gefangenen vorüber, von denen einer einen Pfeil in der Nase stecken hatte. Ich war zum wachsamen Bürger geworden, der das Gesetz selbst in die Hand nimmt, und draußen flog die Wäscherei vorbei, in der Mrs. Shivitz in diesem Augenblick gerade meine Hemden ruinierte. Mussa schwelgte in Erinnerungen:

«Ich bin letzt Dezembär zu Haus in Agypten gewesän. Als ich aus Heimat fortgehn, war ein Land, als ich wiederkommän, ein ganz andere.»

«Ist zu erwarten.»

«Jede Land hat sein besondär Dinge.»

«Zweifellos.»

«Hier ich mich paß an. Sie machen viele Dinge anders. Ich beobachtän, ich lernän.»

«Wir sind da», sagte Siggy.

Mussa hielt vor einem alten Apartmenthaus am oberen Broadway. Er griff unters Armaturenbrett. «Ich nehm Tränengas mit, extra spezial Service.»

Wir halfen unseren Gefagenen über den Bürgersteig. Crumpacker hielt die Angel gesenkt, Siggy drückte seine Waffe durch den Stoff seiner Jacke in Angelos Rücken. Der Pfeil in Joeys Nase zog ein paar Blicke auf sich, aber New Yorker sind tolerante Menschen, und im nächsten Augenblick hatten wir unsere Gefangenen in die Eingangshalle des Hauses bugsiert. Eine ältere Frau kam gerade die Treppe herunter. Sie besah sich unsere Gefangenen.

«Ich weiß von nix.» Sie schlurfte weiter.

«Hey, Lady!» sagte Angelo. «Wir sind Opfer einer Entführung!»

«Ich hab nix gesehen.» Sie drängte sich an uns vorbei und verschwand hinaus auf die Straße, die Eingangstür schwenkte hinter ihr zu. Siggy wedelte mit seiner Pistole. «Rauf da.»

«Du hast Glück gehabt im Leben», sagte Angelo, «aber irgendwann wirst du bloß noch verdammtes Pech haben.»

Crumpacker hob mit jähem Ruck die Rute.

«Um Himmelf Willen, Angelo, half Maul! Du maft den Angler fauer.»

Wir stiegen die Treppe hinauf. Es war eins dieser bezaubernden Upper-Broadway-Treppenhäuser mit einem Anstrich aus unverwüstlichem Anstaltsgrün, die Wände dekoriert mit einem dichten Netz aus irrwitzigen, mit spitzen Gegenständen eingeritzten Boshaftigkeiten. Uqal Mussa vermochte dieser Situation etwas mehr Behaglichkeit abzugewinnen. «Sie mir gebben noch zwanzig Dollar, ich wasch auf Trepp.»

«Wieso willst du die Treppe waschen?»

«Ich wasch auf Trepp, daß niemand kommt rauf euch störän.»

«Ach so, *wachen* auf der Treppe.»

«Ja, wasch gutt.»

«Komm einfach mit rauf und hab ein wasches Auge auf diese drei Gentlemen.» Ich deutete auf unsere Gefangenen und reichte ihm dann den Zwanziger, den er mit einem Kopfnicken entgegennahm, die berühmte Bescheidenheit des Immigranten, immer bereit, sich anzupassen.

«Da wären wir», sagte Siggy, als wir im zweiten Stock angekommen waren. Er klopfte bei *Voodoo Afrique* und trat ein. Ich trieb die Gefangenen vor uns her durch die Tür. Der schwere Duft von verbrannten Kräutern erfüllte die Luft; ein alter Schwarzer mit spinnenartigen Armen und Beinen saß an einem Tisch und bearbeitete Bestellungen, vor sich einen Stapel Versandkartons, in Griffweite ein Regal mit diversen Tinkturen, Pulvern, Tierextremitäten und Tränken. Er schaute auf, sah Siggy an. «Wie geht's?» sagte er mit leiser, sanft schnurrender Stimme. Er gab keinerlei Kommentar zu Siggys Pistole, schien sie völlig zu übersehen, doch er nahm Notiz von Crumpackers Angelrute. «Aha, kleine Angelpartie gemacht?»

«Ja», sagte Crumpacker. «Das überkommt mich ab und zu mit aller Macht.»

«Ich angle selber gerne, hin und wieder.» Der alte Mann zog einen Klebestreifen über sein Paket. «Raus in die Sonne, bißchen frische Luft schnappen. Braucht der Mensch.» Er warf einen kurzen Blick auf den Gorilla an Crumpackers Haken, dann begann er einen neuen Karton zu füllen. «Was Gutes zum Lunch einpacken, raus auf einen von den Piers, den ganzen Tag lang angeln. Kommt mir gar nicht mal darauf an, ob ich was fange.»

«Ja», sagte Crumpacker. «Mir auch nicht.»

«Was nehmen Sie für'n Köder, wenn ich fragen darf?»

«Eins von diesen Federdingern auf dem Haken.»

Der betagte Assistent warf wieder einen Blick auf Crumpackers Fang, an dessen Lippe die hellen, gefiederten Enden eines Fliegenköders leuchteten. «Ja, stimmt, hab ich erst gar nicht gesehen. Sie schätzen diese Sorte Köder?»

«Ich nehm nie einen anderen.»

«Sie bleiben bei dem, was funktioniert.»

«Stimmt.»

«Ja, das ist immer am besten. Ich meine, das ist die Hauptsache, wenn es bei Ihnen funktioniert.» Er wandte sich an Siggy. «Madame V. ist hinten, Sie können gleich zu ihr rein.»

Siggy führte uns in den hinteren Teil der Firma und zog einen Vorhang beiseite. Wir trieben die Gefangenen vor uns her in Madame Veroniques Höhle der Voodooträume, wo sie, sich selbst Luft zufächelnd, auf einem mit geschmacklosen Quasten verzierten Kanapee lag, neben sich einen Krug mit Eiskaffee auf einem Tischchen, dessen Beine aus geschnitzten Kobras bestanden, die ihre Hälse reckten. Das um ihre korpulente Gestalt drapierte Kleid wirkte wie ein Zelt; ihr kaffeebrauner Teint glich dem eines jungen Mädchens, doch das täuschte: Sie war eine Frau um die Fünfzig. Im Fernsehen lief gerade eine Seifenoper. Herrisch hob sie die Hand. Wir verhielten uns still bis zum nächsten Werbespot, dann sagte Siggy: «Ich hab einen Job für Sie.»

Ihr Blick blieb auf die Mattscheibe geheftet. «Wieviel wollen Sie denn anlegen?»

«Wir machen einen Tausch.»

Sie tippte auf die Fernbedienung, um die Lautstärke des Werbespots auf ein erträgliches Maß zu reduzieren. Dann schwang sie die Beine von der Couch und pflanzte die sandalenbewehrten Füße fest auf den Boden. «Bei dem Wetter krieg ich immer dicke Füße.»

«Bekommt Ihr Körper genug Kalium?» fragte ich, ein Problem, das Dr. Husbands in seiner letzten Kolumne angesprochen hatte. «Sie sollten täglich eine Banane essen, und immer viel grünes Blattgemüse.»

«Reden Sie weiter.»

«Ich schlage außerdem eine Ergänzug durch den Vitamin-B-Komplex vor, besonders B sechs.»

«Sie machen mir das Leben zur Hölle», sagte sie, bedächtig auf ihren Stampfern hin und her schaukelnd, daß die Sohlen ihrer dicken Sandalen knarzten. Ich hatte durchaus Verständnis für ihre Probleme, doch wenn sie nicht mal in der Lage war, ihre eigenen geschwollenen Füße zu kurieren, dann machte sie wohl auch als Voodookönigin nicht viel her, und wir würden unsere Gorillas draußen in Tenafly aussetzen müssen, in Unterwäsche, und zwar auf dem schnellsten Wege.

«Nun, Madame Veronique, ich hoffe, Ihr Kreislauf bessert sich.

Leider müssen wir jetzt rasch weiter. Siggy kann Ihnen eine günstige Bezugsquelle für Vitamine empfehlen.»

Siggi baute sich zwischen uns auf und redete leise auf sie ein. «Madame V., wir müssen uns diese drei Scheißkerle vom Hals schaffen. Verpassen Sie ihnen eine ordentliche Amnesie, so eine, wie Sie mir damals aufgehext haben, als ich sechs Monate lang völlig vergaß, Ihre fälligen Gebühren einzutreiben. Nur, daß es bei den Burschen hier so etwa zehn Jahre anhalten sollte. Sorgen Sie dafür, daß sie völlig vergessen, was um sie herum geschieht.»

«Ich werde sie vergessen lassen, daß sie überhaupt geboren wurden.» Madame V. gluckste, als ihr Blick auf die drei Gorillas fiel. «Ich werde machen, daß es sie überall juckt.»

«Okay, tun Sie das Jucken mit dazu.»

«Und ich habe meine ganzseitige Anzeige vor Augen, die während der nächsten zehn Jahre läuft, ohne daß jemals irgendwelche Gebühren kassiert werden.»

Ich nahm Siggy beiseite. «Nathan wird das nicht gefallen, Sig. Diese Frau hat nicht mehr Power als Dr. Husbands.»

«Sie hat mir 'ne sechsmonatige Amnesie verpaßt!»

«Die muß irgendwas anderes ausgelöst haben.»

«Ach, und was?»

«Nu-Age Faltenentferner zum Beispiel, oder eine von den anderen toxischen Substanzen, mit denen du tagein, tagaus zu tun hast, aber auf keinen Fall etwas, was diese Frau hier zusammengebraut hat. Sig, sie verkauft Affenhaare im Postversand, und damit hat es sich auch schon.»

«Sie ist unsere einzige Hoffnung.»

Madame Veronique kam herüber zu uns und sah mir in die Augen. Sie hatte kräftige Wangenknochen, ihre Augen waren groß und tiefliegend, eine bemerkenswert hübsche Frau. Ihr Gesicht schob sich noch näher an meins, als sie mich fragte: «Sie sind Arzt?»

«Ich bin Arzt, so wie Sie Ärztin sind.»

«Ich merke manchmal, wie mein Herz einen Schlag lang aussetzt.»

«Milde Form von Arrythmie.»

«Es macht mir eine Heidenangst.»

«Haben Sie schon mal versucht, sich den Kaffee abzugewöhnen?»

«Madame V.», sagte Siggy, mit einem Kopfnicken zu den Gorillas hin, «Sie kümmern sich um die dort, und wir werden uns um Ihre Anzeige kümmern.»

«Ich werde ihren Verstand trüben. Vielleicht sollte ich auch ihren Geist umwölken?»

«Soll mir recht sein.»

«Wenn ich ihren Geist umwölke, werden sie für sieben Ewigkeiten schwachsinnig sein.»

«Hört sich an, als sei es genau das Richtige, was, Howard?»

Angelo rief Madame V. zu: «Was immer sie Ihnen bezahlen, ich biete das Doppelte! Los, verhexen wir doch die!»

Madame Veronique wandte sich an Siggy. «Man überbietet sich meiner Dienste wegen, Magazinmann.»

«Siggy», raunte ich, «wir müssen hier raus, ehe diese Frau noch mehr über uns rauskriegt. Die ist doch imstande und erpreßt die ganze Firma.»

«Madame V.», sagte Siggy, «was würden Sie zu 'ner wöchentlichen Doppelseite sagen?»

«In Farbe.»

«Alle Farbe, die wir haben.» Sig machte eine Geste zu einem Regal hin, das mit eingelegten Kröten und getrockneten Vogelkrallen vollgestellt war. «Auf geht's.»

Sie schlug die Ausgabe einer *Mitternachtspost* auf, die auf ihrem Couchtisch lag, und deutete auf das Foto, das aus der Anzeige zu uns heraufsah. «Ihr poliert mein Foto auf, daß ich aussehe wie Joan Collins?»

«Wir haben einen versierten Airbrush-Spezialisten im Hause, der kann alles. Auch wenn seine Hauptbeschäftigung darin besteht, nackte Nippel abzudecken –»

«Meine Nippel sind schon bedeckt. An denen wird mir keiner rumfuhrwerken.» Sie wendete sich unseren Geiseln zu. «Ich werd mich um diese *malfacteurs* kümmern.» Die Schlangenarmbänder an ihrem Gelenk rasselten, als sie ihren langen Zeigefinger ausstreckte und zu ihnen hinfuchtelte. Wie konnte Siggy, ein tüchtiger, aggressiver Anzeigenakquisiteur auf der Höhe der Zeit, bloß auf so eine Nummer hereinfallen? Madame V.s Stimme wurde zu einem Gospel-Singsang, als sie näher an die Revolverhelden herantrat. «Eine düstere Wolke wird sich in ihrem Schadel ausbreiten. Kein Sterblicher wird je imstande sein, sie zu ihrem früheren Leben zu erwecken. Sie werden wie Adam auf Erden wandeln.»

Angelo stierte ängstlich auf Madame Veronique. «Nennen Sie einfach Ihren Preis.»

«Er wurde bereits genannt», sagte Madame V. «Und akzeptiert.»

«Zehn Mille in Cash, geliefert innerhalb einer Stunde.»

«Sie können nicht Joan Collins liefern, und schon gar nicht die Doppelseite im Vierfarbdruck. Die Vorsehung hat solche Macht nicht in Ihre Hände gelegt, und deshalb haben Sie verdammtes Pech gehabt. Alles gehört der Nacht und dem Dschab.»

Uqal Mussa nahm seine Yankee-Mütze ab und machte eine rituelle Verbeugung.

Madame Veronique nahm vor dem Ganoven an der Angel Aufstellung, musterte ihn von Kopf bis Fuß. Sie öffnete eine juwelenbesetzte Schnupfdose, schnippte mit drei Fingern unter seiner Nase, und der Bursche sackte leblos zu Boden. Ein paar Körner eines sandigen Pulvers blieben an seiner Wange haften.

«Komm mir bloß nicht zu nah mit diesem Scheißzeug!» Angelo machte ein paar Schritte rückwärts zur Tür hin. Madame V.s betagter Assistent rammte ihm von hinten ein Rhinozeroshorn ins Kreuz, und Madame V. schnippte unter Angelos Nase mit den Fingern. Er drehte sich langsam um die eigene Achse. Seine Augen hatten den Blick einer toten Qualle. Er machte den Mund auf, wollte etwas sagen; ein Seufzer entrang sich seinen Lippen, dann sank auch er zu Boden. Unsere Gastgeberin näherte sich Joey, dem letzten unserer Gefangenen, der fügsam dasaß mit seinem Pfeil in der Nase und Nathans Giftgebräu im Hirn und mit dem zutraulichen Blick eines Kindes in die Gegend sah. Madame Veronique zog ein Unterlid herab und inspizierte das Weiße in seinem Auge. Ebenso interessiert studierte sie den in seiner Nase steckenden Pfeil. Sie zog ihn behutsam heraus; ihre Lider senkten sich herab, die Nasenflügel blähten sich. «Ein starkes, vorzügliches Gift.»

«Ich schätze, das war einfach Jambalaya Jubilee Hot Sauce, Madame V.», erklärte Siggy.

Madame Veronique schenkte ihm ein nachsichtiges Lächeln und ließ den Pfeil in ein gläsernes Gefäß fallen, das sie flugs verschloß. «Da drin ist er gut aufgehoben, und sein Dämon kann reifen.» Sie wandte sich wieder Joey zu, zog ihm die Zunge heraus. «Achten Sie auf die Farbe – weiß wie eine Schnecke.» Sie drehte sich zu mir um. «Kein anderer Kräuterdoktor hat mit euch eine Vereinbarung über ganzseitige Anzeigen?»

«Nein. Bestimmt nicht. Mein Kollege hier, Kardinal Crumpacker, kann es bestätigen. Er leitet unsere religiöse Abteilung.»

Madame Veroniques Miene veränderte sich schlagartig, als sie sich Crumpacker zuwandte. «Das Schiff des Glaubens leuchtet auf den heiligen Meeren.»

Weil ich ihren Körperpuder keinesfalls in der Nähe meiner Birne haben wollte, schob ich mich zentimeterweise von ihr fort, doch an mir schien ihr wenig gelegen. Es war Crumpacker, dem sie ihre ganze Aufmerksamkeit schenkte. Ihr Gesicht war nur wenige Zentimeter von seinem entfernt, und sie nickte ein paarmal, ganz langsam.

«Er ist der Fischer. Er nimmt die Menschenseelen auf den Haken. Ich habe gesprochen.»

Uqal Mussa setzte wieder seine Yankee-Mütze auf und zog am Schirm, bis sie richtig saß. «Er sein Geistlichär. Ich fahren euch alle ins *Metropole*, nix kost, abber bitte kein Pudär auf mein Nase tun. Ich hab groß Familjä und viel groß Plan.»

«Der hier», sagte Madame Veronique und blickte auf Uqal, «ist der auch bei eurer Zeitung?»

«Er ist ein gemieteter Chauffeur.»

«Wir fahren zu Bloomingdale's.» Sie schritt majestätisch hinaus ins Wohnzimmer, und wir folgten ihr. Ihr betagter schwarzer Assistent saß wieder hinter seinem Tisch, wo er Bestellungen für Affenhaar bearbeitete. Er blickte zu ihr auf, als wir vorüberkamen. «Die anderen drei Gentlemen bleiben bei uns?»

«Sie werden sich viele Menschenalter lang nicht rühren.»

«Soll mir vollkommen recht sein.»

Madame Veronique hängte sich eine Handtasche über die Schulter, und wir verließen die Firma, folgten ihr im Gänsemarsch die Treppe hinab, durch die Eingangshalle und hinaus in die schweißtreibende Hitze. «Dieses heiße Wetter macht mich fix und fertig», sagte sie zu mir, als wir uns auf den Weg zum Kombi machten. «Ich weiß, was Sie mir erzählen werden, Doktormann.»

«Sie müssen fünfzig Pfund abspecken.»

«Wenn ich 'ne Literpackung Eiskrem seh, kann ich einfach nicht nein sagen.» Als sie sich auf den Rücksitz des Kombis zwängte, rutschte ihr Rock hoch und gewährte mir freie Aussicht auf ihre massigen Schenkel. Sie bemerkte meinen Blick. «Sie haben die Wahrheit gesehen, Magazinmann.»

«Und ich hoffe, sie wird mich erlösen, Madame V.» Ich ließ mich neben ihr nieder, während auf der anderen Seite Crumpacker hereinstieg, die Angel in der Hand. Mit dem Finger hob sie seine hakenlos herabbaumelnde Leine. «Sein Köder ist weg, aber er angelt weiter. Das ist der wahre Glaube.»

Ich spürte ihren warmen Leib, der sich gegen mich preßte; sie war eine Große Frauens. «Wir werden kaufen und aufblühen.» Sie sah mich mit ihren großen, dunklen Augen an. «Sie wollen mich also auf Diät setzen.»

«Dr. Husbands Dreißig-Tage-Wunderdiät erfordert ein gewisses Maß an Willenskraft.»

«Die hab ich überhaupt nicht», sagte Madame V., öffnete ihre Handtasche, holte eine geblümte Dose mit Bonbons hervor und stopfte sich ein paar davon in den Mund. «Das passiert schon mal bei einer Frau in meinem Alter, daß man sich einsam fühlt, und dann brauch ich meine Pizza mit der Extraportion Parmesan und meinen Sechserpack Bier.»

«Nicht die beste Lösung, Madame Veronique, wenn ich das mal so sagen darf.»

Sie wandte sich an Crumpacker, musterte ihn von oben bis unten. «Ich hab 'ne Ader für heilige Männer.» Bedächtig wickelte sie sich seine Angelschnur um den Finger.

«Ich hab 'n anstrengenden Tag hinter mir», sagte Crumpacker.

Madame V. strich ihm mit ihrem langen leuchtenden silbernen Fingernagel über die Wange. «Ich werd Ihnen was geben, was Sie munter macht wie ein Karnickel.»

«Das kenn ich auch schon.»

Uqal drehte sich am Steuer um, sagte über die Schulter zu Madame Veronique: «Geistlichär brauchän sein spezial Stripshow.»

«Fahren Sie weiter, Chauffeur.»

«Ich weiterfahren.»

«Sie sind ja eher 'n spargeliges Bürschchen», sagte Madame Veronique und lehnte sich ein wenig zurück, um Crumpacker in voller Größe in Augenschein zu nehmen.

«Ich brauche eine kalte Dusche, ich bin nicht mehr ganz bei mir.»

«Herrje, ich weiß, wie Ihnen zumute ist!» Madame V. holte einen Bambusfächer hervor und begann damit vor ihrem Gesicht auf und ab zu wedeln. «Wenn in der Stadt solche Temperaturen herrschen wie heute, dann fühlen sich meine Beine an wie zwei gekochte Würste, die jeden Moment aufplatzen.»

«Den ganzen Tag lang kam es Schlag auf Schlag.»

«Es gehört alles dem Dschab.»

«Und mir steht bestimmt nicht der Sinn nach Bloomingdale's. Dazu muß ich in *Stimmung* sein.»

«Man kommt in die Jahre, und es gibt keine brauchbaren Männer in meinem Alter.» Madame V. ließ ihren Fächer zuklappen, blickte hinaus auf die Straße. «Manchmal denke ich, ich sollte zurück nach Port-au-Prince gehen.»

Uqal Mussa machte ein abruptes Abbiegemanöver quer über mehrere Fahrbahnen, so daß Madame Veronique gegen Crumpacker geworfen wurde. Ihre Hand fiel auf sein Knie, und als sie sie wegnahm, hatte er einen seltsamen feuchten Handabdruck auf dem Hosenbein. Crumpacker wandte sich entsetzt an Madame V. «*Sehen* Sie das?»

«Es ist *liquide astral*. Es tritt aus meiner Hand aus, das hab ich meiner ausgiebigen Beschäftigung mit Voodoo zu verdanken.»

Crumpacker tupfte wie besessen mit seinem Taschentuch darauf herum. «Hinterläßt es Flecken?»

«Nichts wird es entfernen.»

«Na, ist *das* nicht wundervoll.» Crumpacker starrte bestürzt auf sein Hosenbein.

«Aus dem Fleck da läßt sich die Zukunft lesen. Ich sehe einen großen schwarzen Hund, der auf Sie losgeht.»

«Oh, das ist nur FRAU BRINGT JUNGE HUNDE ZUR WELT», sagte Crumpacker, der allmählich schrullig wurde.

«Mit einer Salami werden Sie diesen Hund nicht aufhalten.»

«Muß ich jetzt etwa die ganze Hose zum Färben geben?»

«Der Dschab lügt nie.»

«Das Gewebe wird natürlich nie wieder so werden wie vorher.»

«Ich habe Sie gewarnt.»

«Und ich habe einen Anzug, den ich nie wieder tragen kann.» Nun war er eingeschnappt. Ich hatte gehofft, dergleichen zu vermeiden, doch wie hätte ich die übernatürliche Feuchtigkeit auf seiner Hose vorhersehen sollen? Es würde einiges erfordern, ihn wieder aufzuheitern, wozu ich mich als sein redaktioneller Vorgesetzter verpflichtet fühlte. Zumindest wollte ich es versuchen.

«Bloomingdale's, Crumpacker. Ersatz für die Hose. Kein Grund zur Aufregung.»

«Man geht doch nicht einfach los und *kauft* eine Hose.»

«Irgendwelche Vorbereitungen erforderlich?»

«Ich würde nicht erwarten, daß Sie davon etwas verstehen.»

Siggy drehte sich zu Crumpacker um. «Ich kauf meine Kleidung immer in der Orchard Street.»

«So sehen Sie auch aus.»

«Shlomos Designermoden und Strickwaren.»

«Ersparen Sie mir weitere Einzelheiten.»

«Shlomo versteht was von Kleidung.» Siggy drehte sich wieder nach vorne, zufrieden mit seiner bescheidenen Verteidigung. Wie schon angemerkt, brachte es der Schnitt seiner Anzughosen mit sich, daß sich die Naht am Hosenboden immerzu in die Gesäßfurche klemmte.

Ich sah, wie Uqal Mussa das Kinn vorschob und sich anschickte, aufs neue quer über mehrere Spuren Gegenverkehr abzubiegen. Ehe ich Protest anmelden konnte, war er schon ausgeschert. Hinter uns quietschten die Bremsen, es hupte, Mussas Rechte lag unbeirrt auf dem Lenkrad, die Linke hielt er mit hochgerecktem Mittelfinger aus dem Fenster, seine einzige Form von Fahrtrichtungsanzeige.

«Lange halt ich dieses Gerüttel nicht mehr aus.» Madame Veronique richtete sich nach ihrem abrupten Sturz in meinen Schoß mühsam wieder auf. «Als ich zwanzig war, da hab ich wilde Fahrten mitgemacht, aber damals war ich ein schlankes Persönchen. Ein junges Mädchen verträgt einiges an Geschaukel.» Sie klappte wieder ihren Fächer auf und wedelte sich damit vor dem Gesicht herum. «Man kommt in die Jahre, und die Haare werden grau. Im Winter macht's mir nicht so viel aus, aber der Sommer schafft mich jedesmal.»

Und weiter ging es Richtung Bloomingdale's, die Straßen voller Menschen, die in gleicher Absicht unterwegs waren wie wir, sich dieses kostbare Stück Tinnef oder jenes perfekt zum Typ passende Kostüm kaufen wollten. Irgendeinen Irrwisch, der uns sagt, wer wir sind. Und falls nach dem Einkauf noch immer Unklarheit bezüglich der eigenen Identität bestehen sollte, konsultiere man die *Mitternachtspost*, dort ist dieses Thema erschöpfend behandelt: MANN HEIRATET IN ALLER STILLE ORANG-UTAN – BRÄUTIGAM: «ICH LIEBE SIE, AUCH WENN SIE SO BEHAART IST.»

Madame Veronique bewegte den Saum ihres Kleides auf und ab, um ihren Beinen Kühlung zuzufächeln. «Ich brauch einen großen Air Conditioner für meine Wohnung. Ihr werdet mich zu 'ner reichen Frau machen, ja?»

«Großangelegte landesweite Werbung auf regelmäßiger Basis wird Ihre Reputation steigern, Madame Veronique. Ob es Sie zu einer reichen Frau macht, kann nur der Dschab mit Sicherheit wissen.»

«Ich könnte groß im Geschäft sein, wenn nicht ständig die Nahrungs- und Arzneimittelbehörde hinter mir her wäre. Diese Jungs haben etwas gegen Voodoo-Power per Postversand.»

«Die Öffentlichkeit muß geschützt werden, Madame Siggy hier kann Ihnen was erzählen über eine Frau, die grüne Lollos kriegte.»

Mussas Miene hatte einen Ausdruck finsterer Entschlossenheit angenommen; wir waren hoffnungslos im Verkehr eingekeilt; Mussa erspähte eine Lücke, das Lenkrad rotierte unter seiner Hand, und wir fuhren *auf den Gehsteig*. Fußgänger hechteten in Hauseingänge; die Stütze einer Bäckereimarkise kippte auf die Windschutzscheibe und nahm Mussa vorübergehend die Sicht, doch er steckte geistesgegenwärtig den Kopf zum Fenster hinaus und bog in die nächste Seitenstraße ein, über die er davonraste, während Siggy die mitgeschleifte Markise auf die Straße warf.

«Mann, was zum Teufel ist in Sie gefahren?» Madame Veronique, sich wieder aufrichtend. «Hat Ihnen jemand ein *Ouanga* verpaßt?»

«Wo man hinkommt, alle immer sagän: New Yorker Fahrär die verrückteste von Weld. Ist wahr! Aber mit der Zeit gewöhnän dran.»

Madame Veronique schüttelte erbost den Kopf, griff wieder nach dem Saum ihres Kleides. «Ihr Magazinmänner seid zu rasant für diese fette Voodoo-Frau.»

«Bloomingdale's gleich da vorn, Madame», sagte Mussa. «Perfektär Parklückä.»

Wie ein Pfeil ließ er unser Gefährt auf ein aufgerissenes Stück Straße zuschießen, auf dem zwei Bauarbeiter am Werk waren, dicke Stromkabel zu Füßen, und jetzt Mussas Stoßstange im Rükken. Mißbilligend drehten sie sich zu uns um, einer von ihnen wies mit ausgestrecktem Daumen zurück auf den vorbeifließenden Verkehr.

Madame Veronique boxte Crumpacker aufmunternd in die Rippen. «Alle Mann aussteigen. Wir müssen mein Kleid für die Farbanzeige kaufen.»

Wir traten hinaus auf die nackte, aufgerissene Erde, und die Arbeiter hatten ihre ganze Aufmerksamkeit uns zugewendet. «Bei euch piept's wohl? Schafft die Karre weg!»

«Komm mal her, Gelbhelm», sagte Madame V., dem schwarzen Bauarbeiter zuwinkend. Die Unebenheiten der aufgerissenen Straße machten ihren geschwollenen Füßen offenbar ziemlich zu schaffen, denn sie mußte sich auf den Kotflügel des Wagens stützen. Der Mann kam entnervt auf sie zu, sein schwerer Werkzeuggürtel knarzte. «Hören Sie mal», sagte er, doch Madame Veronique unterbrach ihn: «O nein, *du* hörst jetzt mal», riß die Augen auf und ließ die falschen Wimpern flattern wie die Beine einer Tarantel. «Ich bin eine Knochenfrau. Willst du vielleicht den Rest deines Lebens auf dem Baum verbringen und wie ein Schimpanse mit deinem Dingdong spielen?»

Er machte einen Schritt zurück, aber jetzt kam sein verärgerter Kollege heran. «Hey, was in Gottes Namen – das darf doch nicht wahr sein, dieses Scheißauto –»

Der Schwarze sagte ihm leise was ins Ohr, und etwas irritiert wandte sich der Mann nun wieder uns zu, die Stirn in Falten gelegt. Wütend starrte er die fette Person an, die da vor ihm herumhumpelte, aber er wollte kein Risiko eingehen. Die unterirdischen Tiefen waren unermeßlich, die Probleme mit den Kabeln endlos, und ein paar freiliegende Stränge zu seinen Füßen konnten warten, wenn eine Knochenfrau einkaufen gehen wollte.

Crumpackers Elan kehrte wieder, der Anblick von Bloomie's belebte den erschöpften Mann. Madame Veronique hakte sich bei ihm unter, und sie steuerten auf den Eingang des Kaufhauses zu, während ich mit Mussa und Siggy am Bordstein stehenblieb. «Mussa, ich hätte gern, daß du einen Artikel über DEFENSIVES FAHRVERHALTEN für *Die Dame* schreibst. Wie du vielleicht weißt, genießt dieses Magazin auf seinem Gebiet eine marktbeherrschende Stellung.»

«Kann nix schreibän englisch.»

«Ist nicht unbedingt Voraussetzung.»

«Einzig Art, wie wir machen könnän, Sekretärin sitz an Schreibmaschin, ich sie peitschän.»

«Bestens, bestens, nur nennen wir es diktieren, Mussa, nicht peitschen.»

«Auto sein Waffä, so macht man das. Wie Waffä benutzän, niemand kommen dir in Weg, dann du biegen ab. Nicht alle von ihnen wollen sie strafän oder tötän oder Falsches tun.»

Der Mann setzt die richtigen Prioritäten, dachte ich; hier zeichnete sich eine bemerkenswerte Story ab. Der Verkehr zog vorüber, die Arbeiter plagten sich mit ihren Kabeln, die Sommersonne schien matt durch eine Dunstschicht verpesteter Luft auf die glänzenden Fenster der Stadt; Siggy starrte himmelwärts, während er gedankenverloren an seiner Hosennaht zog. «Ich hab einen Kunden hier in der Ecke. Prime Time Pickelsalbe. Der Scheißkerl steht bei mir in der Kreide. Alle stehn sie bei mir in der Kreide. Kein Schwein bezahlt mehr seine Rechnung.»

«Die schuldän Geld», sagte Mussa, «wir eintreibän.» Er klappte seinen Werkzeugkasten auf und holte ein Montiereisen heraus. «Wo geht hin?»

Siggy ging über die Straße voraus. Ich blieb beim Auto, lehnte mich an den Kotflügel. «Haben Sie 'ne Ahnung, wie lang die Knochenlady braucht?» Einer der Arbeiter aus respektvoller Distanz.

«Sie will sich ein Kleid kaufen.»

Er wandte sich an seinen Kollegen. «Dann können wir genausogut losgehen und einen Kaffee trinken.»

«Die scheißverdammten Bullen rufen, das sollten wir.»

«Klar, die lassen ihre Kiste abschleppen, und mir fällt heut abend der Schwanz ab.» Er hängte sein HELFT ENERGIE SPAREN-Schild hinten an unser Auto und schob sich den Schutzhelm in den Nacken. «Wir holen uns 'n Kaffee.»

Weil ich selbst einen Wachmacher nötig hatte, warf ich eine Koffeintablette ein, und sofort kam mein Körper wieder auf sein normales Funktionsniveau, angekündigt durch ein kleines geplatztes Blutgefäß in meiner Nase. Das Herz hämmerte mir in der Brust, und dies und meine blutende Nase sagten mir, daß ich jetzt alle Energiereserven mobilisiert hatte. Zu meinen Füßen lagen die zerfransten Nervenenden der Stadt, armdicke Kabelstränge, die Gott weiß wohin führten, um anständigen Menschen Leben und Arbeit zu erleichtern, desgleichen Schwindlern, Dieben und Bösewichtern, die allesamt in diesem Augenblick irgendwo am Werk waren, ihre Pläne und meine eigenen entfernt miteinander verknüpft wie das Gewirr der Kabelkilometer unter mir, die ganze Stadt ein einziges großes Gehirn, in dessen Gedanken alles drunter und drüber ging.

Wie lange ich dort stand und wartete, während meine Seele im Nichts umherdriftete? Steht in allen Einzelheiten in der *Mitternachtspost*.

Siggy und Mussa kamen über die Straße; Siggy mit federndem Schritt, was den erfolgreichen Verlauf seines Inkassounternehmens anzeigte. Vorn an der Spitze von Mussas Montiereisen hing ein bißchen Prime Time Pickelsalbe.

«Wir haben eingekauft wie die Könige», hörte ich die Stimme von Madame Veronique hinter mir. Ich drehte mich um und sah, wie sie mit beiden Händen Pakete hochhielt. «Ausstaffiert für Vierfarbdruck, Magazinmann.»

Mussa öffnete den Kofferraum und verstaute die Einkäufe, hielt dann Madame V. den hinteren Schlag auf. Crumpacker und ich nahmen wieder rechts und links neben ihr Platz, und mit einem Blitzstart ging es zurück auf die Straße.

«Dieser heilige Redakteur hat das richtige Auge», sagte Madame V. «Er hat mich weise eingekleidet.» Sie reichte mir die Rechnung.

«Ich sehe, Sie haben keine Kosten gescheut, Crumpacker.»

«Er versteht es, mit Verve einzukaufen. Ich bin tief gerührt.»

Mussa gab sein gewohntes Richtungssignal, den hochgereckten Mittelfinger, raste mit kreischenden Reifen quer über mehrere Spuren und wurde von allen Seiten mit Hupsalven eingedeckt. Über die verschlungenen Pfade Manhattans trotten Millionen wirr vor sich hin faselnde, betende, halluzinierende, von Erlösung träumende Pilger; hätten wir alle den leuchtenden Leib von Glühwürmchen und könnte man uns von oben fotografieren, welch fein verwobenes Geflecht würde da sichtbar werden! Wir holperten auf das leere Grundstück neben der Chamäleon-Redaktion. «Quer durch ganz Stadt, fünf Minutt!» Mussa tippte auf seine Armbanduhr.

«Eine beachtliche Leistung, Mussa.»

«Wo mein Sekretärin? Ich sie peitschän jetzt.»

«Madame Veronique, möglicherweise erwarten uns im Innern des Gebäudes weitere Revolvermänner. Es wäre sicherer für uns, im Fahrkorb der Gebäudereinigung hinaufzufahren.»

Wir stellten uns rings um sie herum auf die Plattform, und nachdem Mussa und Siggy die Zugseile bemannt hatten, begann unser Aufstieg. Die schrägen Strahlen der Nachmittagssonne fielen durch die Straßenschluchten und tauchten die Fensterfronten in einen matten Goldschimmer. Mussa schnaufte schwer, während er an seinem Seil zog. «Kriegt man Blasän an Hand.» Er hielt eine seiner dunkelhäutigen Hände hoch. Madame Veronique fuhr mit dem Fingernagel eine der Linien in seiner Handfläche entlang. «Eine Lebenslinie wie ein Elefant.» Sie schloß die vier ausgestreckten Finger seiner Hand. «So einer ist nicht totzukriegen.»

Crumpacker stand in der Mitte, hatte seine Angel ausgeworfen und wirkte in sich gekehrt. Was mochte er fangen in der güldenen Luft des späten Nachmittags? Er reißt die Rute hoch, holt die hakenlose Leine ein, wirft von neuem aus.

Wir pullten uns hinauf zum Dach, machten den Fahrkorb fest und halfen Madame Veronique hinüber; unsere Schuhe sanken ein bißchen in die weiche schwarze Haut des Daches ein. Die Ventilatoren drehten sich träge in der sanften Brise, und wir konnten weit bis nach Downtown hinuntersehen, wo die Lichtreflexe auf den Türmen des Handels und der Finanzen blitzten und die großen Kupferkessel von Mr. Pustel-Creme brodelten.

Siggy ging als erster die Treppe hinab, die Pistole in der Hand, dann winkte er uns nachzukommen. Wir stürmten in die Chameleon-Redaktion, wo uns Hyacinth empfing. «Wird Zeit, daß ihr wiederkommt», begrüßte sie uns im Kasernenhofton, doch als ihr Blick auf Madame Veronique fiel, hielt sie schnell den Mund.

«Das ist aber 'n hübsches Mädel», sagte Madame Veronique. «Meint die Liebe es gut mit dir?»

«In letzter Zeit nicht gerade.»

«Ich werd dir ein *poudre* geben für den Kaffee deines jungen Mannes. Sein Verhalten wird sich schlagartig ändern.»

«Bei dem kann nur ein Schuß in die Hüfte was ändern.»

Madame V. wandte sich mir zu. «Ich braue gute starke Liebestränke für andere Leute, aber bei mir versagen sie immer, ich weiß nicht, weshalb.»

Ich führte sie zur Tür von Nathans Büro. Er rührte gerade einen Behälter mit seiner Jambalaya Jubilee Hot Sauce um, als wir eintraten. Seine Blasrohrpfeile lagen in Reih und Glied vor ihm auf dem Schreibtisch.

«Auftrag ausgeführt, Nathan. Ich möchte dir gerne Madame Veronique vorstellen. Spezialistin in Psychopharmakologie und eine unserer vornehmsten Anzeigenkundinnen. Im Austausch für ihre Hilfe beim Schutz unserer Redaktion werden wir Madame Veroniques Anzeigen zum Nulltarif in der *Mitternachtspost* schalten.»

«Keiner kriegt in meinen Publikationen Anzeigen zum Nulltarif.»

Madame Veronique machte ihre Handtasche auf und zog eine gedörrte Affenklaue hervor. Ich harrte der Dinge, die da kommen würden, konnte es kaum erwarten; innerhalb weniger Sekunden würde Nathan in hypnagogischer Trance über den Boden kugeln.

Madame V. stand auf und stellte sich hinter meinen Stuhl. Ich spürte, wie mir die kleinen Krallen der Affenklaue durchs Haar fuhren. Mein Kopf schnappte marionettenhaft in den Nacken, die Decke drehte sich im Kreise; ich kippte hintenüber, ein absonderlicher Viehlaut stieg aus meiner Kehle; dann kroch ich auf allen vieren und bellte wie ein Pavian. Wie aus weiter Ferne drang Nathans glucksendes Lachen an mein Ohr, ich huschte unter seinen Schreibtisch und beschäftigte mich näher mit meinen Genitalien, die in diesem Augenblick gerade eine ziemlich leuchtende Farbe zu haben schienen.

«Also gut», sagte Nathan. «Sie kriegen Ihre Anzeigen. Aber einmal pro Woche will ich Howard so sehen.»

Madame V. griff unter den Schreibtisch, strich mir über die Stirn, erlöste mich aus meinem Bann. Ich kroch hervor, wobei ich mich geistesabwesend kratzte.

Madame Veronique ging zur Tür. «Ich werde jetzt Modell stehen, für die Doppelseite.»

Ich hielt ihr die Tür auf, als sie ging, immer noch unter dem vagen Eindruck, ich hätte leuchtendrote Schwielen auf den Hinterbacken und einen dünnen behaarten Schwanz von angemessener Länge.

«Diesen Tony Baloney sind wir noch lange nicht los», sagte Nathan.

«Darum wird sich Madame Veronique kümmern», sagte ich und setzte mich auf meine leuchtenden Hinterschwielen.

«Halte ihre Anzeigen klein.»

«Sie wird bei mir auf wenig Widerspruch stoßen, Nathan, egal worum es geht.» Ich fuhr fort, auf meinem Stuhl Platz für einen Schwanz zu schaffen.

«Wenn die merken, daß ihre drei Ganoven nicht wieder auftauchen, werden sie kommen und nachsehen, was los ist. Ich schätze, gleich morgen früh.»

«Was machen wir mit Mitzi?»

«Sie sollte die Nacht über in der Redaktion bleiben, weil die garantiert in ihrer Wohnung aufkreuzen. Fernando kann hier bei ihr bleiben und sie bewachen.»

Ich salutierte und kehrte zurück in mein Büro. Madame Veronique saß an meinem Schreibtisch und las in einer Ausgabe von *Bekenntnisse junger Schwesternhelferinnen*. «Wo bleibt mein Fotograf?»

«Madame V., ich wüßte gern, ob ich wieder an meinen Schreibtisch darf? Wir werden Ihnen hier mal ein ungestörtes Plätzchen suchen –»

«Mir ist zu heiß, um aufzustehen.» Die Affenklaue lag auf meinem Tisch.

«Prima, gar kein Problem, ich geh einfach raus und mache meine Arbeit draußen im Flur, das paßt mir wunderbar in den Kram.» Ich klaubte meine Layouts zusammen und verließ mein Kabuff; draußen stoppte mich Amber. «Was habt ihr mit diesem wunderschönen Opernliebhaber angestellt?»

«Er war ein professioneller Killer.»

«Er hat mich zum Dinner eingeladen.»

«Er wird seine Verabredung nicht einhalten.»

Unter fachkundig schattierten Lidern sah sie mich an. «Ich werde nicht jünger.»

«Wir hier bei Chameleon Publications lieben und respektieren dich. Als dein Chefredakteur bin ich drauf und dran, dich zu umarmen.» Was ich auch tat.

Zu meiner großen Überraschung legte sie erschöpft ihre Wange an meine Brust. «Oh, Howard, ich weiß nicht, wieso mir so mies zumute ist.»

«Laß mich ein Abendessen für dich kochen.»

Sie hob den Kopf, blickte über meine Schulter. «Wer ist die zigarrerauchende Frau dort in deinem Büro?»

«Sie kann hexen.» Wie von selbst fuhr meine Hand nach hinten, um meinen Schwanz zu glätten.

Amber und ich saßen auf meiner Couch und gaben uns Mühe, nicht zu der Große Frauens an der Wand hinaufzublicken. Amber stocherte mit ihren Eßstäbchen in dem bescheidenen Pfannengericht, das wir zusammengerührt hatten.

«Vielleicht sollte man die Couch so stellen, daß man mit dem Rücken zu ihr sitzt.»

«Das Bewußtsein, sie im Rücken zu haben, war noch schlimmer.» Ich ließ meine Eßstäbchen zur Wand hin klappern. «Es ist besser, ihr direkt gegenüberzusitzen. Das dämpft ihre Schockwirkung.»

«Seit fünfzehn Jahren wohne ich jetzt in New York, Howard,» Amber hob ihr Weinglas, sah hinein und trank. «Fünfzehn lange Jahre.»

«Vielleicht könnte Uqal Mussa uns übers Wochenende irgendwo ins Grüne kutschieren.»

«Wer ist Uqal Mussa?»

«Der Ägypter. Na, der dunkelhäutige Bursche, der ständig Hyacinth auspeitschen will.»

Es war soweit: Ich hatte sie in meiner Wohnung. Zweifellos mußte sie an meiner persönlichen Umgebung erkennen, daß ich – abgesehen von der acht Meter langen, wahnsinnigen, trunkenen Aztekengöttin an meiner Wand – das Leben eines kultivierten, weltoffenen Großstadtmenschen führte.

Aber sie schien durch mich hindurchzublicken, hinaus in die Sommernacht vor meinem Fenster. Ihre abgestreiften Sandalen lagen am Boden, persische Kreationen mit quirligen abstrakten Mustern auf dem Innenfutter, wie Seiten aus den Rubaijat; sie kauerte sich auf die Couch, zog die Beine hoch, strich sich den Rocksaum über den Knien glatt und drehte ihren Kopf zur Wand, wodurch mir der erfreuliche Anblick ihres klar geformten Profils zuteil wurde, die Habichtsnase und die zarte Kantigkeit ihres Kinns.

«Wie wunderschön du bist bei diesem Mondschein.»

«Welchem Mondschein?»

«Bloß ein Aquarium in einem dunklen Fenster. Ich dachte, es sei der Mond.» Ich rückte näher an sie heran, legte meinen Arm hinter ihr auf die Rücklehne des Sofas. «Wir kennen uns jetzt schon so lange.»

«Ja, nicht wahr.» Sie schob eine Hand in die Tasche ihres Rocks und lehnte sich auf der Couch zurück, ihre Schulter nur um Haaresbreite von meinen Fingerspitzen entfernt.

«Dein Parfüm ist betörend.» Fingerspitzen kriechen langsam abwärts, haben Tuchfühlung. Die geschmeidige Schulter einer Redakteurin für Schönheitspflege.

Sie wandte mir ihr Gesicht zu. «Howard, mit uns beiden, das klappt doch nie.» Sie zog die Hand aus der Rocktasche und hob sie langsam zu meiner Wange hinauf. «Aber ich nehme an, das ist kein Grund, es nicht zu versuchen.»

Ich nahm sie in die Arme, unsere Lippen trafen sich. Wie oft hatte ich mir diesen Moment vorgestellt, wenn ich aus meinem Kabuff zu ihrem hinüberstarrte. Nie hätte ich auch nur im Traum daran gedacht, daß die Trennwand zwischen uns einmal fallen könnte, daß ihre Lippen sich so unter meinen öffneten, wie sie es in diesem Augenblick taten, daß sie in sanfter Kapitulation ihre Reserviertheit über Bord werfen würde, ihre Leidenschaft aus verborgenen Tiefen hervorbrechen ließe, um mich bis ins Innerste aufzuwühlen.

«Hallo, ihr beiden...»

Eine Stimme aus dem Luftschacht. Wir fuhren herum. Am Flurfenster im Gebäude gegenüber stand Fernando, den Daumen hochgereckt, und spähte auf seine Große Frauens herüber. *«Sie sieht toll aus von hier!»* Jemand trat neben ihn ans Flurfenster, die Gestalt war in dem diffusen Licht kaum auszumachen. Dann, als Fernando sich eine Zigarre ansteckte, sah ich –

«Mitzi Mouse!» Entgeistert sprang ich auf. «Die sollte doch in der Redaktion bleiben! Wieso hast du sie mitgenommen?»

«Ich brauch meine Modell.»

Ich sank zurück auf die Couch. Amber strich sich den Rock glatt und schlüpfte in ihre Sandalen.

«Amber. Liebling, bitte...»

«Ich sagte ja, es kann nichts werden. Und das ist einer der Gründe, weshalb nicht.»

Ich stand auch auf. «Geh nicht.»

Sie hatte wieder ihren uneinnehmbaren Schutzwall aufgebaut.

«Das Essen war wunderbar.»

«Einen Augenblick lang sind aus uns zwei ganz andere Menschen geworden.»

«Und einer von uns ist jetzt wieder bei Sinnen. Wer sich mit dir einläßt, muß verrückt sein.» Sie zog die Schnallen ihrer Sandalen fest. Ich berührte ihre Hand, die sich am Fußgelenk zu schaffen machte. «Amber, laß mich das doch regeln. Du meinst, hier kommen ständig irgendwelche Leute reingestürmt? Ist es das?»

Ich liebkoste ihre bewundernswerte Wade. «Bleib wenigstens noch zum Dessert.»

Unsere Blicke trafen sich, und ich fragte mich: Wenn ich es vor langer Zeit geschafft hätte, mein exzentrisches Wesen in den Griff zu bekommen, wäre ich dann zu dem klassischen modernen Mann geworden, nach dem sie Ausschau hielt? Nein, wir werden zu dem, was unsere tägliche Fahrt mit der U-Bahn aus uns macht.

Die Tür vibrierte unter jähem Gehämmer. «Entschuldige mich kurz, Amber.» Ich öffnete Fernando und Mitzi die Tür.

«Hallo Kleiner, wie geht's?»

«Ich hoffe, wir kommen nicht ungelegen», sagte Mitzi.

Fernando steuerte auf sein Wandbild zu, hob die Arme und nahm mit ausgestreckten Zeigefingern Maß. «Perfekt proportioniert.» Fasziniert blieb er unter den gigantischen Hinterbacken seiner Große Frauens stehen und warf ihr eine Kußhand hinauf. «Schön bist du, Baby.» Dann klappte er seine Stehleiter auf und stieg nach oben, während Mitzi sich aus ihren weißen Seemannshosen und dem gestreiften Matrosenhemd zu schälen begann.

«Ich werd mal nach Hause gehen», sagte Amber. Ich öffnete ihr die Tür, und wir traten hinaus in den Flur. Die Mündung einer Pistole drückte sanft gegen meine Schläfe; plötzlich sahen wir uns von zwei Gentlemen in Seidenanzügen flankiert. «Wir holen uns nur Mitzi Mouse. Nuncio, los, geh rein.»

Nuncio verschwand in meiner Wohnung. Die Geräusche eines kurzen Handgemenges drangen zu uns heraus, und dann war alles still. Einen Augenblick später wurde Mitzi Mouse in den Flur herausgestoßen, splitternackt.

«Verdammt noch mal, Nuncio, wir können sie doch nicht mit nacktem Arsch mitnehmen. Geh rein und schnapp dir ihren Mantel.»

«Hab keinen gesehen.»

«Na, dann hol sonst irgendwas, du Arschgeige.»

Nuncio ging hinein und kam mit meinem italienischen Offiziers-Trenchcoat wieder, den ich mir aus einem Versandhauskatalog bestellt hatte. Jetzt glitt er über Mitzis Schultern.

Amber schmiegte sich schutzsuchend an mich, wobei sie allerdings sehr merkwürdige Bewegungen mit ihrer Hand vollführte. Was war los? Plötzlich förderte sie aus ihrer Umhängetasche die Armbrust zutage, fuhr herum, drückte ab. Der Bolzen pfiff Nuncio knapp über den Kopf und nahm seinen Filzhut mit; mit einem dumpfen *Bonk* wurde der Hut an eine Tür weiter unten im Flur genagelt. Ich versuchte mich aus dem Staub zu machen und bekam einen Boxhieb ins Gesicht, mit solcher Wucht, daß ich rückwärts den Flur hinab torkelte und gegen die Tür knallte, in der der Pfeil steckte. Sie öffnete sich hinter mir, und ich fiel meinem betagten russischen Nachbarn Igor Nishtick in die Arme.

«Michael, Allmächtiger! Idschim und Dämonengott! Zerstör ihre Bilder aus Stein!» Igor schrieb getreulich auf, was ihm die Engel über Jehovas Vergeltungspläne gegen die Menschheit eingaben, und jetzt, als er diesen Bolzen in seiner Tür stecken sah, glaubte er den Augenblick des Weltgerichts zu erleben. Ich schob ihn zurück in die Wohnung, schlug die Tür zu und warf den Sperriegel vor.

«Wir müssen den Erzengel einlassen!» Igor griff nach dem Sperrriegel.

Ich machte einen Satz und stellte mich vor die Tür. «Das ist kein Michael, das sind zwei Gangster!»

«Die Wasser des Jabbok! Die Kinder von Ammon!» Igor schlurfte im Flur auf und ab, wobei er mit den Fäusten wild in der Luft herumfuchtelte. Ich hielt mein Auge an den Türspion und sah, wie die zwei Halunken Mitzi und Amber zur Treppe zerrten.

«Howard!» kreischte Amber. «Hilf uns!»

Es würde mir nicht gut bekommen. wenn ich jetzt hinausstürzte und mich opferte. Die Situation erforderte Besonnenheit. Ich würde mein Apartment verkaufen und nach Tenafly ziehen.

«Howard! Du Feigling!»

Ich sah, wie sie im Treppenhaus verschwand, und Mitzi mit ihr, beide fest im Griff ihrer Entführer.

«Og, der König von Bashan, hat sich gegen uns erhoben...» Igor hatte jetzt sein Notizbuch in der Hand, das Diktat der Engel begann von neuem, der alte Mann schritt auf und ab und kritzelte dabei in sein Buch. «...doch ihre Lebenskraft wird ihnen geraubt werden, desgleichen ihre Zunge, die meiner Feinde...»

Ich ging ans Fenster und zog vorsichtig zwei Rippen der Jalousie auseinander. Jawohl, da am Bordstein stand das lange schwarze Gangsterauto. Die Türen im Fond wurden geöffnet und Amber und Mitzi hineingeschubst. Und der eigentliche Skandal bestand darin, daß sehr wahrscheinlich eine Reihe von Leuten an ihren Fenstern standen und diese Entführung mit ansahen, ohne auch nur einen Finger zu rühren.

«...und der Herr sprach zu mir, geh, verspeise das Herz deines Feindes, Nishtick, geh hin und nähre dich! Geschem der Araber! Tobia und Sanballat!»

Ich bewahrte meine Geistesgegenwart. «Igor, ich bin bereit, dir einen Exklusiv-Vertrag für deine Engels-Diktate anzubieten. Wir können, na sagen wir mal, alle vierzehn Tage zehn Seiten daraus in *Offenbarung* abdrucken.»

«Und was springt dabei raus?»

«Fünf Cents pro Wort.»

«Mitzpa und Haschub!» Er eilte an seinen Schreibtisch, und ich ging zur Tür. Einen Augenblick später war ich wieder in meiner Wohnung. Fernando lag in katatonischer Starre am Boden, beide Zeigefinger in die Luft gestreckt.

Ich kramte die verschmuddelte Visitenkarte des Aswan Limo Service hervor und wählte. Ein Kind meldete sich.

«Kann ich bitte deinen Vater sprechen?»

«Hat zu tun. Ich Ihnen helfen. Sie wollen kaufen schöne Kamera?»

«Nein, im Augenblick nicht.»

«Wie wär's mit eine Videorecorder?»

«Ich würd gern mal mit deinem Vater sprechen. Sag ihm, es sei sein neuer Arbeitgeber.»

Es gab eine Pause, während der das Kind nachdenklich in die Muschel schnaufte, dann ließ es einen Brüller los, der seinem Vater galt. Der Hörer wurde weitergereicht.

«Wer ist dran?»

«Mussa, hier ist dein Chefredakteur. Du mußt auf der Stelle mit deinem Wagen zu meiner Wohnung kommen.»

«Du wollen Sesamtunke?»

Ich gab ihm die Adresse durch. «Ich erwarte dich hier in zwanzig Minuten.» Ich legte auf, wählte Nathans Nummer und sagte ihm, er solle sein Blasrohr schultern. Dann rief ich Crumpacker an, der natürlich keineswegs erfreut wirkte, doch ich ließ mich nicht abwimmeln, und schließlich willigte er ein, auf uns zu warten. Ich sah auf Fernando hinunter, dessen Finger noch immer steil nach oben zeigten. Ich blickte empor zu seiner Große Frauens. Sie hing teilnahmslos in ihrer Hängematte und hielt ihren dicken runden Medizinball von Bauch im Gleichgewicht. Seufzend ging ich zur Spüle, ließ einen Kochtopf voll Wasser laufen und verabreichte dem Künstler einen kalten Guß. Seine Augenlider flatterten, seine Hand hob sich zu der großen roten Beule am Hinterkopf. «Ich bring sie um.» Er rappelte sich auf und stieg wieder auf seine Leiter.

Ich ließ mich auf die Couch fallen. Ambers Parfum hing noch über dem Sofa; das Kissen trug den Abdruck ihres Körpers. Fernandos Leiter knarrte, klatschend fuhr der Pinsel über die Wand. Ich ging zum Kühlschrank, um mir einen Eisbeutel auf die geschwollene Backe zu legen. Die prähistorischen Laute aus der Kehle des Hausmeisters drangen den Luftschacht herauf.

«Ahhhrrgggh ... garrrghhhhh ...»

Ob er Ratten die Köpfe abbiß? Sein Weibchen lockte? Oder bloß seiner Anerkennung für die neueste Ausgabe der *Mitternachtspost* Ausdruck verlieh?

Der Türsummer ertönte. Wir fuhren hinunter in die Lobby, wo Mussa uns mit einer servilen kleinen Verbeugung begrüßte, mir einen Fussel vom Anzug wischte und uns dann die Haustür aufhielt. »Alles bereit, Gentlemens, wir uns särr gutt amüsierän.» Er huschte voraus zur Bordsteinkante, um den Schlag des Kombis aufzureißen. Ich stieg hinein und stellte fest, daß ich neben einem stark geschminkten Kind saß.

«Mussa, wer ist das kleine Mädchen hier?»

«Najaf. Ist mein Tochdär.» Mussa klemmte sich hinters Steuer. «Mrs. Mussa nicht zu Haus. Ich nix Babysitter habben.»

«Wir haben 'ne gefährliche Nacht vor uns. Wir können nicht riskieren, dieses Kind mitzunehmen.»

Najaf zupfte an meinem Ärmel. «Du wollen Videorecorder kaufen?»

«Sie särr brav kleine Mädchen. Früh üben, was ein clever Geschäftsfrau wollän werdän.» Mussa ließ den Motor an und steuerte den Riverside Drive hinauf. Fernando studierte das Gesicht der Kleinen. «Würdest du gern für mich Modell stehen, Kleine?»

«Mussa, fahr zur 86. Straße, Ecke West End.» Ich beugte mich zu ihm hin, redete leise auf ihn ein. «Wir müssen Najaf wieder nach Hause bringen.»

«Mutter böse, wenn ich Najaf lassen allein.« Mussa neigte vertraulich den Kopf zu mir her. «Schau, sie dir machen särr gutt Preis für Videorecorder.»

«Ich will keinen Videorecorder.»

«Wie wär mit eine Microcassett-Recorder?»

Es war nur eine kurze Fahrt bis zu Crumpackers Wohnung, und er erwartete uns auf seiner Vortreppe, die Angelrute in der Hand. Ich stieg aus und hielt ihm die Tür auf. Er stieg in den Kombi, wo er neben Najaf zu sitzen kam. «Und wer ist das?»

Mussa antwortete über seine Schulter hinweg. «Sie dir sparen viele Geld, Patär, alles was du wollän. Hi-Fi, TV, Kamera mit aller Schikan.» Im Rückspiegel nickte er zu Crumpacker hin und raunte mir in verschwörerischem Flüsterton zu: «Ich wissen, was Geistlichär wollän.»

«Downtown, Mussa, zur Redaktion.»

Er kurbelte am Steuer, und wir fuhren auf dem Riverside Drive zurück, dann über die West End Avenue nach Osten, ohne auf Stoppschilder zu reagieren. Man gewöhnt sich schnell an die ägyptische Verkehrstaktik und ist verärgert über alles, was dazu angetan ist, einen möglicherweise aufzuhalten.

Najaf summte eine kindliche Melodie, hielt ihre Finger empor, wedelte damit vor ihrem Gesicht und verschränkte sie ineinander, fasziniert vom billigen Glanz ihrer Ringe. «Ich habe Taschenrechner, Videospiel, Ghettoblaster, alle Marken.»

«Mussa, woher kriegt die Najaf ihre Handelsgüter?»

«Ich Beziehungän.»

«Heiße Ware, wie?»

«Du wollen schwenkbare Tischventilator?»

Der Broadway flog an uns vorüber, Läden, Bars und Restaurants, umrissen von flackerndem Neon, deren Klientel schleichend durch die Lichtmuster tappte, menschliche Silhouetten unter dem elektrischen Regenbogen, auf der Suche nach Freund oder Feind, Liebe oder Rache, einer günstigen Gelegenheit, einem Fetzen Glück, einem Rauschmittel, das die Nacht wie eine orientalische Lampe glühen ließ.

«Ich hoffe, ich muß mir nicht die ganze Nacht um die Ohren schlagen», sagte Crumpacker.

«Hier, du spielen mit mir», sagte Najaf und zog ein kleines Computerspiel aus ihrem Handtäschchen.

«Für Kinderspiele hab ich keine Ader», sagte Crumpacker. «Offen gesagt, sie sind mir ein Graus.»

«Ist keine Kinderspiel», sagte Najaf. «Ist Spiel für knallharte Profis.»

«Sieht mir ziemlich vertrackt aus.» Bald hörte man sie und Crumpacker um die Wette piepsen.

«Bei dem Ding kriegt man ja Kopfschmerzen!»

«Du verloren!» Najaf kicherte wie wild, war ganz aus dem Häuschen. «Gib mir eine Dollar. Okay, machen gleich nächste Spiel.»

Mussa sprach leise zu mir. «Mir särr gefallen, sie in Hand von Geistlichär.»

Wir rollten den Broadway hinunter, vorbei an den Ruinen eines ganzen Straßenblocks, der gerade abgerissen wurde. Oben im Skelett eines der Häuser sah ich an einem Dachsparren ein Stück schimmernde Girlande baumeln, das Relikt einer längst vergessenen Büroparty, vielleicht bei einem Verlag, der nie seinen Drucker bezahlen konnte, dessen Chefredakteur in der Wahnvorstellung lebte, es werde ewig so weitergehen, und da hing sie nun, ein letzter glänzender Rest Flitter, zwischen verbogenen Eisenstäben, Schutthaufen und eingestürzten Zimmerdecken.

«Wieso hat dieses Spiel jedesmal neue Regeln?» beschwerte sich Crumpacker.

«So wird gemacht», Najaf lachte hysterisch. «So du mußt spielen diese Spiel.»

Nathan hatte auf dem leeren Grundstück neben dem Chameleon-Büro geparkt. «Fahrt hinter mir her», sagte er und dirigierte uns in die Hudson Street, wo wir gegenüber der White Horse Tavern parkten. Nathan und ich gingen hinauf, durch ein ehemaliges Fabrikgebäude, dessen Etagen man zu Apartments ausgebaut hatte. Die Wände bestanden aus nacktem Backstein, die Treppe war aus Eisen, und bei jedem Schritt gab es einen metallischen Widerhall in den breiten kahlen Fluren. Hip O'Hopps Wohnung lag im zweiten Stock, nach hinten hinaus. Wir läuteten, und hinter dem Türspion rührte sich was, man sah ein vergrößertes blutunterlaufenes Auge. Die Tür öffnete sich.

Seine Wohnung war klein und schäbig. Ihr auffälligstes Merkmal war die Decke – die Farbe hing in abgepellten Zungen herab, manche fast einen halben Meter lang. Es sah aus, als würde sie sich aus der Haut schälen. Hip fing meinen Blick auf. «Nachts, wenn ich schnarche, fallen mir die Farbfitzel in den Mund.»

«Wieso läßt der Vermieter das nicht richten?»

«Er hat es mir angeboten, aber da müßte ich mich erst mal der enorm komplizierten Frage widmen, wie ich den ganzen Krempel raus in den Flur schaffe.» Er deutete auf einen rissigen Ledersessel, umgeben von den vergilbten Ausgaben längst eingegangener Zeitungen, die sich in windschiefen Stößen bis zur Decke stapelten. «Ich würde nie wieder alles in die alte Reihenfolge kriegen.»

Schreibmaschine und Schreibtisch bildeten ihre eigene Ecke, umrahmt von kreuz und quer durcheinanderliegenden Enzyklopädien, Wörterbüchern und anderen Nachschlagewerken, alle voller Eselsohren, übersät mit Tintenklecksen und Kaffeeflecken. Das größte Staubknäuel, das ich je sah, hob sich sachte vom Boden, als wir an ihm vorbeigingen. «Ein Haustierchen», sagte Hip, und wahrhaftig schien ihm das Ding treu durch den Raum zu folgen. «Tony Baloney wohnt draußen auf Long Island. Er ist vor ein paar Jahren nach North Shore gezogen. Ich hatte dort wegen einer Story zu tun, und bei der Gelegenheit haben wir uns auch sein Haus angesehen. Man kann ja nie wissen, wozu man solche Informationen mal braucht.»

Während er sprach, kleidete er sich sorgfältig und ohne Hast vor einem großen alten Wandspiegel an, der sein Ebenbild grotesk verzerrte. Der Rauch seiner Zigarette stieg ihm zwischen den zusammengekniffenen Augen empor, als er den Knoten seiner Krawatte festzog.

«Deine Wohnung ist die reinste Müllkippe», sagte Nathan.

«Freut mich, daß sie dir gefällt.»

«Wieso schmeißt du nicht ein paar von diesen Zeitungen weg? Es kommt ja gar kein Licht mehr herein!»

«Ich hab's gern schummrig.» Hip schlüpfte in sein Jackett, warf einen prüfenden Blick auf sein verzerrtes Spiegelbild, das von den Zeitungsstapeln im Hintergrund umringt war. Dann wandte er sich mir zu und deutete auf einen aufgerissenen Briefumschlag, der auf seinem Schreibtisch lag. «Hab heut 'ne schlechte Nachricht gekriegt.»

«Einkommenssteuerprüfung?»

«Tausendmal schlimmer. Ich bin schon wieder von 'nem Kloster abgelehnt worden.» Er ging zu einem runden, eisernen Wandsafe, der noch aus den Tagen der alten Fabrik stammte, zog die Tür auf und holte eine Flasche Bourbon heraus. «Wenn mich bloß mal welche von den Bastarden aufnehmen würden, dann wäre meine Altersversorgung gesichert», seufzte er. «Ich hätte 'n Dach überm Kopf, bis ich sterbe. Drei warme Mahlzeiten und 'ne Koje, meine eigene kleine Zelle und gregorianische Gesänge.» Nachdem er drei Gläser eingeschenkt hatte, reichte er mir und Nathan eins.

Das gerahmte, jahrzehntealte Foto einer Bauchtänzerin hing schief neben ihm an der Wand, signiert *Mit herzlichem Gruß für Hip*. Es gab noch andere Fotos, eins von Hip in Militäruniform, jung und keck in die Zukunft blickend, die in diesem Zimmer bestand.

«Der Klosterknabe, der die Eignungsprüfung vornahm, war ein scharfer Hund. Darauf trainiert, die Nassauer auszusieben. Sagt der zu mir, ich würde den Katholizismus nicht kapieren, würde die Klosterbewegung nicht kapieren, wäre kein sehr liebevoller Mensch und außerdem seelisch schwer gestört.»

«Es muß doch wenigstens ein Kloster geben, das verzweifelte Typen wie dich sucht.»

«Sie haben mich allesamt abblitzen lassen. Dieses letzte hier war echt das mickrigste von allen. Sie machen da kein Gelee und keinen Wein, sie backen keine tollen Kekse, sie ziehen lediglich ihre jämmerlichen Weihnachtsbäume neben einem Highway im hintersten New Jersey. Trotzdem wäre das ein solider Schritt nach vorn gewesen. Na ja, es hat nicht sollen sein.» Er trank seinen Whiskey aus. «Ist 'n schwerer Schlag für meinen Glauben. Ich hab dort fünfmal am Tag die Psalmen gesungen, ich hab Weihnachtsbäume ausgeputzt, bis mir die Arme weh taten, ich hab ihren faden Haferschleim gefuttert, und dann erzählt mir dieser Schwanzlutscher, ich sei kein liebevoller Mensch.»

Er schloß seine Wohnungstür ab, und wir gingen die Treppe hinunter. «Ich weiß noch, wie Tony Baloney seinen Vater ablöste. Big Joe Baloney hatte gerade in Vegas das Zeitliche gesegnet – irgend so ein Showgirl hat den alten Knaben zu Tode gefickt –, und Tony kontrollierte hier den Garment District. Dann hatte er sich plötzlich alles unter den Nagel gerissen – Baugewerbe, Kasinos, Kennedy- und La-Guardia-Airport, überall hatte er die Finger drin. Er beglich ein paar alte Rechnungen, nietete ein paar Freunde um. Sobald irgendwo Anklage erhoben wird, verschwinden die Zeugen spurlos.»

«Wir kriegen ihn», sagte Nathan.

Hip lächelte trübselig, knüllte seinen Klosterbrief zusammen und warf ihn in die Gosse. «Leute, die sich mit Tony Baloney anlegen, brauchen sich über ihren Lebensabend nicht mehr den Kopf zu zerbrechen.»

Celia Lyndhurst wohnte ganz in der Nähe in der Bleecker Street, gegenüber einem Spielplatz, an dem wir parkten. Beim Aussteigen fiel mir ein Schild neben dem Sandkasten auf.

VORSICHT
HIER WURDE RATTENGIFT AUSGELEGT

Ein netter Zug den Kindern gegenüber, von unserem fürsorglichen städtischen Amt für Parks und Erholungsanlagen. Nathan und ich betraten Celias Gebäude und stiegen die enge Treppe hinauf. Nathan hatte sie offenbar nicht sachgemäß instruiert, denn als sie uns öffnete, trug sie einen Bademantel und hatte ein Handtuch um ihr Haar geschlungen. «Ihr müßt noch einen Augenblick warten, bis ich mein Haar getrocknet hab.» Weil ihr Haar etwa einen Meter lang war, blieb uns reichlich Zeit. «Komm schon, Howard, du kannst mir helfen.» Ich folgte ihr durch die winzige Wohnküche in das noch winzigere Schlafzimmer. Es war picobello aufgeräumt, für einen Mann von meinen Lebensgewohnheiten geradezu überwältigend ordentlich. Mitten im Zimmer stand ein Bügelbrett, daneben lag ein Stapel frischgewaschener Wäsche. «Ich bügel für mein Leben gern», erklärte Celia. «Du nicht?»

«Kein Tag ohne ein bißchen Gebügel, sonst geh ich glatt ein.»

«Du mußt mein Haar in die Hände nehmen und ausgebreitet halten, dann wird es schneller trocken.» Wir setzten uns auf ihr Bett, und sie ließ ihren Fön lossurren.

Während ich Celias Haar hielt, versuchte ich einen Aktionsplan für unser bevorstehendes Abenteuer zu entwerfen, aber ich bin kein großer Pläneschmied. Celia war auf *Heiße Spuren* spezialisiert, ich würde mich auf sie verlassen – falls wir sie je aus ihrem Apartment herausbekamen.

«Wieso haben sie Amber entführt?»

«Sie hat mit der Armbrust auf sie geschossen.»

«In letzter Zeit hat sie so was Unberechenbares.»

«Sie hatte gerade mit mir zu Abend gegessen.»

«Starkes Stück, einfach so unsere Amber zu kidnappen.»

«Ja, es wird bei ihr gewisse negative Gefühle mir gegenüber verstärken, was gemeinsame Abendessen betrifft.»

«Du konntest doch nichts dafür.» Sie berührte mit der Hand meine geschwollene Backe. «Sieht ja furchtbar aus. Du mußt heftigen Widerstand geleistet haben.»

«Ich habe mich tapfer geschlagen.»

Celia ging zu einer Wand, die von einem bestickten goldfarbenen Vorhang verdeckt war. Dahinter befand sich ihr Wandschrank, den zu beschreiben für jemanden von meinem begrenzten Verständnis in derlei Dingen ein erfolgloses Unterfangen wäre.

«Es gibt Zeiten, Howard, wo ich hier morgens nicht aus der Tür komme, weil ich nicht weiß, wer ich bin. Ich meine, wie sollte mein persönlicher Stil wirklich aussehen?» Sie blickte mich an, ihr Kopf beschrieb seine kleinen fragenden Schlenker von einer Seite zur anderen, wie bei einer Kalitänzerin. «Und weißt du was? Es ist irgendwie wundervoll, es nicht zu wissen. Ich sollte besser einen Pulli mitnehmen, falls es kühl wird.»

«Nimm alles mit», ließ sich Nathan aus dem Nebenzimmer vernehmen. «Wir haben einen Kombi draußen.»

Wir folgten Celia durch die Küche zur Wohnungstür. Am Waschbecken blieb sie plötzlich stehen. «O Gott, jetzt hab ich ganz meinen Abwasch vergessen. Ich war gerade beim Spülen, als ihr kamt.»

«Hey», sagte Nathan, «wir haben keine Zeit.»

«Ich kann das unmöglich so stehenlassen.»

«Steht dir 'ne Inspektion vom Gesundheitsamt ins Haus?»

«Nathan, ich bin nicht wie *du*.»

«Ein paar Schüsseln und Töpfe, was soll daran so schlimm sein?»

«Für mich ist das schlimm! Ich kann es nicht ertragen, in eine unaufgeräumte Wohnung zu kommen.»

«Es warten Leute auf uns.»

«Ich will hier doch keine *Kakerlaken* in die Wohnung kriegen.»

«Jeder in New York hat Kakerlaken.»

Ich intervenierte. «Celia, ich weiß 'ne ganz einfache Lösung. Wenn du gestattest?» Ich nahm ihre Töpfe, Pfannen, Schüsseln, Gläser und Bestecke und trug sie ins Badezimmer.

«Howard, was machst du? Wieso räumst du mein ganzes Geschirr in die Wanne?»

«Vertrau mir. Jetzt verteilen wir 'n bißchen Spülmittel drüber... siehst du, so... und jetzt drehen wir die Dusche auf.»

Das Wasser rauschte herunter, das Spülmittel schäumte auf.

«Howard, das gibt einen *Fettrand* in der Wanne!»

«Ich gebe noch etwas fettlösendes Spülmittel dazu, wie du siehst...»

Die zähe Seifenlauge türmte sich zu einem dicken Klumpen, Dampf hüllte uns ein, vom Geschirr war nichts mehr zu sehen. «Jetzt lassen wir einfach das Wasser laufen, und bis du wiederkommst, ist dein Geschirr gespült.»

«Hunderte von Litern Wasser werden verschwendet!»

«Die Wassermenge ist bei dieser Methode das Entscheidende. Wir ziehen hier mal den Duschvorhang zu, und jetzt, Celia, laß uns gehen.»

Gemeinsam gingen wir die Treppe hinunter auf die Straße. Celia fuhr mit Nathan und Hip in Nathans Auto voraus, und unsere Karawane rollte wieder die Greenwich Avenue runter, dann weiter auf der 8. Straße, vorbei an Giorgio Bruntinis Schuhladen für Herren, am Eighth Street Playhouse und an *Samara's Kitchen*. Musik plärrte aus Hauseingängen, und die Menschenmenge auf den Gehsteigen bewegte sich voran wie eine Schlange, die zerfällt und wieder zusammenwächst, an jeder Straßenecke auseinanderschwärmend und drüben wieder vereint. Zwei Jugendliche im Lederdress, womöglich Leser von *Macho*, standen lässig an ein glänzendes Motorrad gelehnt und tranken ein Bier; ihre exotische Gefährtin, eine junge Frau im Ledermini, saß rittlings neben ihnen auf dem Sitz, das Haar stand ihr in Stacheln vom Kopf, und am Bein trug sie eine Tätowierung – ein Pfau, dessen lange violette und grüngoldene Federn sich vom Schenkel des Mädchens bis zu den Fesseln erstreckten.

Najaf starrte mit großen Augen auf den glanzvollen Vogel. «So einen ich will auch!»

«Kinder tätowieren? Nicht mit mir», sagte Crumpacker.

«Vielleicht was Kleines, Crumpacker?» schlug ich vor. «Ich kann daran nichts Verwerfliches finden, und es gäbe 'ne hochinteressante Bildreportage ab.»

«Sie hat Titties», sagte Najaf, was uns beide auf eindrucksvolle Weise zum Schweigen brachte. Najaf zerrte an Crumpackers Ärmel. «Du arbeit bei Zeitung? Dann du weißt, wie man macht, daß Titties wachsen, ja?»

«Nein, weiß ich nicht.»

«Aber ich sehen immer in Zeitung, Frauen wollt ihr größern Busen?»

«Die geben dir einfach ein Paar blöde Muschelschalen, die du zusammenquetschen mußt», sagte Crumpacker.

Najaf ließ sich das gründlich durch den Kopf gehen, während unsere Karawane die hellerleuchteten Fassaden des Village hinter sich ließ und ostwärts in Richtung Bowery fuhr, auf dieser dann downtown, durch ein Spalier besoffen vor sich hinbrabbelnder Penner, die bedrohlich ihre Flaschen und Krücken schwenkten, der schemenhafte Bodensatz der Stadt.

Wir bogen nach links ab zur Delancey, fuhren jetzt Richtung East River: *Schwartzbaum, feine englische Tuchstoffe; Lichtensteins Kurzwaren und Schneiderbedarf; Golub, Chirurg. Instrumente und Bruchbänder.* Als wir die Orchard Street passierten, erwischte ich einen Blick auf Shlomos elegante Designermoden und wußte, hier in der Nähe mußte Siggys Domizil sein. Nathan scherte aus und fuhr an den Rand; wir hielten hinter ihm. Ich stieg aus und stand vor einem Optiker, der Kontaktlinsen zum Vorzugspreis anbot; ein riesiger beleuchteter Augapfel starrte uns an, zwinkerte dann träge, mechanisch senkte sich das Lid und hob sich wieder. Wir verschwanden in einem Hauseingang neben dem Laden und stiegen eine schäbige Treppenflucht hinauf; Familie Blomberg wohnte im Obergeschoß. Siggys Vater öffnete – ein kleiner Mann in ärmellosem Unterhemd und weißer Arbeitshose. Ein leichter Duft nach Vanille und Zucker ging von ihm aus, sein Haar war weiß mit Mehl bestäubt, auch die Haarspitzen an seinen Unterarmen waren weiß. «Kommen Sie herein, Siggy erwartet Sie. Sig!»

Wir folgten Blomberg senior über einen langen, trübe erhellten Flur in die Küche. Die jahrzehntealte Tapete war zu einem faden Gelb verblaßt, in dem undeutliche Blumen schwebten, wie ertrunken in einer Flut, die nur ein Blütenblatt oder zwei an die Oberfläche stoßen ließ. Mrs. Blomberg stand am Herd und kochte einen Vogel, dessen Schlegel sich träge drehten, während sie den Topf umrührte. «Sie essen jetzt mit uns», sagte sie und stellte Teller auf den Tisch.

«Wir haben keine Zeit», drängte Nathan.

Siggy kam in die Küche. «Iß was», sagte Mrs. Blomberg, stellte einen Teller vor ihren Sohn. Ich starrte zum Fenster hinaus. Ein Fleckchen Licht auf dem Gehsteig direkt unter uns wurde heller, dann schwächer, wieder heller: die auf- und zuklappenden Lider des Augapfels.

«Wen nehmen wir noch mit?» fragte Siggy.

«Alle«, sagte Nathan.

«Die einzige, die hier wirklich von Nutzen wäre, ist Madame Veronique, aber die wird nicht mitfahren.»

«Sig», sagte Mrs. Blomberg, «wenn du sie nett fragst, wird sie mitkommen.»

«Mom, du weißt doch gar nicht, von wem wir reden.»

«Ist sie allein zu Hause?»

«Ja, wahrscheinlich.»

«Dann wird sie mitkommen. Was sollte sie sonst zu Hause anfangen?»

«Laßt uns mal in die Gänge kommen», sagte Nathan.

«Sie sind im Hause eines Mannes, der sein ganzes Leben lang gebacken hat, und Sie wollen nicht mal ein Stück von seinem Mohnkuchen versuchen?»

«Mom, da ist eine junge Frau in der Klemme –»

Mrs. Blomberg deutete mit der Spitze des Kuchenmessers auf ihren Sohn. «Wenn du ein Mädchen hast, das in der Klemme steckt, Sig, dann steh ihr bei.» Sie legte ein gewaltiges Stück Mohnkuchen vor mich hin. «Essen Sie, während ich ein Wort mit meinem Sohn rede. Wie heißt sie?»

«Mouse.»

«Hieß früher wohl Mousekowitz. Wie oft denk ich zurück an meinen *Zayde*, wie er mir von diesen netten Mousekowitzen aus Odessa erzählte. Siggy, ich freue mich ja so für dich.»

«Dieser Kuchen übertrifft an Köstlichkeit alles, was ich je gegessen habe, Mr. Blomberg.»

Er sah mich an, grinste. «Nehmen Sie noch ein Stück.»

«Das hier reicht.»

«Er schmeckt Ihnen nicht?»

Sig wickelte den halben Kuchen in eine Serviette und gab seiner Mutter einen Abschiedskuß.

«Und Sie, Mister?» Sie reichte mir die andere Hälfte, machte sich dann an meinem Jackett zu schaffen und strich die Seitentaschen glatt. «Ihr Anzug gefällt mir. Sie kaufen auch bei Shlomo?»

Sofern es in meinem Hinterkopf noch irgendeinen allerletzten leisen Zweifel betreffs meiner Garderobe gegeben haben sollte – damit war er beseitigt: Ich würde sie komplett und ausnahmslos verbrennen.

Wir stiegen die Treppe hinab, wobei uns Mrs. Blomberg vom Geländer her wortreich verabschiedete. Als wir losfuhren, winkte sie aus dem Fenster, und das große zwinkernde Auge darunter starrte auf die Straße hinaus. Auge des Horus, Auge des Shiva, Auge des Sheldon Kugelmann, eingetragener Optiker, über 2000 modische Fassungen am Lager.

«Ich habe ein Stück Kuchen für dich, Najaf», sagte ich und griff in meine Tasche.

«Und ich?» sagte Crumpacker. «Ich sitze schon seit Stunden hier.»

«Sie haben Glück. Ich scheine mehr in dieser Tasche zu haben, als ich dachte. O ja – hier ist 'ne halbe Salami und ein Apfel; mal sehn, was in der anderen Tasche drin ist... zwei Kartoffelklöße, eine Ecke Schmelzkäse und ein Lachsbrötchen, ein bißchen Hering mit Zwiebeln und ein Töpfchen mit Nudelpudding.»

Ich breitete das Festmahl vor uns aus. Mussa machte eine Thermosflasche mit dickem, fürchterlichem Kaffee auf, und während wir gen Norden fuhren, unterhielten er und Najaf uns mit einem bemerkenswerten Song über Grabräuber, ein Lied, das seit Jahrhunderten in ihrer Familie weitergereicht wurde und dessen Text die vorteilhafteste Methode beschrieb, ein Grabmal zu betreten, ohne daß es einem auf den Kopf fällt. «Dabei ich immer kriegän Heimweh», sagte Mussa. «Alexandria ist ein so saubär Stadt. Nix sehn Alkohol auf Straßä.» Er wandte sich an Crumpacker: «Kein Sorge, Patär! Habben dort Läden, wo verkaufen an Christän.»

Yvonnes Wohnung befand sich in der 60. Straße, Ecke Lexington. Die Eingangshalle war klein, doch ihre Dimensionen wurden kompliziert durch die von einem Geflecht aus Goldfäden durchzogenen Spiegelwände, zwischen denen Nathan und ich uns zurechtzufinden versuchten. Ein schwarzgekachelter Springbrunnen plätscherte im

Wohlige Schauer…

Zentrum der Halle, seine Wasser rings umrahmt von eingetopftem Grün. An seinem Rand stand ein Arrangement aus antiken Stühlen und einem Cafétisch, jedes der Möbel mit einem Bein unauffällig an den Boden gekettet. Der Nachtwächter, dessen Uniform aus einem Khakidress bestand, schaute verschlafen blinzelnd zu uns auf und rekelte sich in eine andere Position. «Man kann sich drehen wie man will auf diesen komischen Stühlen, man sitzt nie bequem.»

Wir fuhren hinauf in Yvonnes Etage, kamen in einen Flur, der wiederum diese irritierende Goldverspiegelung aufwies, dazu einen weiteren antiken Stuhl, ebenfalls angekettet. Elektrische Kandelaber wiesen uns den Weg über den mit dickem Teppichboden ausgelegten Flur. «Yvonne lebt ja in guten Verhältnissen», sagte Nathan, «ich frag mich, weshalb sie eigentlich noch für mich arbeitet.»

«Sie liebt den Klatsch, so wie du und ich das Leben.»

Wir drückten auf Yvonnes Klingel, und sie öffnete uns, angetan mit einem seltsamen Gewand, das durch gigantische Schultern und einen langen Rock auffiel, der sich beim Laufen als Hose entpuppte. Unsere Kollegin sah aus wie die Heldin einer Science-fiction-Seifenoper. Selbst ihre Perücke erschien mir jetzt fülliger und wilder, türmte sich zu einer imposanten Löwenmähne. Sie hatte ihre Abendwimpern angeklebt, die Augen leuchteten vor Aufregung; riesige Reifen pendelten an ihren Ohren, und die Handgelenke verschwanden unter goldenen Armreifen. «Kommt rein, meine Lieben, ich bin in einer Minute fertig.»

Sie machte ihre Filmdiva-Kehre, den Arm ausgestreckt, als ziehe er eine lange Chiffonschleppe hinter sich her, und überließ uns das Schließen der Tür. Die Diele enthielt eine Kollektion von Südseemuscheln; etliche von den größeren waren illuminiert, badeten Yvonne in gedämpftem Unterwasserlicht, und sie war ihre Nereide, golden schimmernd, ein königliches Wesen, das unsichtbare Glorienschleier hinter sich herzog. Sie geleitete uns durch die Diele, streckte dann wieder dramatisch den Arm von sich – ins Wohnzimmer hinein, in dem ein kleiner Flügel, chinesische Lacktische, ein Aubusson-Teppich, ein Chippendalesofa, passende Stühle und vier Zahnärzte zu sehen waren, die Karten spielten. «Stanton, Nathan und Howard kennst du ja.»

«Klar. Fühlt euch wie zu Hause, Jungs.» Stanton Plum entfernte mir alle sechs Monate den Zahnstein; auf meinen Wunsch hin verabreichte er mir Lachgas, was er gesondert berechnete. Er stellte uns seinen Kollegen vor, die wenig Interesse zeigten an irgend etwas anderem als den Karten in ihrer Hand. Die Einsätze waren nicht gerade niedrig, und offensichtlich war Stanton dabei, zu gewinnen. Er versuchte seine Mitspieler noch weiter aus dem Konzept zu bringen, indem er ihnen von unseren Magazinen erzählte. «*Mitternachtspost*, hört sich an wie 'ne Zeitung für Zahnärzte, die Nachtschicht arbeiten, haha. Und *Bekenntnisse junger Schwesternhelferinnen*, das Ding müßtet ihr erst mal sehen! Hey, Nathan, wieso gründest du nicht eins, das *Bohrende junge Zahnhygienikerinnen* heißt?»

«Stanton, können wir nicht einfach Karten spielen?»

Auf einem schwarzen Marmorsockel hinter Stanton stand eine auf Hochglanz polierte Gazelle, deren schimmernde Hufe genau über dem kahlen Fleck auf dem Kopf ihres Meisters schwebten. Zu seiner Rechten befand sich ein Rhinozerosbaby aus Keramik, dessen Trauerblick in die Karten eines der anderen Zahnärzte gerichtet war, der dem Biest argwöhnische Blicke zuwarf. «Und dann», sagte Stanton, «gibt es da Howards Tittenmagazine. Nur daß die Titten alle mit BHs übermalt sind.»

«Yvonne, sag deinem Mann, er soll Karten spielen.»

Yvonne packte ihre Handtasche – Geld, Schlüssel, Derringer, Löffelchen und einen Becher Magerjoghurt mit Himbeergeschmack. «Spiel Karten, Stanton.»

«Ich spiel ja, ich spiel ja. Du gehst mit Nathan und Howard aus?»

«Es wird wahrscheinlich ziemlich spät werden.»

«Wenn ich nur weiß, daß du in sicheren Händen bist.»

«Es besteht die Möglichkeit, daß wir ermordet werden.»

«Dann werde ich ja in *Heiße Spuren* drüber lesen.»

Ich nahm meinen Ellbogen von der Schnauze des Porzellan-Armadillo, auf den ich mich gestützt hatte, und beim Anblick der Knochenplättchen seines Schulterpanzers wünschte ich, ich hätte mir für den Abend eine kugelsichere Weste zugelegt; in *Macho* wurde eine aus leichtgewichtigem Kevlar angeboten. Statt dessen würde ich mein ganzes Vertrauen in Lady Ranas Kupferamulett setzen müssen, und in die Tarnfarbe, mit der es mich versehen hatte, denn inzwischen hatten sich meine ganze Brust sowie der Hals grün verfärbt. Von der Hüfte aufwärts würde ich wunderbar mit Tony Baloneys Jadebaum verschmelzen, falls er zufällig einen besitzen sollte, oder mit den Stapeln oxidierenden Metalls auf dem Schrottplatz, auf den man meine Leiche werfen würde, wenn sie aus der Müllpresse kam.

Wir folgten Yvonne wieder hinaus in den Flur mit seinem Unterwasserlicht, vorbei an den leuchtenden Tiefseemuscheln; wo einst eine lebende Kreatur wohnte, sitzt jetzt eine elektrische Birne. Denkt daran, schienen sie zu sagen, wenn ihr davonpaddelt.

«Die werden die ganze Nacht lang dasitzen wie an die Stühle genagelt», sagte Yvonne, in den Lift rauschend. Sie hatte sich mit *Giorgio* von *Beverly Hills* eingenebelt, und nicht gerade sparsam; die Duftwolke würde uns auf dem Weg zum Baloney-Anwesen vorausschweben.

Yvonne fuhr bei mir in Mussas Wagen mit, und wir folgten Nathans Auto die Third Avenue hinauf. Najaf saß jetzt neben Yvonne. «Ich wollte, ich haben so groooß Kleider», sagte sie und betastete den Ärmel von Yvonnes Science-fiction-Jacke.

Mussa lehnte sich zurück zu Najaf: «Du brav Mädchen sein, und vielleicht Patär nehmän dich mit einkaufän.»

Yvonne blickte Crumpacker an. «Was wird hier gespielt?»

Najaf zeigte mit einem Finger voller Ringe auf Crumpacker. «Pater kauft bei mir Videorecorder.»

«Nun, das ist *zufällig* ein sehr preiswertes Angebot.» Crumpacker, tapfer seinen Mann stehend.

«Wir werden Fotos von Najaf machen», sagte ich zu Yvonne, «falls du irgendwas brauchst für *Teeniepop*. Unter Umständen mit Tätowierung.»

«Laß mich mal dein Profil sehen, Kleine.»

«Ich haben süße kleine Nase, ja?»

«Ich dir sagän Wahrheit», ließ sich Mussa vernehmen. «Kairo sein viel verrücktär Stadt als New York. Besonders für Autofahrär, weil Straßen dort kein weiß Streifän, die aufteil, damit du in dein Spur bleibän und weiß, wohin fahrän.» Er äußerte dies, während er diagonal über die Avenue scherte, begleitet von höchst überrascht aufkreischenden Bremsen hinter uns. «Nein, Verkehr dort mir nix gefallän. Jetzt hier wir habben gutt Schilder für Verkehr, und Gesetz helfen viel. Und ich dir sagän noch was, wenn du habben Lizänz in New York, für Taxifahren, du kriegen internationalär Lizänz und du fahren kannst in ganze Weld.»

«Ich bin sicher, überall in den Städten dieser Welt wartet man voller Ungeduld auf dein Erscheinen, Mussa.»

«Ich dir was sagän! Einzig Ding, was ich nicht kann leidän an New York, ist Kriminalitätt! Du weißt, was ich sagän manchemal?

Ich wünsch, daß einer von unsere Führer kommen nach New York, regieren für drei Jahr. Er hack Hände ab, und ändern sich alles schnell, du sehän!»

Mussa schwenkte nach rechts, die Hand pausenlos auf der Hupe, als uns ein Stau zum Stehen brachte. «Mussa, deine Huperei ist ein Akt sinnloser Aggression.»

«Aber hier sein Halteverbot.» Er deutete auf ein Schild am Straßenrand. «Ist verbotän zu haltän auf rechtä Spur. Idioten da vorne alle eingeschlafän und Schild nicht gesehän. Werde aufweckän mit Hupä.»

Der Stau löste sich auf, und wir brausten hinter Nathan hindurch, überquerten die Fifth Avenue und fuhren von der 97. Straße in den Central Park. Hohe Steinmauern liefen neben der Straße entlang, über ihnen hing eine düstere Wand von Ästen. Natur in Manhattan bedeutet menschliche Natur, ausgenommen hier im Central Park, wo sich das geschundene Gras mitsamt ein paar tausend Bäumen behauptet, in deren grauen und staubigen Laubengängen sich Liebespärchen, Naturfreaks und Jugendbanden verschanzen. Über die rissigen Betonpfade stapfen ein Jahrzehnt ums andere Millionen New Yorker, zehren von der Essenz ihrer Oase. Ich selbst gehe dort an den Wochenenden spazieren, in meiner Wahrnehmung beeinträchtigt durch Alkohol, Drogen oder Jogger-Endorphine, je nachdem, welcher Disziplin oder Disziplinlosigkeit ich im Augenblick gerade fröne. Mittendrin im Zentrum des Parks gibt es Enklaven, wo man in relativer Sicherheit über das Leben des Park-Eichhörnchens meditieren kann, das nur diese von Abgasen verrußten Wälder kennt, umgeben von Lärmgreueln und gigantischen Erschütterungen, von denen das Park-Eichhörnchen nur eine sehr vage Vorstellung haben kann. Es frißt Pastramireste, Fritten und andere Relikte der Zivilisation, die auf den Wiesen eine seltsame Art von Blütenflor bilden, zu allen Jahreszeiten vorhanden, jedoch an wechselnden und vollkommen unvorhersehbaren Orten. Man hopst eben weiter und hofft das Beste.

Wir düsten aus dem Park hinaus, überquerten Central Park West und fuhren auf der Columbus Avenue gen Süden, passierten ein schickes Restaurant nach dem anderen, die um das Geld der allerneuesten Reichen wetteiferten; wir passierten das *American Indian Restaurant*, wo der dynamische, aufstrebende Westside-Bewohner einen Burger mit Büffelbulette verzehren kann, dann kam *Cooper's*

Café, mit Tischen auf dem Gehsteig, besetzt mit Jungmanagern. «Nichts für uns», sagte Siggy, «die haben Tischtücher.»

Und jetzt in eine Parklücke. Nathan und ich marschierten um die Ecke zu Hatties Haus, dessen Foyer ein besonders zügelloses und unverschämtes Exemplar von Graffito zierte, in aufgedunsenen, atavistisch anmutenden Lettern, die Hattie nach einem anstrengenden Tag eine vertraute Begrüßung boten. Das Schloß an der Innenseite der Tür war demoliert; wir überquerten einen Flur, eine einzelne nackte Birne erhellte einen gesprungenen Marmorboden, übersät mit Zigarettenkippen und anderem Unrat. Mitten durch den Wandspiegel lief ein Sprung. «Der Besitzer gibt die Bude den Vandalen preis», stellte Nathan fest.

Dumpf hallten unsere Schritte an den Wänden wider; viele der demoralisierten Mieter waren bereits ausgezogen. Sobald sie allesamt vertrieben waren, würde der Besitzer ihre Apartments in Eigentumswohnungen verwandeln und das Haus zu einem Millionenobjekt machen. Wir besahen uns die vorsätzlich vernachlässigte Ruine eines einstmals wunderschönen Heims.

«Ich sage dir, Howard, wenn ich so was hier sehe –» Nathan griff nach dem Geländer und stieg gedankenverloren aufwärts – «dann werden mir die Möglichkeiten bewußt, die das Immobiliengeschäft bietet.»

In Hatties Etage stießen wir auf einen Irren, der sich, eingehüllt in eine zerschlissene Decke, an einem Ende des Flures für die Nacht hingekauert hatte. Um seinen Kopf war ein turbanähnliches Gebilde aus Handtüchern gewickelt, und er gab leise trillernde Laute von sich: wenn man die Augen schloß, konnte man sich leicht einen Käfig mit Wellensittichen am Ende des Flures vorstellen.

Ich klopfte an Hatties Tür.

Man hörte schlurfende, watschelnde Schritte und ein leises Klikken am Spion. Dann schnappte eine Reihe von Bolzen zurück, gefolgt vom langsamen Gerassel des in seiner Bodenverankerung zurückrutschenden Riegels. Hattie öffnete die Tür und spähte den Flur hinab zu dem zusammengekauerten Irren. «Kennst du den?» fragte ich.

«Wenn er um vier Uhr morgens kräht, kann er einem schwer auf den Nerv gehn.»

«Wie viele Mieter gibt es eigentlich noch hier im Haus?» fragte Nathan.

«Auf dieser Etage nur mich und den Hahn.»

«Wie kommt es, daß du nicht ausziehst?»

«Ich bin zäh.»

Wenn der Vermieter sie am Ende hinausgetrieben hatte, würde Hatties Wohnung auf dem heutigen Markt eine astronomische Summe wert sein. Wir schlenderten einen langen Wohnungsflur entlang, an dem auf jeder Seite ein großes Schlafzimmer lag. Diese Zimmer hatten früher ihre Töchter bewohnt, die jetzt am Sarah Lawrence College studierten, was sie vor allem den Lesern von *Bekenntnisse junger Schwesternhelferinnen* zu verdanken hatten.

Wir kamen in ein riesengroßes Wohnzimmer. Das Mobiliar war ein bunt zusammengewürfeltes Durcheinander, gezeichnet von langwährendem Mißbrauch durch Kinder und Hatties vollkommener Gleichgültigkeit. Es gab leinwandbespannte Schmetterlingsstühle aus den Fünfzigern, ein paar uralte, ehemals «skandinavisch-moderne» Stücke, eine durchgesessene, mit Bücherstapeln vollgepackte Castro-Bettcouch, einen Couchtisch voller Brandflecken, die ihr Ex-Mann vor langer Zeit zurückgelassen hatte. Das einzige Stück, das mit der wirklichen Hattie, der inneren Hattie, etwas zu tun zu haben schien, war eine schäbig-glamouröse Stehlampe mit einem Schirm aus baumelnden bunten Glasperlen, die an eine Blanche DuBois erinnerten, der hier und da ein paar ihrer Perlen fehlten.

Hinter dem Wohnzimmer gab es ein weiteres, noch größeres Schlafzimmer, außerdem eine geräumige Küche – wenn das Gebäude in Eigentumswohnungen umgewandelt wurde, würde der Insider-Preis für diesen Wohnraum bei einer halben Million liegen. Hattie bewohnte ihn für 350 Dollar im Monat. «Aber der Vermieter sitzt immer am längeren Hebel. Die demolierte Eingangstür unten habt ihr ja gesehen. Als nächstes wird er Junkies anheuern, die mich ausrauben.»

«Die braucht er nicht erst anzuheuern, meine Liebe.»

«Ich werde gemeinsam mit dem Hahn untergehen.»

Während Hattie sich ins Schlafzimmer begab, um sich fertigzumachen, streifte Nathan umher und spähte in die anderen Räume. «Vor zwanzig Jahren, Howard, da hatte ich einen Traum. Ich startete mit einem Magazin. Ein kleines Tittenmagazin, das alle zwei Monate erscheint, schwarzweiß. Ich hätte mir statt dessen besser ein Stadthaus gekauft. Was wir hier vor uns sehen, sind vier, möglicherweise fünf Studio-Apartments.» Er schlug sich wiederholt mit der Faust auf die dicke Handfläche, während er das vollgestopfte Wohnzimmer abschritt. Für Hausputz hatte Hattie nicht viel übrig; eine lebhafte Phantasie erlaubte ihr, sich überall hinzufläzen und sich ihren Träumen hinzugeben, und vielleicht träumte sie intensiver in einem Kokon aus Kissen, Zeitungen, aufeinandergestapelten Tellern, Nylons und leeren Pralinenschachteln; in Sekundenschnelle konnte sie auf dem Landgut ihres Geliebten sein, sich in seiner Umarmung verzehrend und alles andere hinter sich lassend, nur du und ich hier in Uxbridge House, sagte er gebieterisch, ich habe den Dienstmädchen heute ihren freien Tag gegeben.

Ich linste verstohlen in ihr Schlafzimmer. Sie war in ein T-Shirt mit lauter grellbunten Aras drauf und ein Paar Shorts geschlüpft, die ihren dünnen Knien Bewegungsfreiheit ließen. Sie sah zerbrechlicher aus denn je, als würde ein fester Händedruck genügen, sie zu zerstören. «Muß ich Geld mitnehmen?»

«Nathan kommt für alle Spesen auf.»

«In dem Fall steck ich mir lieber was ein.» Sie schob sich ein Portemonnaie in die Gesäßtasche. Ihr Outfit wurde vervollständigt durch eine Mütze mit riesigem Schirm. «Seh ich nicht wie Beryl Markham aus?»

«Die Ähnlichkeit hat schon fast was Beängstigendes.» Ich setzte mich auf die Kante ihres ungemachten Bettes. Sofort rutschte es unter mir weg, und die temperierte Flüssigkeit darin gab ein lautes Gurgeln von sich.

«Das wird mein letzter Akt in dieser Wohnung sein», sagte sie. «An dem Tag, an dem ich gehe, zieh ich einfach den Stöpsel raus.»

«Nach dir die Sintflut.»

Sie verstaute ihren *Macho*-Wurfstern in einer Seitentasche, und ich ließ mich auf ihr Bett zurückfallen, fühlte mich auf einmal sehr erschöpft, wahrscheinlich von all dem Essen, mit dem Siggys Mutter uns vollgestopft hatte. Es war schwer, sich vorzustellen, daß wir noch ein abenteuerliches Unternehmen vor uns hatten, das die ganze Nacht dauern konnte und physische Anstrengung erforderte. Ich wühlte ein paar Koffeeintabletten hervor.

«Du wirst dich noch umbringen mit diesem Zeug.»

«Ein von seinen Lastern gezeichneter Mann.»

«Wieso gibt es keine Frau, die sich mal deiner annimmt?»

«Du, Hattie?»

«Dir könnte Schlimmeres passieren.»

Weshalb heiratete ich nicht Hattie? Sie und ich hatten so viel miteinander durchgestanden; ich kannte ihre Unverwüstlichkeit, sie hatte mehr Schneid als irgendeine ihrer blassen Heldinnen. Jetzt sahen wir uns an und wußten genau, daß wir einander mehr Freundschaft und Sicherheit geben konnten, als wir je bei irgendeinem andern Menschen finden würden.

«Es soll nicht sein, Hattie, und das wissen wir beide.»

«Amber ist eine sehr anständige Person.»

«Wenn auch kalt, eitel und schwierig.»

«Ich kenne sie besser als du, Howard. Unter diesem schicken Äußeren –»

«Hat sie ein Herz aus schnelltrocknendem Lack.» Ich wankte in Richtung Wohnzimmer, mit hämmernden Schläfen und einem Pfeifton in den Ohren; in Fällen wie diesem, wenn meine Bereitschaft ihren Höhepunkt erreicht hat, werde ich leicht ungeduldig und kann keine weiteren Verzögerungen ertragen. «Sind alle soweit? Nathan, steck dein Maßband weg.»

«Man könnte zum Beispiel sechs Ein-Zimmer-Apartments draus machen, wenn man einen neuen Flur einzieht und die Küche verschwinden läßt.»

«Kochen können die Leute dann auf dem Fensterbrett», ergänzte Hattie.

«Hauptkostenfaktor sind die Installationsarbeiten, es braucht schließlich jeder 'ne Toilette.»

«Wir können uns ja einfach in den Hinterhof hocken.» Hattie geleitete uns in den Flur. Der Irre rauchte jetzt eine Zigarette und gackerte leise vor sich hin. Ich bemerkte, daß vor nicht allzu langer Zeit ein Backstein das Oberlicht über ihm zerschmettert hatte; Mörtelbrocken und Scherben lagen noch auf dem Boden verstreut. Ein Vorfall von derartiger Schockwirkung kann zu einer nachhaltigen Störung in der Regelmäßigkeit des Legeverhaltens führen.

Wir stiegen die Treppe hinab und gingen durch die demolierte Tür hinaus. Die Graffitimalerei schlängelte sich in einer Weise über die Wand, daß es den Anschein erweckte, als hätten die Buchstaben selbst das Türschloß aufgebrochen und seien im Begriff, einzudringen. «Die Sprayer hat der Vermieter bestellt», sagte Hattie. «Aber der kriegt auch noch sein Fett.»

Wir marschierten zurück zur Columbus Avenue. Die übrigen Mitglieder unseres Teams waren mittlerweile ausgestiegen, lehnten an den Autos und plauderten in der milden Nachtluft miteinander. Waren sie einem Angriff auf die bewaffnete Festung eines Mafia-Paten gewachsen? Celia deutete zum Himmel hinauf; neben dem Tauchkurs hatte sie auch im Planetarium eine Einführung in die Astronomie besucht. «Den Polarstern kann man immer finden. Man blickt einfach gen Norden, und hier in New York, müßt ihr wissen, sind es einundvierzig Grad überm Horizont.»

«Ich seh nicht die Bohne», sagte Siggy.

«Nein, die Sterne sind selten zu sehen. Aber wenn man sie sehen könnte, dann würde dort der Polarstern stehen.»

Nun waren wir vollkommen im Bilde. Ich signalisierte allen, wieder in die Autos zu steigen, und wir fuhren Richtung Broadway. «Uptown, Mussa, zu Madame Veronique.»

«Wir fahrän in Atlantic Avenue, dort beste Falafel in New York.»

«Mussa, siehst du das Schild an dem Laster, den du eben beinahe gerammt hättest? Da steht: ‹Vorsicht! Sprengstoff!›»

«Falafel du wissen mußt, wie zubereitän. Dann du essän, und ist großär Genuß. Es dich machän stark, aber nicht fett. Ich bin schlankär Mann, niemand glauben, daß ich wiegen hundertfünfundachtzig Pfund.»

185-PFUND-MANN TRITT GEGEN EXPERTEN AN – RATET MEIN GEWICHT, SAGT SOCIETY-CHAUFFEUR.

«Und immer mit Joghurt servierän! Das bringän voll Genuß! Alles in Lebben soll sein Genuß.»

Wir kamen an Loews Theater in der 84. Straße vorbei, erreichten dann ein großes, freigeräumtes Areal, das von grünen Bauzäunen umsäumt war. Ich spähte aus dem Fenster hinüber. «Crumpacker, wir wohnen beide in diesem Viertel. Dort hat mal ein Gebäude gestanden. Jetzt ist es verschwunden, und *ich weiß nicht mehr, wie es aussah*. Die Stadt verschwindet spurlos, direkt vor unseren Augen. Eines Morgens werden wir in einer völlig fremden Landschaft aufwachen.»

Siggy, in kläglichem Ton: «Wir werden bei Tony Baloney aufwachen, mit 'ner Ladung Blei im Bauch.»

An einer roten Ampel mußten wir halten. Zwei junge Kerle, Mitglieder einer Straßengang, überquerten in aller Seelenruhe vor uns die Straße, während die Ampel umsprang. Mussa, der es nicht abwarten konnte, aus der Startbox zu kommen, drückte auf die Hupe, kurbelte dann das Fenster runter. «Mach los, oder ich fahrän euch über Haufän!» Er schoß an ihnen vorbei, während sie einen Satz auf die Verkehrsinsel in der Mitte des Broadway machten. «Gesetz hier sein särr milde», erklärte er. «In Kairo viel besser. Manchmal ihr sagän ist einfach, in diese Stadt wir habben alle Sorte Menschän aus ganz Weld und wir habben verschieden Erziehungssystem, also sein särr schwärr, Leute untär eine Hutt zu steckän.»

Tief in diesem Rätsel war vielleicht das geheimnisvolle Gewebe von Mussas inneren Überzeugungen verborgen, aber ich vermochte es nicht zu ergründen, nein, ich nicht.

«Ich war mal bis über beide Ohren in 'n Mädel verknallt, das hier in der Straße wohnte», erzählte Sig, mit einem Kopfnicken zur 96. Straße hin. «Ich bin ihr eines Tages begegnet, als ich hier oben in der Gegend unterwegs war, um eine Rechnung von *Lucky Duster* einzutreiben.»

«Ist das der Putzfrauen-Service für Yuppies?»

Sig drehte sich auf dem Vordersitz um, sah uns tief gekränkt an. «Ihr guckt euch nie die scheißverdammten Anzeigen in unserm Blatt an, das ist euer Fehler. Der *Lucky Duster* verhökert ein kleines Tütchen mit getrocknetem Schabendreck oder sonst einem Mist, das streut ihr über euch, ehe ihr loszieht zu 'ner Kartenrunde oder zum Bingo oder auf die Rennbahn, und es bringt euch Glück.»

«Und du bist der lebende Beweis, Sig.»

«Einmal hab ich bei dem im Büro auf den Tisch gehauen, dabei platzte eine von den Tüten auf, und das Zeug rieselte auf mich drauf. Es war ein heißer Tag, ich trug das Hemd offen –»

«Du hast dich bestäubt.»

«Und etwa 'ne Stunde später hab ich im *Argos Restaurant* weiter unten am Block dann Inez getroffen.»

Yvonne beugte sich vor; sie hatte ein Faible für Siggys Love-Storys, denn Siggy verfügte über eine natürliche Begabung, sich in hoffnungslose Situationen hineinzumanövrieren. «Ich will sie hören, all die grauenvollen Einzelheiten.»

«Sie hielt mich monatelang auf Trab. Ich fuhr für sie überall hin, von Westchester bis runter nach Sandy Hook. Ich dachte, vielleicht ist das 'ne Kandidatin für so richtig säuischen Sex, fragt mich nicht weshalb, denn nach außen hin ließ sich nichts dergleichen anmerken. Aber irgendwie hatte ich die Vorstellung, daß es die reine Tiernummer würde, wenn wir mal 'n bißchen allein sein könnten.»

«Und als ihr 'n bißchen allein wart?»

«Wer sagt was von allein sein? Ich verbrachte die ganze Nacht damit, ihre Einsiedlerkrebse unter Wasser zu tauchen, die sie sich als Haustierchen hielt. Wenn man die nicht alle halbe Stunde unter Wasser hält, fällt ihnen die Schale ab.»

«Ich schätze, das war dann deine Tiernummer», sagte Yvonne.

Mussa raste rechts raus an den Bordstein. Wir standen vor Madame Veroniques Haus. Siggy, Crumpacker und ich stiegen aus dem Wagen, hinaus in die Nacht des oberen Broadway. Ein Dealer kam an Crumpacker vorbei. «Was fürs tägliche Wohlbefinden gefällig?»

«Nein, danke.»

«Kratzt bißchen im Hals, wenn du dir's reinziehst, Mann, aber das Kraut gibt dir 'n High, daß du abhebst.» In diesem Tonfall fuhr er fort, es perlte ihm nur so von den Lippen. Ein älterer Herr kam uns entgegengeschlurft, am Schuh ein paar lose Zeitungsseiten hinter sich her schleifend. Er ignorierte diesen Umstand kühl und schlurfte gleichmütig vorüber. Die um den Schuh gewickelte Schlagzeile hatte ich eigenhändig verfaßt, es ging da um einen Mann in Appalachia, dem ein Baum aus dem Kopf wuchs. Sig sah sie ebenfalls. «Entschuldigung, Sir. Ich führe eine landesweite Umfrage durch. Was halten Sie von der Anzeige für den problemlos zu schluckenden Wunderballon zur Reduzierung des Körpergewichts auf Seite sechsundzwanzig der Publikation, die Ihnen in eben diesem Moment am rechten Turnschuh hängt?»

Der Broadway-Veteran schlurfte schweigend davon, und ich schaute ihm nach, um den Moment zu erleben, wenn sich die *Mitternachtspost* von seinem Schuh löste und in der Gosse landete, doch durch die schiere Kraft der redaktionellen Substanz blieb sie haften. Wir betraten die Eingangshalle des Hauses. Die gleiche Alte, der wir schon beim letztenmal begegnet waren, kam die Treppe herab.

«Guten Abend», sagte ich.

«Ich hab nix gesehn.»

«Sie haben *gar nichts* gesehen», sagte Agnes T. Wimple.

«Gut. Weil ich nix gesehn hab.» Sie hinkte auf die Straße hinaus. Wir drehten uns um, erklommen die Stufen.

«Wenn Madame V. nicht mitkommt, werden sie Frikassee aus uns machen», sagte Siggy, der bekümmert vorausging, eine Hand auf dem Geländer, die andere an der hinteren Hosennaht. Madame

V. öffnete uns persönlich, ohne daß wir angeklopft hätten. «Ich nehm nicht an, daß ihr 'ne Pizza mitgebracht habt.» Sie trug ein Kleid aus rotem Taft, am Busen war der Stoff in Wirbeln gerafft, nach unten hin öffnete er sich zu Falten, die ihr bis unters Knie herabfielen. Auf ihrem Kopf saß ein roter Turban, festgehalten von einer Silberspange.

Das Vorzimmer war trübe beleuchtet, lediglich eine Votivkerze brannte; ein Stapel zugeklebter Kartons mit Bestellungen ihrer Kunden stand für den nächsten Tag versandbereit. Nirgends gab es einen Hinweis auf die drei Gorillas, die wir vor kurzem hier zurückgelassen hatten. Die Luft war gesättigt vom Duft des Weihrauchs und der aromatischen Tinkturen; Madame Veronique führte uns dann in ihr Wohnzimmer, wo ich ihr unsere Situation auseinandersetzte.

Mit einem Seufzer streifte sie die Schuhe ab und hievte die Füße auf ein besticktes Betkissen. «Ich verstehe... aha... da wurde ja allerhand Unheil angerichtet.» Sie wandte sich an Crumpacker. «Und Sie, Spargel, wie geht's Ihnen denn heut abend?»

«Ich habe gerade bei 'nem Computerspiel mit einer Minderjährigen einen halben Wochenlohn verloren.»

«Das macht die Hitze, mir setzt sie auch schwer zu, und dabei findet heute abend ein wichtiges Voodoo-Treffen statt, bei dem ich anwesend sein muß. Schauen Sie sich mal die Farbe von den Strümpfen an, die ich hier trage, hauchdünne Stützstrümpfe nennen die das. Würden Sie sich unter hauchdünn nicht was anderes vorstellen?»

«Wir hatten gehofft, Sie würden uns begleiten», sagte Siggy.

«Ich bin heute abend ausgebucht.»

«Diese Burschen werden uns den Arsch aufreißen, Madame V.»

«Ich soll bei 'ner Versammlung die Leute zur Ekstase treiben, und ich komm mir vor wie 'n alter Elefant.» Sie rutschte unbehaglich in eine andere Position, während sie in Hüfthöhe am Stoff ihres Kleides zupfte. «Es wird dort ein Gentleman zugegen sein, ein haitianischer Diplomat, der mal in mich verschossen war. Wir haben uns seit Jahren nicht mehr gesehen, und ich mach mir schon den ganzen Tag lang Sorgen um mein Erscheinungsbild. Und wißt ihr was? Ich bin gealtert vom Augenblick an, als ich heute morgen aufwachte, bis vor fünf Minuten, als ihr hier ankamt.»

«Sie müssen uns helfen», sagte Siggy.

«Magazinmann, ich kann mir nicht mal selber helfen, das ist das Problem. Als er mich das letzte Mal sah, wog ich hundert Pfund weniger. Ich war die Blume der Insel.» Madame Veronique hievte sich vom Sofa hoch, schob ihre Füße in ein Paar weiche Schlappen und schlurfte hinüber an eines ihrer Regale. «Nun, wie ich erfuhr, hat er selbst nicht mehr die allerbeste Figur, aber nichtsdestotrotz werden seine Augen auf mir ruhen.» Sie nahm eine Flasche vom Bord, hielt sie auf Armlänge von sich, versuchte das Etikett zu lesen. «Ich kann's nicht entziffern, wo ist meine Brille?» Sie schaute uns an, und wir begannen sofort, im ganzen Zimmer nach ihrer Brille zu suchen, doch ohne Erfolg. Madame V. kam zu mir herüber und nahm mir meine Augengläser von der Nase. «Ja», sagte sie und setzte sie auf, «die tut es auch. Na, was hab ich hier denn nun...» Sie studierte prüfend das Behältnis, das sie in der Hand hielt.

«Sieht aus wie 'n Tintenfisch in einer Flasche, Madame V.», sagte Siggy.

«Ist es auch.» Madame schüttelte die Flasche, und die toten gummiartigen Arme gestikulierten schlaff in einem ewigen Meer. «Aber den wollen wir nicht. Ein Schluck davon, Magazinmann, und Ihnen schrumpfen die Klöten ein.»

«Das können Sie wieder wegstellen», sagte Siggy, während er unauffällig seine Beine übereinanderschlug.

Sie stellte die Flasche ab und schlurfte weiter. Crumpacker, Siggy und ich sahen schweigend zu, wie sie ein paar von ihren Pülverchen zusammenschüttete und das Gemisch mit einem Mokkalöffel umrührte. Dann wandte sie sich ihren Flüssigkeiten zu, nahm ein bißchen aus dieser Flasche und ein bißchen aus jener, goß alles in eine kleine Phiole. Eine warme Brise wehte zum Fenster herein, suchte das Zimmer ab und verließ es wieder, um ein Hundertstel von Madame Veroniques Tinktur mit sich zu nehmen und unter ihren eigenen Liebestrank zu mischen, die Hausmixtur des Windes für das Broadway-Gelichter, das unten durch die Straßen schlich. Die Droge zirkulierte durch Hauseingänge und Fenster, wurde von Ventilatoren hereingewirbelt, umkreiste die Schlafenden, verdüsterte ihre Träume.

Nachdem Madame Veronique die Phiole mit einem Korken verschlossen hatte, starrte sie über den Rand meiner eigenen Brille hinweg auf mich herunter. «Doktor, ich trage mich mit dem Gedanken, einer Organisation von Übergewichtigen beizutreten, die sich *Abnehmen mit Vernunft* nennt.»

«Lobenswert, Madame V. Das könnte die Lösung sein.»

«Ich wollte, ich wär schon vor 'nem halben Jahr beigetreten. Dann würde heute abend nicht mein Kleid aus allen Nähten platzen.» Sie überreichte mir die rubinrote Phiole. «Trinken Sie das.»

«Jetzt gleich?»

«Sobald es die Umstände erforderlich machen.»

«Woran erkenne ich das?»

«Sie werden es wissen.» Sie gab Crumpacker ein weißes Päckchen. «Und Sie reiben sich das hier aufs Glied.»

«Ich habe nicht die geringste Absicht, mir irgendwas aufs Glied zu reiben.»

«Dann auf die Stirn. Und das hier –» Madame Veronique gab Siggy ein weiteres, größeres Päckchen – «ist für Sie. Es wird Sie in einen Kugelblitz verwandeln.»

«Schauen Sie, Madame V., das ist alles sehr nett von Ihnen, aber wir brauchen Sie persönlich!»

«Kommt mit, Magazinmänner, ich will euch was zeigen, das ich keinem anderen Menschen zeigen würde.»

«Jetzt kommt's knüppeldick», klärte mich Siggy auf. «Der streng geheime, oberfaule Zauber.»

Wir folgten ihr im Kerzenlicht in die Küche. Sie trat vor den Kühlschrank und zog das Gefrierfach auf. «Hier», sagte sie, «schaut euch das an.»

Es war vollgepackt mit Eiskrem in Halbliterbechern.

«Ist das nicht die reine Sünde?» fragte sie.

Ich legte ihr meinen Arm um die Schultern und schob sie sanft vom Kühlschrank fort. «Ich hab zu Hause 'ne ganze Schublade voller Kekse und Plätzchen, Madame V. Gegen so was ist doch keiner von uns gefeit.»

«Wenn Malabar mich heute abend sieht, wird er sich fragen, was mit der schlanken Schönheit von einst passiert ist.»

«Sie wird *abnehmen mit Vernunft*. Siggy, Crumpacker, konfisziert die Eiskrem.»

Ganz hinten im Gefrierfach ließen wir ihr einen kleinen Becher stehen, den Rest räumten wir in eine Einkaufstüte. «Wenn Eiskrem da ist, Madame V, wird sie auch gegessen. Eine der großen Wahrheiten des Lebens.»

Sie nahm meine Brille von ihrer Nase und gab sie mir wieder. «Ich werd bei meiner Versammlung so dreist auftreten, daß es denen die

Sprache verschlägt. Und wenn ich Malabar nicht gefalle, ist er selbst dran schuld. Es liegt alles in den Händen des Dschab.»

Sie brachte uns vor die Tür und ließ uns mit unserem Problem allein. Die Phiole hatte ich in mein Taschentuch gewickelt, und ich würde wissen, wann es an der Zeit war, ihren Inhalt zu trinken. Oder nicht?

Die Straße hatte uns wieder, die Chameleon-Belegschaft war wieder vereint, und von neuem setzte sich unsere Karawane in Bewegung. Wir verschlangen Eiskrem, und der steigende Zuckerspiegel beflügelte Najafs Energien. «Du kaufen Radio und Kamera bei mir, Pater?»

«Mehr als einen Videorecorder kann ich mir nicht leisten», sagte Crumpacker. «Mein Konto ist schon ziemlich überzogen.»

«Ich dir gebe zehn Prozent, und du in Raten zahlen, zwanzig Dollar jede Monat, kein Problem.»

«Kleine Mädchen sollten keine Ware aus dubiosen Kanälen verhökern, solange sie den Mund voll Pistazieneis haben.»

«Wenn du kauf Radio und Kamera, du kriegen gratis Armbanduhr, sehr hübsch.»

Wir folgten Nathan quer durch die Stadt in Richtung East River, stießen vor einem rund um die Uhr geöffneten Lebensmittelgeschäft auf einen Auflauf, den ein gerade verübter Mord verursacht hatte; die Leiche lag unter einer Decke auf dem Gehsteig, Polizeiautos parkten in Zweierreihen auf der Straße. Ein paar Kunden kamen und gingen, machten mit ihren vollen Tüten einen Bogen um die Leiche. Mussa wies anklagend auf den Schauplatz des Verbrechens. «Für was er habben Laden überfallän? Fünf Dollar? Zehn Dollar? In Kairo alles ganz anders. Wenn du dort einkaufän, und Besitzär von Ladän müssen auf Klo, stellen ein Stock quer in Tür. Sonst nix. Nur ein lang Stock. Ich damals jungär Mann, ich zu ihm sagän, du verrückt, auch wenn vier Polizist dabeistehn, du können nicht weggehn ein Sekund. Er sagen nein – ich lernen von diese Mann, du wissän, wieso? Er mir etwas sagän, was ich nie vergessän. In Kairo keine Mensch überfallän jemand für fünf Dollar. Wenn in Kairo woll stehlän, ist Hundertä von Tausänd. Ich nie vergessän. Seidem ich wissän, was tun.»

Wir alle, glaube ich, waren dankbar für diese Offenlegung unerschütterlicher moralischer Grundsätze.

«Halt Auto an», sagte Najaf. «Ich gleich muß kotzen.»

Fernando und Crumpacker halfen Najaf aus dem Wagen und hielten sie fest, während sie in den Rinnstein reiherte. Schnüffelnd, aber gefaßt stieg sie wieder ins Auto. «Essen zuviel Eiskrem.»

«Ich werde dir eine Geschichte erzählen», sagte Fernando, der sich an ihrer Seite niederließ.

«Geschichte über was?»

«Eine Kuh in eine Kleid.»

«Klingen gut, erzähl's mir bitte.»

Wir ließen Manhattan hinter uns; Uqal klebte am Heck von Nathans Jaguar, so dicht, daß ich in Nathans Rückspiegel die besorgte Miene unseres Verlegers erkennen konnte. Er winkte Mussa zu, mehr Abstand zu halten, und Mussa winkte grinsend zurück, während er noch dichter auffuhr, nur Zentimeter von der Stoßstange des Jaguars entfernt.

«So fuhr mein erster Mann immer», sagte Yvonne. «Jeder Atemzug, den er tat, war ein territorialer Disput.»

«...und die große dicke Kuh war so groß wie eine Wand.»

«Wie sie wurde so groß?»

«Weil Fernando sie so groß gemalt. Paß auf, jetzt kommt nächster Teil.»

«Wann sie kriegen hübsche Kleid?»

«Kommt gleich.»

Wir erreichten den Long Island Expressway im lichten Verkehr jener Seelen, die bei Nacht umherschweifen, ihren Traum auf Rädern mit sich führen zu einem unbekannten Rendezvous – in der *Mitternachtspost* können Sie alles darüber lesen.

«...war schönste Kleid, die eine Kuh je hatte, mit lauter rosa Blumen drauf.»

«Die Kleid, für die du hier dreihundert Dollar bezahlän, du kann kaufän in Kairo für hundert Dollar.» Mussa, zum Rückspiegel hinauf gestikulierend. «Diese Hemd mich kostän zwei Dollar in Alexandria. Und es mir viele bessär gefallän als Hemd, die hier in New York gebbän.»

Najaf kuschelte sich mit dem Kopf in Fernandos Schoß. Und bald war sie eingeschlafen, während Fernando über sie wachte, ihr mit den Fingern sanft das Haar kraulte. Wir alle verfielen für eine Weile in Schweigen, lauschten dem leisen Schnarchen des Kindes. Draußen glitt das düstere Blätterwerk am Straßenrand vorbei, punktiert vom Licht der Highway-Laternen, während über uns die Positionslampen kreisender Passagierflugzeuge blinkten, die in ihren Rümpfen leitende Angestellte mit Aktenköfferchen bargen, gemächlich mit ihnen zur Erde sanken, um sie inmitten des Chaos heil auf den Boden zu bringen. In weniger als einer Stunde erreichten wir die Ausfahrt nach Glen Cove und bogen dann in eine schmale Seitenstraße.

Yvonne streckte den Finger aus. «Das dort ist der Piping Rock Country Club. Der ist so schick, daß sie nicht mal Jackie Onassis reinlassen würden.»

«Ich deichsel, ihr reinkommän», sagte Mussa. «Ich wissän, wie geht.»

Nichts als Finsternis und Bäume, und die Aura von altem Geld. «Was mache ich eigentlich hier draußen?» fragte Crumpacker. «Ich hatte mir geschworen, daß ich mich heute abend auf meine Matte haue.»

«Ab und zu braucht die schon mal kräftig Prügel, wie?»

«Alle Futons liegen sich in der Mitte durch. Ich klopf ihn mit einem starken Besenstiel wieder in Form.»

«Den Kniff sollten Sie den Leserinnen von *Die Dame* aber nicht vorenthalten, Crumpacker.»

Die Straße führte weiterhin durch schier undurchdringlichen Wald, nur hin und wieder von einem Zwillingspaar steinerner Säulen unterbrochen, an dem hohe Eisentore angebracht waren, dahinter gewundene Fahrwege, von unseren Scheinwerfern kurz aus dem Dunkel gerissen. Nathans Jaguar kroch jetzt im Schneckentempo dahin, und bei jedem Tor drehte sich Hips Kopf zum Seitenfenster. Ich spürte, wie er durch den Alkoholschleier spähte und sein altes Zeitungsreporter-Radar die Gegend nach dem vertrauten Echozeichen abtastete. Plötzlich deutete er hinaus auf eine festungsgleiche Mauer. Nathan fuhr ohne abzubremsen weiter, und wir rollten im Schrittempo an der Mauer des Anwesens entlang, die sich über etliche Morgen hingestreckt haben mußte, ehe sie schließlich im rechten Winkel abbog und in der Finsternis verschwand. Nathan fuhr weiter, bis wir zu einer Ausweichstelle kamen, zu der ein öffentlicher Picknickplatz gehörte, am Rand eines Flüßchens gelegen. Wir parkten und stiegen aus, um in der kühlen Nachtluft Kriegsrat zu halten.

«Unser strategisches Zielobjekt liegt vor uns.» Nathan setzte sich auf eine Picknickbank, klemmte sein Blasrohr zwischen die Beine, und wir anderen nahmen rings um ihn Platz. Ich indessen lauschte dem Strom im Dunkeln hinter uns, dessen Stimme wäßrige Lösungen aus den Tiefen suggerierte, wenn man sie nur zu entschlüsseln verstand, und dann ging mir auf, daß es Madame Veronique war, die mir in Gedanken zuraunte:

Beschwöre den Dschab...

Ja, das war sie ohne Zweifel, ich kannte diese heisere Stimme, einschmeichelnd, honigsüß und keinen Widerspruch duldend. Ich ließ mich von der Picknickbank wegtreiben, zwischen die Bäume. Wie beschwört man den Dschab?

«Ungeübt, wie ich es in solchen Dingen bin...» Ich wanderte auf den Fluß zu, leise vor mich hinmurmelnd: «...wir würden es als eine außerordentliche Ehre und Gunstbezeigung betrachten... der Dschab könnte von großer Hilfe sein...»

Das Flüßchen glitt jetzt vor mir dahin, auf seinem Rücken ritt der Mond. Der Geruch von Fichtennadeln umgab mich, stark, hypnotisierend, so daß ich mich an ein Leben als Kaninchen zurückerinnerte, wo ich im Parfum der Natur umherhoppelte, ganz und gar von ihm eingehüllt, trunken, der kleine Howard Hase. Ich zog Madame Veroniques Phiole hervor und hielt sie hoch. Ein winziger Mond fing sich in ihrem Glas, hieß mich, das Elixier zu trinken.

Ich stürzte es hinunter, nicht ohne einen bebenden Angstschauder zu verspüren, doch Madame V. war eine vertrauenswürdige Anzeigenkundin, die unseren strengen Richtlinien bei der Überprüfung von Produkten genügt hatte.

Eine bittere Flüssigkeit, bestenfalls. Trifft im Magen ein mit einem dumpfen Schlag. Und jetzt?

Ich sah mich um. Die Welt war so ziemlich die gleiche wie zuvor. Ich kehrte zurück zu unserer Gruppe.

Sie zankten sich natürlich, im Flüsterton, hockten wie ein Waschbärrudel um den Tisch. Najaf saß am Ende der Bank, ließ die Beine hin und her baumeln, die flachen kleinen Schühchen strichen mit ihrem Glitzersteingefunkel über die Grasspitzen. «Mussa, Najaf können wir nicht mitnehmen.»

«Sie sich nützlich erweisän, du sehn! Schlupf in Eckän, wo keinär hinkommän.»

«Auf keinen Fall. Sie muß hier bei dir bleiben, in Sicherheit.»

Er salutierte. «Ist in die Auto.»

Hieß das soviel wie «ja»? Ich wandte mich an Nathan, der mit seinen Stummelfingern in die Luft stieß und redete, als lese er aus *Macho* vor. «Wir haben es hier mit einer Nacht-Operation zu tun. Wir hacken uns einen Weg durchs Unterholz und nehmen die Mauer im Sturm.»

«Wieso waten wir nicht einfach stromauf», sagte Yvonne. «Da hört keiner unsere Schritte.»

«Nein», sagte Celia. «Man kann schon in vier Teelöffeln Wasser ertrinken.»

Wir würden heute noch dort hocken, wäre da nicht Fernando gewesen, der sich ins Buschwerk schlug. Wir folgten ihm. Ich nehme an, eine Herde äsender Streifengnus hätte vielleicht mehr Lärm gemacht; doch wo man auch hintritt im Wald, überall knackt etwas unterm Fuß, und die breiten, ausladenden Schultern von Yvonnes Outfit ließen die sich links und rechts biegenden Zweige mit lautem Krachen zurückschnellen, als sie durchs Unterholz schritt.

Hip, mein Vordermann, schwankte von einer Seite zur anderen und jaulte jedesmal überrascht auf, wenn ihn ein Blatt oder ein Zweig berührte. Allem Anschein nach war es das erste Mal in seinem Leben, daß er sich nicht auf einem befestigten Gehsteig bewegte. Wie reagierte er, wenn er unter Beschuß geriet? Das wußte allein der Dschab.

Und dann passierte etwas Merkwürdiges: Als ich Ausschau hielt, wohin Fernando uns führte, sah ich ihn und die Bäume um ihn herum so deutlich wie bei Tageslicht.

«Yvonne, ich kann im Dunkeln sehen.»

«Howard, ich versinke im Dreck.» Yvonne war in ein Spinnennetz gelaufen, und ich sah auf ihren Wangen und der Stirn lauter Kristallfäden glänzen, erkannte deutlich jeden einzelnen Strang; zweifelsohne das Werk des Dschab.

Und plötzlich hatte ich eine telepathische Ansicht des Gorilla-Anwesens vor mir, als schwebe es in einer Blase direkt vor meinen Augen. Ein Wächter befand sich auf der Innenseite gleich neben dem Hauptportal, saß auf einer Steinbank, rauchte und starrte auf den Boden.

Und ich konnte seine Gedanken hören.

...hier draußen im Dunkeln jede scheißverdammte Nacht. Ich komm mir vor wie 'ne scheißverdammte Eule. Was war das eben, verdammt nochmal? War da nicht 'n Geräusch in dem scheißverdammten Wald?

Ich warf meine Hände hoch, zu den anderen hin. Ein silbriges Netz schien aus meinen Fingerspitzen zu schweben und sich über sie zu legen, und alle blieben sie wie angewurzelt stehen, sahen mich fragend an. Ich legte einen Finger auf die Lippen.

Bloß so 'n scheißverdammtes Tier. Reißt mir die Eier ab, wenn ich da rausgeh.

Ich hielt meine Hände erhoben; die Gruppe verharrte reglos.

Geht mir schwer auf den Sack, diese Scheißumgebung hier. Kann doch gegen das gute alte Brooklyn nicht anstinken. Da hast du deine Pizzeria, deinen Bocciaplatz, da weißt du, wo du bist. Hier hast du schon lauter schrägen Scheiß um die Ohren, wenn du morgens bloß die Augen aufmachst. Hey, was ist das ...

Ich sah Mussa mit seinem Gummiknüppel im Zentrum meiner Blase, wie er über dem nun bewußtlosen Wächter stand. Najaf war bei ihm, tanzte euphorisch umher. Die Blase platzte, und ich winkte den anderen zum schnellen Vorstoß auf die Mauer. Ich hielt Siggy meine verschränkten Hände als Steighilfe hin, er nahm kurz Anlauf, sprang mit einem Fuß drauf und zog sich an der Mauer hinauf. Als er sich mit einem grunzenden Laut über den Mauerrand schwang, platzte ihm hinten die Hosennaht auf; dafür würde Shlomo geradestehen müssen.

Wir anderen folgten ihm nach, ließen uns jenseits der Mauer auf den Boden fallen. Mussa fesselte und knebelte den Gorilla, nahm ihm die Pistole ab und wälzte ihn dann hinter die Steinbank.

Nathan ging zu ihm hin. «Diese Initiative gefällt mir.» Er wandte sich zu mir: «Erinnere mich dran, der Mann hat einen Orden verdient.»

Ich suchte das Anwesen ab; die weißen, kiesbestreuten Fußwege sah ich so deutlich, als seien sie von Scheinwerfern angestrahlt. Ich schlich mich an Crumpackers Seite. «Reiben Sie sich mit Madame Veroniques Puder ein. Es wird Ihnen helfen, im Dunkeln zu sehen.»

«Ich glaub nicht dran, ich trau dem nicht, ich halte nichts davon, und was ist, wenn mich das Zeug zu einem hoffnungslosen Junkie macht?» Er riß das Päckchen auf und schüttete sich den Inhalt in die offene Hand. Dann rieb er es sich zögernd und mit großer Vorsicht auf die Stirn. «Fühlt sich an wie ein plötzlicher Anfall von Nesselfieber.»

Hattie, Celia und Yvonne knieten neben dem bewußtlosen Gorilla. In einer früheren Kultur hätten sie ihn seiner Genitalien beraubt, Yvonne aber gab sich damit zufrieden, den Mann um seine Kreditkarten zu erleichtern.

Ich hörte das Geräusch einer Tür, die sich irgendwo auf dem Anwesen öffnete. Wieder erschien die Blase vor meinen Augen, lieferte eine Nahaufnahme der Seitenveranda am Hauptgebäude, von der ein geschmeidiger, die Zähne bleckender Dobermannpinscher gesprungen kam. *«Hund!»* zischte ich, und alle hörten das leise, heisere Geknurre, das geschwind näherkam.

«Ich werd versuchen, ihn abzulenken», sagte Siggy. Er zog ein langes Stück von Mrs. Blombergs Salami aus der Tasche, ging dem Tier geduckt entgegen und wedelte lockend mit der Wurst, während der Dobermann zwischen den Bäumen hindurch herangesaust kam. «Hierher, Junge», sagte Siggy, obwohl es unnötig war, die Bestie zu locken, denn sie kam mit auf und zu schnappendem Maul schnurstracks auf ihn zugeschossen. Siggy kniete sich auf den Boden, im Mondschein sah man durch den langen Riß im Hosenboden die Unterhose blitzen. Was trieb unseren Anzeigenleiter zu diesem überstürzten, heroischen Akt? Steckte etwa der Mut und Kühnheit verleihende Power-Kristall aus dem Inserat auf Seite 35 der neuen *Mitternachtspost* dahinter, zehn Dollar pro Stück, zuzüglich zwei Dollar Versandspesen?

«So 'ne Salami kriegst du nicht alle Tage, Köterchen.»

Der Hund setzte zum Sprung an. Ich hörte leise etwas an meinem Ohr vorbeipfeifen, und der Hund jaulte kurz auf, beschrieb dann einen ungelenken Salto über Siggy hinweg und landete auf einknikkenden Beinen, einen Pfeil aus Siggys Blasrohr in der Flanke. Er kickte ein paarmal in die Luft, sackte zur Seite, sank zuckend in drogeninduzierte Hundeträume. Fernando und Hip hoben das schlafende Tier vorsichtig hoch, trugen es zur Mauer und deponierten es draußen auf der anderen Seite.

Ich ging über den Rasen. Die Bäume nahmen plötzlich eine silberne Färbung an, Strahlen unnatürlichen Lichts spielten zwischen ihnen, dann kippte die Szenerie um in ein Negativbild, und ich konnte deutlich das Hauptgebäude sehen – neo-georgianisch, die Fassade mit Stein verblendet. An der Seite befanden sich Garagen, Ställe, ein Werkzeugschuppen. Alles still. Ah, aber dort auf der vorderen Veranda des Hauptgebäudes: noch ein Gorilla.

Crumpacker tauchte neben mir auf, hinter ihm Najaf, die sich am Ende der Angelschnur festhielt, damit sie nicht verlorenging. Als ich mich auf den Gorilla konzentrierte, hatte ich ein tiefes Rumpeln im Ohr, wie von den sich reibenden Kugeln eines großen Kugellagers, dann zuckten meine Ohrmuskeln, und ich vernahm es ganz deutlich:

... hätte bei dieser letzten Hand ablegen sollen... na schön, hab ich eben 'n paar Zehner verloren...

Aus den Augenwinkeln sah ich, wie Najaf in kleinen Sprüngen davonsetzte, die winzigen Schuhchen glitzerten an ihren Füßen. Crumpacker wollte sie festhalten, aber da war sie schon an ihm vorbei und sprang ausgelassen den Pfad hinauf. Bestürzt sah er mich an; ich signalisierte ihm, Ruhe zu bewahren. Wir schlichen uns weiter voran.

Himmel, Arsch und Zwirn, jetzt hab ich schon Halluzinationen, da vorn kommt doch 'ne kleine Mieze den Weg rauf? Hey, die Jungs erlauben sich wohl 'n Scherz mit mir... wo haben sie bloß diese kleine Mieze aufgetan?

«Hey, kleine Lady, wie geht's denn so heut abend?» Er kam die Veranda herunter, worauf der Kardinal und ich ihn sofort umzingelten. Crumpacker hieb ihm mit dem Stiel einer Gartenhacke auf den Schädel, als hätte er die verrutschte Füllung seines Futons vor sich.

Wir zerrten ihn ins Gebüsch, während Najaf im Kreis um uns herumtanzte. Die Pailletten an ihren Söckchen glitzerten im Schein des Mondes, und schon war sie wieder weg, sauste uns im Dunkeln voraus. Ich steckte die Pistole des Gorillas ein, und Crumpacker und ich gesellten uns zu den anderen hinter der niedrigen Hecke, die den Pfad zum Hauptgebäude säumte.

Nicht weit von uns entfernt lag ein großer Teich, auf dem sich das Licht des Mondes kräuselte, überspannt von einer japanischen Bogenbrücke. Man wollte lieber nicht wissen, wie viele Leute auf dem Grunde dieses Teiches ruhten. Die Luft war schwer vom Duft der Blumenbeete, die den Teich umgaben; an dieser Stelle brachte Tony Baloney wahrscheinlich viel Zeit mit dem Verfassen von Haikus zu, und hier kauerte nun die komplette Belegschaft von Chameleon Publications.

«Ich finde es phantastisch hier», sagte Celia. «Ich meine, man sieht doch, daß der Person, die hier wohnt, jeder Baum und jeder Grashalm ans Herz gewachsen ist.»

Wolken schoben sich vor den Mond, zogen vorüber und gaben das Licht wieder frei; irgendwo in den Wipfeln rief ein Ziegenmelker. Und nun begann ein Frosch im Teich zu quaken, bald fiel ein zweiter, dann ein dritter ein. Hip äugte mißtrauisch zu ihnen hinüber.

«Frösche, Hip. Kleine grüne Tierchen, können schwimmen?»

Er schüttelte den Kopf. Das hier war nicht seine Welt.

«Wie gehen wir jetzt vor, Nathan?» Yvonne reckte die enormen Schultern ihrer Science-fiction-Jacke und machte sich startklar zum nächsten Ansturm auf die Magnetlinie.

«Jetzt geht's um die Wurst. Wir müssen den Bunker knacken.»

«Versuchen wir doch wieder den Trick mit dem Lockvögelchen», sagte Hattie. «Aber ich glaube, eine reifere Person wäre möglicherweise wirkungsvoller.»

«Ich werde an dem Ding hier raufklettern.» Nathan zeigte auf ein üppiges Gewucher von Efeuranken, das sich unter einem Schlafzimmerbalkon ausbreitete. «Siggy, du gibst mir von unten Deckung, folgst mir dann im Zickzackkurs und bewegst dich dabei so nah an der Hauswand wie möglich. Ihr anderen greift an, so gut ihr könnt.» Nathan überquerte den Rasen, seine rundliche Gestalt kauerte sich nieder, preßte sich dann flach ans Fundament des Kamins. In der nächsten Sekunde kletterte er am Blätterwerk empor.

«Wir wollen nicht unsere gesamte Schlagkraft ausschließlich aufs Haus konzentrieren», sagte ich. «Hip, du bleibst mit Hattie hier draußen. Mussa – wo steckt Mussa?»

«Er und das Mädchen sind um Haus herum gegangen», sagte Fernando. «Ich auch nehme diese Weg.» Er folgte ihnen zwischen den Buchsbaumhecken hindurch und verschwand zwischen dem blaßblauen Blütengestrüpp eines Akeleistrauches. Celia und Yvonne machten sich leise am Rand des Hauptpfades davon. Ich sah auf meine Uhr. Beide Zeiger standen auf zwölf. Die Stunde der *Mitternachtspost* war angebrochen.

Crumpacker und ich steuerten auf die Rückseite des Hauses zu, liefen geduckt zwischen Reihen von Ginkgobäumen entlang. Das tiefe Dach aus gelben Blättern machte dem Grün von Eichen Platz, mit höher dräuenden Kronen und kräftigen Stämmen, deren fleischähnliche Rinde sie wie überdimensionale Leibwächter erscheinen ließen, die uns am liebsten in Stücke gerissen hätten, wenn sie nur mit den Ästen hätten herabreichen können. «Meine Stirn kriegt lauter Runzeln», sagte Crumpacker. «Wenn ich mir das Pulver irgendwo *anders* hingerieben hätte –» Er machte eine halbe Drehung um die eigene Achse.

«Was ist denn?»

«Na so was, ich sehe... einen Alligator! Er... er muß... er muß an *diesem* Fenster stehen!»

Crumpacker wirbelte herum, holte mit seiner Angel aus und warf sie ins Dunkel. Die Leine sauste von der leise klickenden Rolle. Bei Tageslicht war er ja ein meisterhafter Angler, doch konnte er auch darauf hoffen, einen Fang bei völliger Dunkelheit zu machen? Das walte der Dschab.

«Hundefohn...!» Eine Gestalt taumelte durchs Fenster und kippte vornüber, die Hand an der Lippe. Der Gorilla schlug dumpf auf den Boden, wo er sich voller Schmerz herumwälzte, während Crumpacker flink die schlaffe Leine einholte. Der gefleckte Gorillafisch ist bekannt für die Gegenwehr, die er aufbietet, sobald er am Haken hängt; wie ein Berserker schlägt er um sich; schließlich versucht er sich mit einem verzweifelten Sprung in die Freiheit zu retten, aber ich schlug ihn mit einer kleinen Steinvase bewußtlos und knebelte ihn dann mit seinen eigenen Socken. Weil er keinen Gürtel trug, mit dem ich ihn hätte fesseln können, mußte ich Crumpacker um den seinen bitten.

«Nehmen Sie Ihren eigenen», sagte der Kardinal.

«Falls Sie es noch nicht bemerkt haben, ich trage den modischen neuen Hosenbund mit Gummizug, wie ihn nur die besten Polyesterkreationen aufweisen.»

«Oh, in Gottes Namen, hier», sagte Crumpacker. «Eidechse, sehr teures Stück.»

«Unser Kassenwart wird Sie entschädigen.»

«Wer zum Teufel ist denn das?»

«Das Amt gilt es noch zu besetzen.»

Wir legten dem Gorilla sichere Fesseln an und zerrten ihn hinter einen Schuppen, nicht ohne zuvor gnädig den gefiederten Haken aus seiner Lippe zu entfernen. «Nehmen Sie seine Pistole, Crumpacker, dann sind wir beide bewaffnet.»

«Nein», entgegnete Crumpacker, «am Ende erschieße ich mich noch selber mit dem Ding.»

Ich schob mir die zweite Pistole in den elastischen Hosenbund. Hattie kam herangehopst wie ein Strandläufer, ihre weißen Knie stießen aus der Finsternis zum Mond hinauf; einen Augenblick lang glaubte man, sie hebe ab, dann aber machte sie eine Bauchlandung im Gesträuch. Kleine Blümchen wirbelten umher, als sie sich aus dem Gebüsch hochrappelte und zu uns und unserem Gefangenen herüberschlich. «Armes Kerlchen, ist doch bloß ein Baby, kaum mehr als ein Teenager.»

«Genau. Ich schätze, daß er frisch von den Pfadfindern kommt.»

«MEIN TRAUMMANN IST EIN MAFIOSO. WELCHER LESER KANN UNS HELFEN?» Sie filzte seine Taschen. «Wie geraten die bloß auf die schiefe Bahn?» seufzte sie. «STECKT WOMÖGLICH EINE FRAU DAHINTER?»

«Nimm diese Vase hier, und wenn er zu sich kommt, gibst du ihm eins auf die Rübe.»

«Meinst du, er hatte je ein adäquates Rollenmodell?»

«Hattie, kann ich mich drauf verlassen, daß du ihm nicht die Fesseln abnimmst? Auch wenn er diese langbewimperten Lider aufschlägt, dir in die Augen blickt und Liebesschwüre zuflüstert?»

«Wie kann er denn flüstern, Howard, er hat doch eine Socke im Mund.»

«Was ist mit Hip?»

«Ich hab gesehn, wie er vor einem Frosch saß und Balzlaute von sich gab.»

«Wahrscheinlich hoffte er, der Frosch würde ihn an seinem Lebensabend versorgen.»

«Alles, was er sein Leben lang gesehen hat, Howard, sind Bars und Restaurants. Hier hat er mal Gelegenheit, Gefallen zu finden am rauhen Pulsschlag der Natur.»

Ich wandte mich wieder dem Haus zu. «Crumpacker, kommen Sie, wir müssen da rein.»

Er deutete oberlehrerhaft auf das offene Fenster, in dem er den gefleckten Gorillafisch gefangen hatte. «Würden Sie bitte mal mein Angelgerät halten?»

«Habe die Ehre.»

Er stieg hinauf, und ich folgte ihm durchs Fenster hinein in das Haus. Unser Gefangener hatte in der Ecke einer Bibliothek gesessen, neben einer Wand aus ledergebundenen Büchern mit Goldprägung, als Meterware eingekauft. Eine kleine Tischlampe beschien den jetzt leeren Sessel. Auf dem Tisch daneben sah man eine angebrochene Flasche Selters, eine halbleere Tüte Kartoffelchips und eine Ausgabe der letzten *Mitternachtspost*.

Wir stahlen uns Schritt für Schritt aus der Bibliothek, hinaus in einen langen, mit Teppichboden ausgelegten Flur, der sich in der Ferne im Dunkel verlor. Das herrschaftliche Haus hatte enorme Ausmaße, hier drinnen konnte man seine feierliche Weite förmlich spüren. An leise Stimmen bei Nacht, an die Schritte seiner Gefolgsleute auf den Korridoren war Tony Baloney sicherlich gewöhnt. Ich war dafür, unseren Vorstoß fortzusetzen.

Über uns hing ein Kandelaber aus weißem Porzellan. Nischen, vollgestopft mit Marmorstatuetten, säumten auf beiden Seiten den Flur. Ohne Hast schlichen wir weiter. Die Wände waren mit einer phantasievollen chinesischen Tapete verkleidet, auf der Elefanten mit königlichen Sätteln abgebildet waren, die den Hofstaat irgendeines Potentaten zu einem bunten Dschungel trugen, in dem sich Affen durch die Bäume schwangen. Die Prozession wurde hier und da von Türen unterbrochen, die in andere Zimmer führten, in denen sich keine Menschenseele aufzuhalten schien; alles war still, nirgends schimmerte Licht. Der Flur selbst wurde von einzelnen kleinen Birnen in gedrehter Kerzenform erhellt, an der Wand stand ein langer Mahagonitisch, leer bis auf den Widerschein der Wandleuchte darüber, die sich in seiner blanken Oberfläche spiegelte. In der angrenzenden Nische stand eine Bronzestatue der Justitia, samt Waage. Danach folgte eine Vase mit Lilien. Als nächstes kam ein antiker Stuhl, der am Ende des Flures ganz allein für sich stand, an der Abzweigung zu einem neuen und größeren Flur, in dem Uqal Mussa sich gerade die Taschen mit *objets d'art* vollstopfte. Er sah uns und winkte. Wir eilten auf ihn zu.

«Mussa, dies ist nicht der rechte Zeitpunkt für Diebereien.»

Er schaute mich verwirrt an. Seit Jahrhunderten waren zahlreiche Mitglieder seiner Familie Grabräuber gewesen, und in der Aufregung unseres gewaltsamen Eindringens war der verschüttete Instinkt seiner Vorfahren verständlicherweise wieder aus den Tiefen seiner Seele hervorgebrochen. Ich schnappte ihn beim Ärmel und zog ihn eilends fort, hinein in einen Salon mit hoher Decke, wo Fernando auf einem Tisch stand, einen Kohlestift in der Hand, und eine breite weiße Wand mit heftigen Strichen eindeckte.

Mussa steckte einen Elfenbeinstorch ein, zwei kleine goldene Kerzenleuchter und eine chinesische Schale. Der Salon sah aus wie ein Flohmarkt – planlos vollgestellt mit klassischen Büsten, Sammlungen silberner Schatullen, geschnitzter Netsuke-Knöpfe und kostbarer Fabergé-Eier. Mussa war allerdings mit Höchstgeschwindigkeit dabei, das Ambiente schlichter zu gestalten. Crumpacker sank auf ein Récamier-Sofa und kratzte sich wie besessen die gerunzelte Stirn. Ich erkundete einen weiteren Salon, der mit Sesseln und Sofas ausgestattet war. Auf einem der Sofas saß Celia, die Hände im Schoß ihres Kleides. «Howard, hier ist es absolut perfekt. Ich glaube, es wäre unfair von uns, Amber hier wegzuholen.»

«Wir wollen nicht unsere redaktionelle Objektivität aus den Augen verlieren. Amber wurde unter Waffengewalt von blutrünstigen Killern entführt.»

«Blutrünstige reiche Killer, Howard.» Celia zog die Beine hoch aufs Sofa. «Amber ist eine bezaubernde Frau; sie hat diese Typen beeindruckt, da bin ich mir sicher.»

«Wir können von Glück sagen, wenn sie nicht im Müllschlucker gelandet ist.»

«Du weißt nicht, was eine Frau alles fertigbringt, wenn sie sich etwas in den Kopf setzt.» Celia ließ sich in die tiefen Kissen zurücksinken. «Es ist so gemütlich hier. Ich fühl mich wie ein kleines Oink-Oink.»

«Ein Oink-Oink?»

«Ein raffgieriger, materialistischer Mensch, Howard. Ich verbringe jedes Wochenende damit, mir die Schaufenster an der Madison Avenue anzusehen. Wenn *ich* gekidnappt worden wäre, ich wüßte nicht, ob ich versuchen würde, von hier zu fliehen. Ich würde vielleicht aus einer dynamischen Situation das Beste machen. Ich meine, sieh dich um – das sind Rokokomöbel, das an der Wand dort ist ein Rokokogobelin, das auf dem Kaminsims sind Rokokohündchen. Ich finde, wir sollten warten, bis Mr. Baloney aufwacht, und ihm dann unser Anliegen betreffs Amber vortragen, was sie bei ihm auch gleich ins rechte Licht setzen wird als eine Frau mit weitgespanntem Freundeskreis, zu dem wir auch dich zählen müssen, Howard, und ich weiß, diese ganze Affäre setzt dir gefühlsmäßig zu aufgrund der Beziehung, in der du zu ihr stehst, aber ich finde, du mußt einfach mal beiseite treten und den Polaritäten Raum zur Entfaltung geben. Ich meine, ich habe nicht die Garderobe für ein Haus wie dieses, aber Amber hat sie, sie hat ja auch ein paar Jahre Vorsprung beim Shopping, und sie wird sich in diese Umgebung einfügen, als sei sie hier zu Hause, und im Anschluß daran könnte sich vielleicht eine tiefere Bindung entwickeln, wer weiß.»

Inzwischen hatte Mussa den Kaminsims leergeräumt und verließ mit einem Brokatkissenbezug voller Beute das Zimmer. Ich folgte ihm hinaus in den Hauptkorridor, dessen doppelarmige Treppe sich vor uns teilte, flankiert von einem Paar aus Ebenholz geschnitzter Sphinxe. Diese Treppe war Tony Baloney viele Male hinabgestiegen, in der beruhigenden Gewißheit, daß sein bescheidener Traum wohlgesichert war; die Gorillas wachten an jeder Tür. Er war nicht frei von Furcht, soviel stand fest, aber das Redaktionsteam eines zweifelhaften Magazinverlages, das sich mit einem Urenkel ägyptischer Grabräuber zusammentat, um des Nachts in sein Haus einzubrechen, zählte sicherlich nicht zu den unmittelbaren Quellen seiner Besorgnis.

Wo steckten Amber und Mitzi Mouse?

Wurden sie gerade einem entwürdigenden Verhör unterzogen?

Dramatische Schlagzeilen schossen mir durch den Kopf, doch zum Niederschreiben blieb mir keine Zeit. Ich konnte nur hoffen, daß sie mir morgen früh wieder einfallen würden.

Mussa schraubte gerade einen vergoldeten Lichtschalter ab. Ich spähte hinauf zu einer Marmornymphe auf dem Treppenabsatz, die züchtig ihre Brüste bedeckt hielt.

«Nehmän wir mitt», sagte Mussa.

«Zu groß, Mussa.»

«Keinä Probläm.»

Geleitet von den Geistern seiner Vorfahren, hob Mussa die Nymphe vom Sockel und trug sie die Treppe hinunter. Als ich aus dem Fenster in Höhe des Treppenabsatzes blickte, sah ich Siggy, der mich von draußen anstierte, einen gehetzten Ausdruck im Gesicht, während er sich an den zusehends nachgebenden Efeu klammerte. Seine Miene wandelte sich von verhaltenem Mißtrauen dem Efeu gegenüber zu abgrundtiefem Haß, als die Ranken mitten durchrissen und er seitwärts an der Fassade des Hauses hinab ins Dunkel rutschte.

Crumpacker und ich eilten weiter die halbrunde Treppe hinauf, in den Flur der zweiten Etage. Hier waren die Wände mit buntbedrucktem Leinen bespannt, auf dem Schwertlilienmuster hingen gerahmte Karikaturen aus dem *Punch*. Nichts aus *Freche Früchtchen* und *Scharfe Kurven*? Mit Sicherheit ein Versehen.

Wir befanden uns im Zentrum der feindlichen Festung. Tief unter der Stofftapete bargen die Wände die Geheimnisse Tony Baloneys. Crumpacker schien die Tapete zu mißfallen; sie war ihm wohl ein wenig zu grell, nehme ich an; mir gefiel sie, doch war mein Geschmack bereits so oft in Frage gestellt worden, daß ich mich nicht kompetent fühlte, ein Urteil abzugeben.

Durch meine Gehörnerven lief ein eigentümliches Zucken, meine Ohrmuscheln drehten sich nach vorn wie bei einer Fledermaus, deren Ortung sich auf den Ultraschall einpeilt, und ich hörte im Dunkeln die Stimme von Madame V.:

«Schon seit langem wurde Voodoo unterdrückt. Ich weise hin auf die Entscheidung des Obersten Gerichtshofes von Jamaica aus dem Jahre 1867, die den Besitz der Gerätschaften des Obikultes für unzulässig erklärte.»

Madame V. bei ihrem Treffen. Sie hielt einen Vortrag vor praktizierenden Kollegen.

«Von diesem Tag an sollte jeder, der die Rituale des Obikults praktizierte, verhaftet werden.»

Stoff für *Offenbarung*. Unbedingt Crumpacker drauf ansetzen.

«Sie taten gut daran, ihn zu fürchten, meine Freunde. Denn er gehört dem Dschab.»

Lieber alter Dschab. Bist verdammt nett zu uns gewesen, bisher. Konzentration, Konzentration. Jeder Schritt birgt jetzt Gefahr.

Ich gab Crumpacker ein Zeichen, die Tür unmittelbar vor uns zu öffnen. Er drehte den Türknopf und gab ihr einen leichten Stoß nach innen.

Nur ein Badezimmer. Größer als meine ganze Wohnung. Viel Platz ist erforderlich, um Mr. Baloney zu waschen, auf daß ihm die Poren aufgehen und singen. Viel Marmor. Goldene Wasserhähne. Die wird sich Mussa vornehmen. Inmitten all dieser Pracht der Mißklang zweier Details: ein gehäkelter Überzug für die Reserverolle Klopapier, ein kleiner Keramikfrosch mit dem Stück Seife im aufgesperrten Maul. Rot und grün eingestickt standen auf einem der Handtücher die Worte DU BIST EIN BESONDERS LIEBER GAST. Konnte es sein, daß irgendwo in diesem Schloß eine Leserin von *Die Dame* wohnte?

Crumpacker deutete auf eine Verbindungstür am anderen Ende des Badezimmers. Wir durchquerten die ausgedehnte Bade- und Pflegezone, der dicke Teppichboden dämpfte unsere Schritte.

Ich legte meine Hand um den Türknauf, drehte ihn, stieß die Tür auf.

Das Zimmer war großräumig, erleuchtet von einer elektrischen

Fackel in der erhobenen Hand eines kleinen bronzenen Nubiersklaven. In der Mitte des Raumes saß Yvonne auf der Kante eines Himmelbetts, mit ihrem Derringer in der Hand. «Howard, Mami hat eine tragische Entdeckung gemacht. Ich habe mein Leben im falschen Beruf verplempert. Ich hätte Privatdetektivin werden sollen.» Sie ließ sich aufs Bett zurückfallen, seufzte und sah zur Decke hinauf. «In diesem Metier darf man nach Herzenslust in andrer Leute Häuser herumschnüffeln.»

«Es ist noch nicht zu spät. In Celias *Heiße Spuren* wird ein Fernkurs inseriert. Komplettes Kriminalistik-Set ist inbegriffen, einschließlich Hundemarke, für vierzehn fünfundneunzig zuzüglich Porto und Verpackung.»

«Ich finde, ich habe das Talent dafür.» Hinter ihr auf dem Bett lag ein Kissen, auf das gestickt war: SIEGER IST, WER BEI SEINEM TOD DAS MEISTE SPIELZEUG HAT. Sie setzte sich wieder auf, drehte ruckartig den Kopf.

«Was ist, Yvonne? Hörst du was?»

Sie sprang vom Bett auf, schnüffelte in der Luft. «Hier trägt noch jemand *Giorgio.*« Erbost reckte sie die unerhörten Schultern ihres exotischen Outfits und stapfte zur Tür. «Der Sache werde ich mal auf den Grund gehen.» Und schon stürmte sie hinaus.

Als Crumpacker und ich folgten, sahen wir gerade noch, wie sie in den unteren Regionen des Korridors verschwand. Wir wollten ihr nachlaufen, mußten aber sogleich ins Dunkel zurückweichen: Aus dem angrenzenden Zimmer trat eine Gestalt – die seltsame, beinahe geisterhafte Gestalt einer Frau in Weiß. Sie hielt inne, sah sich um, als spüre sie, daß sie beobachtet wurde, doch Crumpacker und ich hatten uns rückwärts in einen der Alkoven gedrückt und waren im Dunkeln nicht zu sehen.

Wir beobachteten sie dann, diese rätselhafte Gestalt, wie sie ohne Eile den Flur entlangschritt. Sie kam uns ganz nahe, eine hochgewachsene Frau mit markanten Zügen, auffallend tiefen Purpurschatten um die Augen, die Augen einer Gefangenen. Sie kehrte um und schritt in die andere Richtung, zweifellos eine Gefangene in diesem Turm. Sie ging mit schwunglos mattem Schritt, wie das mittelalterliche Einhorn, eine weiße Schöpfung der Phantasie, unentrinnbar eingepfercht. So würde Amber aussehen, falls sie nicht vorher im Müllschlucker landete.

Crumpacker und ich sahen zu, wie die bedauernswerte Kreatur

entschwand, ihr Schultertuch flappte trübselig hinter ihr her. Wie hatte man sie gefangen? Und weshalb? Am Ende des Flures hielt sie inne, entschwand dann im Zwielicht, in irgendein Zimmer, das sie in diesem goldenen Käfig haben mochte.

«Die müssen wir auch befreien, genau wie die andern, Crumpacker, das ist Ihnen doch klar, oder?»

«Meine Katzen werden sich *äußerst* eigenwillig gebärden, wenn ich nicht bald nach Hause komme.» Crumpacker schlenderte davon, in die Richtung, die die rätselhafte Frau eingeschlagen hatte, und ich folgte ihm, vorbei an fünfzehn gerahmten Ansichten von Windsor Castle. Neben einer Kommode mit Marmorplatte blieb er stehen. Die vergoldeten Beine des Möbels liefen in Löwenklauen aus, und auf jeder Seite der mit goldglänzenden Schnappschlössern versehenen Schubladen prangte ein geschnitztes, vergoldetes Frauengesicht. «Tja, ein teures Stück.» Er fuhr mit dem Finger über die Marmorkante. «Aber vulgär ist nun mal vulgär.»

«Ich bin dankbar für diese Lektion in Geschmacksfragen, Crumpacker.»

«Für was hält der sich, für den Sonnenkönig?» Crumpacker zuckte geringschätzig die Achseln und übernahm wieder die Führung. Wir bogen ab in den angrenzenden Flügel, in dem die Dame in Weiß verschwunden war. Ein Kronleuchter aus Bergkristall glänzte frostig im Mondlicht, das von einem benachbarten Fenster hereinströmte. Wir blieben am Fenster stehen und blickten nach unten. Zwischen den Bäumen hindurch sah man die stille Wasserfläche des Teichs. Ich packte Crumpacker am Ärmel. Im Garten bewegte sich eine Gestalt. Wir beobachteten, wie sie am Haus entlangschlich. Die Hand der Gestalt bewegte sich in Richtung Hosennaht. Siggy! Ja, das muß er sein, die Unterhose blitzt, als er sich umdreht... und jetzt verschwindet er wie der scheue weißgeschwänzte Hirsch, rein in die Buchsbaumhecke.

Wir zogen uns vom Fenster zurück. «Crumpacker, was machen wir? Dieses Haus hat mindestens fünfzig Zimmer!»

«Meine Katzen pissen mir ins Waschbecken.»

«Da wäre ich mir nicht so sicher, Crumpacker.»

«Ich hab es gerade *gesehen*!»

«Richten Sie Ihre Voodookräfte auf die gegenwärtige Situation, Mann. Was befindet sich da unten am Ende des Flurs?»

«Ich seh bloß immerzu, wie diese Katzen verrückt spielen.»

«Zauberhafte Geschöpfe. Aber finden Sie nicht, daß Sie da eine Art fixer Idee entwickelt haben, Crumpacker?»

«Meine Katzen sind es, die mich wieder aufrichten, wenn alles andere versagt.»

«Und keiner wird Ihnen das ankreiden, Crumpacker. Wenn Sie sich nun aber einfach mal auf diesen Flur konzentrieren möchten.»

Und dann kehrte unvermittelt meine eigene Voodoo-Sehergabe zurück. Ein Zimmer nach dem andern erschien vor meinem geistigen Auge. Ich schien mich in einem neapolitanischen Palast zu befinden, aus den fünfzig Zimmern wurden hundert. Ich nahm ausgedehnte Anbauten wahr, Türmchen und Zinnen, und ich merkte, daß ich mich in Tony Baloneys Träumen befand, in der Alchimie seiner Sehnsüchte, wo er als strahlender Herrscher regierte.

…, haben sie mich angeschmiert mit diesen Stühlen aus dem 18. Jahrhundert? Und was ist mit dem Regency-Bett? Sieht nicht aus wie alt. Da hab ich denen die ganze Sore hingeblättert, aber sicher sein kann ich mir bei dem Krempel nie, weil ich bloß 'n dumpfer Itaker aus Brooklyn bin. Aber ich scheiß auf sie, ich hab diese Medici-Schoßhunde und diese römische Amphore, ich weiß: Die sind echt. Oder nicht? Nee, Tony, du kannst dir da nie sicher sein. Du bist ihnen ausgeliefert, deinen Innenarchitekten, und wer weiß, wie sie dich einseifen?

«Crumpacker, ich bin in Tony Baloneys Träumen. Ich spüre seine elementaren Unsicherheiten.»

«Wo sind wir?» fragte Crumpacker, der den Kopf hin und her warf, als wolle er etwas abschütteln. «Ich war gerade in meinem Apartment.»

«Wir sind im Palazzo Baloney, Crumpacker.» Wir passierten einen armlosen Apoll, der aus einer düsteren Nische hervorstarrte. Die steinernen Augen bohrten sich in meine, und ich empfand eine Welle der Sympathie für Tony Baloney, den Mafia-Paten, der so gern zum alten Geld gehören wollte.

Ich hab das ganze Haus voll Staubfänger. 'n paar von den Dingern müssen ja wohl echt sein. Nee, Tony, gar nix muß echt sein. Kann genausogut alles wertloser Ramsch sein. Die können das in 'nem Keller in Taiwan zusammengeleimt haben, und der Unterschied fällt dir nicht mal auf.

«Er ist ein geplagter Mann, Crumpacker. Alles, was er besitzt, bereitet ihm Folterqualen.»

«Tja, und ich sehe auch, weshalb.» Crumpacker deutete auf ein Paar Fackeln im olympischen Stil – spiralförmige Geräte, die vergoldete Flammenschalen hielten.

«Es sind Leute wie Sie, die er fürchtet, Crumpacker.»

Das einzige, womit du dich auskennst, Tony, sind Spielautomaten. Und Methoden, Leuten den Hals umzudrehen. Guck in deinen antiken venezianischen Spiegel und sag mir, was du siehst. Deine Innenarchitekten lachen sich hinter deinem Rücken kaputt über dich. Die verkaufen dir ein Stück Scheiße aus Sri Lanka und machen dir weis, das sei Japan, 16. Jahrhundert. Man hat dich angeschmiert, Tony. Die Leute in Piping Rock sitzen in ihrem Club und reißen Witze über dich. Ihr Nachbar, Sammler von Schrottorabilia.

Am gegenüberliegenden Ende des Korridors kam eine geduckte Gestalt hervorgesprungen, Blasrohr im Anschlag.

Crumpacker wackelte kurz mit der Angel, worauf Nathan die Waffe sinken ließ. Wir eilten zu ihm. Hinter seinem Ohr klemmte ein Efeuzweig, und er sah aus wie ein schmerbäuchiger Pan. An seiner in Falten gelegten Stirn war zu erkennen, daß er keine Jagderfolge aufzuweisen hatte. «Ich hab bestimmt in zwanzig Zimmer reingeschaut. Wo hat er Amber versteckt? In der verfluchten Wand?»

«Baloney schläft.»

«Wo?»

«Weiß ich nicht.»

«Woher weißt du dann, daß er schläft?»

«Ich hab seine Träume mitgehört.»

«Du und Dr. Doris.» Nathan blickte mich finster an. «Hast du Celia im Salon gesehn? Was glaubt die eigentlich, was sie hier treibt?»

«Spielt das Spiel auf ihre Weise, Nathan. Bei Celia mische ich mich nie ein.»

«Diese bescheuerten Weiber. Wo steckt Yvonne?»

«Verfolgt die Spur von irgend jemandes Parfum.»

«Wir müssen die Reihen schließen.»

«Wir müssen die Türen öffnen. Gehen wir.»

Ich führte ihn an, den Marsch von Tür zu Tür, jeder Raum von Innenarchitekten vollgestopft mit Schund unbekannter Provenienz. Und dann plötzlich – ein Mann mittleren Alters, der hochfuhr und verwirrt dreinschaute, als wir drei von der Tür an sein Bett stürmten. Nathans Blasrohr zielte auf seinen Kopf.

«Nicht schießen!» schrie er.

«Crumpacker, verhören Sie den Mann.»

«Wie heißen Sie?»

«Maître Cosmo Dominick Pascolini, Chefkoch, stehe zu Diensten.»

«Wie wird gefüllte Kalbsbrust zubereitet?»

«Man… muß guten Rotwein nehmen und… und darf nicht sparen mit Olivenöl extra vergine. Das A und O ist die richtige Bräunung, nicht mehr als dreißig Minuten bei mittlerer Flamme.»

«Er sagt die Wahrheit.»

«Man kann sie heiß oder kalt servieren.»

«Das genügt.» Ich beugte mich zu Maître Cosmo hin. Er kaute nervös auf dem Ende seines dekorativen Schnauzbartes. «Wo liegt das Zimmer von Baloney?»

«In diesem Teil des Hauses logiert das Küchenpersonal. Er bewohnt den Südflügel.»

«Bringen Sie uns zu seinem Zimmer.»

«In diesem Haus kann sich ein Mensch leicht verlaufen.» Der Chefkoch trug einen Seidenpyjama mit Monogramm; ich sah Crumpackers Stirnrunzeln, als sich der Mann aus seiner Bettdecke schälte. Er benutzte Toilettenwasser mit Moschusduft, sprach mit leichtem Akzent, hatte sehr gepflegte Koteletten und manikürte Fingernägel. Falls unser Sturm auf die Baloney-Festung ein erfolgreiches Ende nahm, würden wir ihn bitten, uns einen gebratenen Fasan mit Trüffelsauce zu servieren. Falls nicht, würde er uns mit seinem Mixstab pürieren.

Ich deutete auf Nathans Patronengurt, in dem Dutzende kleiner Pfeile steckten. «Sind vergiftet. Wenn Ihnen so einer unter die Haut geht, haben Sie das Gefühl, Sie wären 'ne sautierte Zucchini. Also versuchen Sie keine Tricks.»

«Keine Tricks. Ich bin nur der Koch, mit den Geschäften der Familie habe ich nichts zu tun.» Er schlüpfte in seine Pantoffeln, zog einen violetten Morgenmantel über, und dann stand er zwischen uns. «Meine einzige Sorge ist, wie frisch die Pilze sind.»

«Er sollte 'ne kulinarische Kolumne schreiben», sagte Nathan. «Für *Die Dame*.»

«Ich gehe morgens ins Dorf, Gemüse einkaufen, dann komme ich zurück in meine Küche. Über alles andere bin ich nicht informiert.» Er ging vor uns her in den Flur, mit bangen Schritten, ob der Aussicht, in Kürze Baloney vor sich und ein Blasrohr im Rücken zu haben. «Ich entstamme einer Linie von Küchenchefs, die zurückreicht bis zum Hofe von Katharina de Medici. Wenn ich den Tod finde, werden viele Geheimnisse für immer verloren sein.»

Die Gesellschaft des Küchenchefs machte mich hungrig. Beim Stöbern in meinem Jackett entdeckte ich, daß Siggys Mutter einen Blintz in meiner Brusttasche versteckt hatte. Ich hatte ihn kaum hervorgeholt, da drehte sich Maître Cosmo um, seine Nasenflügel zuckten. Crumpacker gab ihm einen Schubs mit dem Ende seiner Angelrute, und Cosmo marschierte weiter, warf mir jedoch fortwährend verstohlene Blicke zu. «Hier.» Ich reichte ihm den letzten Bissen.

Er hielt ihn unter die Nase, schnüffelte. «Wo haben Sie ihn her?»

«Aus meiner Brusttasche.»

«Wer hat ihn gemacht?»

«Mrs. Blomberg.»

«Ah, Mrs. Blomberg.» Er nickte, als verstehe er, beschnüffelte noch immer den Blintz, als wir vor uns ein Geräusch hörten. Nathans Blasrohr schnellte an seine Lippen, Crumpacker holte mit der Rute aus. Der Küchenchef deutete mit seinem Stück Blintz in der Hand zum Flurfenster, das sich ganz langsam nach oben schob, hochgestemmt von zwei plumpen Händen; die Arme verdrehten sich, ein Ellbogen schob sich herein, dann ein Bein, dann das zweite Bein. Man sah ein Stück weiße Unterhose blitzen. «Siggy!»

Siggy ließ sich herab auf den Flur. Er hing voller Äste und Blätter. Die rückwärtige Naht von Shlomos Hose war jetzt von oben bis unten aufgerissen. «Bin scheißfroh, daß ich das überlebt hab. Wer is'n der Kerl da?»

«Maître Cosmo Dominick Pascolini, stehe zu Diensten.»

«Er führt uns zu Baloney.»

Siggy reihte sich zwischen mir und Nathan ein. «Als dieser Efeu nachgab, da dachte ich, jetzt aber gute Nacht, Marie.» Er pflückte sich Zweige vom Jackett. «Ich hab 'n gewaltigen *Zetz*, von der Hecke, in die ich reingefallen bin.»

Ich wandte mich an Maître Cosmo. «Wir haben eine Frau in Weiß gesehen.»

«Das ist Prinzessin Camilla aus dem alten Adelsgeschlecht derer von Monteforte.»

«Was tut sie hier?»

«Sie hat mir erzählt, daß man sie hier gegen ihren Willen festhält.»

«Dem werden wir ein Ende machen.»

In Schlachtformation setzten wir unseren Vorstoß fort, passierten eine Dante-Büste, dann die Vier Jahreszeiten in Marmor – kleine Cherubim, die die Knospen des Frühlings, die Blumen des Sommers, die Früchte des Herbstes und den kahlen Stein des Winters darboten. Und dann hatte ich eine Vision – von einem Mafioso, groß wie ein Wasserbüffel, einer, dem das knackende Brechen von Knochen wie eine süße Melodie in den Ohren klang.

«Was'n los?» Siggy nahm mich beim Ellbogen und gab mir Halt.

«Nathan, mach dein Blasrohr schußbereit.»

Vor uns lag eine Flügeltür mit Goldbesatz und polierten Messinggriffen.

«Cosmo, Sie werden jetzt durch diese Tür gehen, als sei alles in bester Ordnung.»

«*Si, si,* und dann?»

«Nathan, du gehst mit Crumpacker an den Flanken in Nahkampfstellung. Siggy, was machst du denn?»

«Mir ist gerade das Päckchen mit dem Zeug eingefallen, das mir Madame V. gegeben hat. Das soll ich doch schlucken, oder?»

«Im geeigneten Augenblick.»

«Irgendwas sagt es mir, Howard.»

«Jetzt?»

«Oder nie.» Siggy öffnete das kleine Briefchen, kippte sich den Inhalt in den Mund und kaute gedankenverloren. «Halva ist es jedenfalls nicht.» Er schluckte es runter, starrte mich an. Seine Augen kreisten langsam in den Höhlen. Schweißperlen brachen auf seiner Oberlippe hervor, und seine Ohren wurden knallrot. *«Oy... oy... oy...»* Seine Augen verdrehten sich nach oben, bis man nur noch das Weiße sah.

«Sig, was geht mit dir vor?»

Sein Unterkiefer klappte herunter. Er machte ein paar unsichere Schritte, wie ein Aufziehspielzeug bei seinem ersten Spaziergang, marschierte schnurstracks gegen die Wand, drehte sich mechanisch um. Seine Augäpfel kamen wieder in Sicht wie die beiden Zitronen bei einem Spielautomaten, und es gab eine Art Klicken, als sie einrasteten. Sein Körper zog sich konvulsivisch zusammen, ein Krampf durchzuckte ihn von Kopf bis Fuß, und dann begann er in kleinen Sprüngen wie ein Ball auf und ab zu hüpfen, die Füße fest zusammen, die Hände an der Hosennaht. «Verdammt... noch... mal...»

«Sig –»

«Ich... hab... 'ne... Feder... in... meinem... *Pekl*...» Er hüpfte auf höchst bizarre Art und Weise im Flur umher, wie auf und nieder gehoben von einer unsichtbaren Hand. «Hilf... mir... Howard... sonst... spring... ich... aus... dem... Fenster...»

«Was ist mit ihm?»

«Er hat irgendein Pulver genommen.»

«...*oy*... *oy*... *oy*... *oy*... *oy*...» Die Silben kamen stoßweise, jedesmal, wenn er zu einem neuen Sprung abhob. «Mir... kommt... der... Nu... Nu... Nudelpudding... hoch...»

«Halten Sie ihn an den Füßen fest», sagte Crumpacker.

«Nein, damit könnten wir den Bann brechen.»

«...*oy*... *oy*... *oy*...»

«Nun, er gibt nur immerzu dieses ‹oy› von sich.»

«Es verschafft ihm Erleichterung, Crumpacker, das sehen Sie doch wohl.»

«...sie... werden... immer... höher... die... Sprünge... werden... immer... höher... Howard... ich... spring... noch... durch... die... ver... verdammte... Decke...»

Er befand sich jetzt in tiefer Trance. Seine Stimme hob und senkte sich in beängstigender Weise, als würde er über ganze Stadtviertel hinweghüpfen.

Ich wandte mich wieder der Tür zu, und von neuem spürte ich den Druck der Atmosphäre, der sich mir entgegenstemmte, eine Woge von Gewalt, die träge auf mich zuschwappte.

«...*oy*... *oy*... *oy*...» Sig kam auf mich zugesprungen, seine Wangen hüpften auf und nieder, die Augäpfel blickten in verschiedene Richtungen. Ich packte beide Griffe und ließ die Tür auffliegen.

Noch ein endloser Korridor, dessen einziges Möbelstück aus einem antiken Billardtisch bestand, auf dem drei Gorillas ihre Spätschicht verspielten. Verdutzt sahen sie zu uns auf, warfen dann die Stöcke hin und griffen nach ihren Waffen, aber da hatte ich bereits meine beiden konfiszierten Pistolen in der Hand. Ich zielte und drückte auf den Abzug, der sich keinen Millimeter bewegte. Noch gesichert. Ich fuchtelte hektisch herum, aber sie lagen wie dumpfe Stücke Metall in meinen Händen, die Sorte von Pistolen, die man in Träumen findet, hartnäckig, unmöglich abzufeuern, eingeschworen auf ihren wahren Meister, dem allein sie gehorchen.

Dann hörte Siggy plötzlich auf herumzuspringen, er landete, seine Beine gaben unter ihm nach, er klappte zusammen, die Hände schleiften am Boden, der Kopf sackte auf die Brust. Siggy rollte sich nach vorn, Arme und Beine eingeklappt, zu einer Kugel komprimiert.

Die Gorillas nahmen ihn unter Beschuß, doch er rollte schon über den Teppich, gedämpfte *Oys* ausstoßend aus dem Innern der festen kleinen Kugel, zu der er jetzt geworden war. Er beschleunigte, die Unterhose war nur mehr ein weißer Wischer, als er mit Voodoo-Tempo dahinrollte. Die Gorillas sprangen zur Seite, doch Siggy brachte sie zu Fall wie Bowlingkegel, riß ihnen die Füße weg und verschwand den langen Korridor hinunter.

Sie versuchten sich aufzurappeln, ihre fehlgehenden Kugeln gruben sich in Wände und Decke. Nathan blähte die Backen; einer der Gorillas kippte hintenüber und hielt sich das Bein. Einen schlug ich mit dem Griff meiner Pistole nieder, aber der dritte kam wieder auf die Füße. Er feuerte aus beiden Pistolen, die er in den ausgestreckten Händen hielt. In diesem Moment gelang Crumpacker ein brillanter, wenn auch zufälliger Wurf mit der Angel – der Haken verfing sich in den nahen Vorhängen, er riß seine Rute hoch, die Vorhänge blähten sich um den Gorilla und wickelten ihn ein. Er kämpfte sich frei, doch Nathan erwischte ihn mit dem Zorn des Pygmäen im Nacken; knapp über dem unelegant klaffenden Kragen bohrte sich der Pfeil in sein Fleisch. Er sackte zu Boden, die Pistole entglitt seinen gelähmten Fingern; er tastete benommen nach ihr, machte auf dem Teppich ein paar matte Grabschversuche und brach dann leblos neben seinen beiden Komplizen zusammen. Da lagen sie nun, drei bewußtlose Gorillas nebeneinander. Doch ich spürte immer noch den dräuenden wuchtigen Schatten, der sich in diesem Haus auf uns zu bewegte. «Nathan, wo ist Maître Cosmo?»

«Ist entwischt.»

«Macht nichts. Tony Baloney weiß jetzt sowieso, daß wir hier sind.»

Wir schleiften die Gorillas in ein angrenzendes Zimmer, deponierten sie im Wandschrank und schoben eine schwere antike Kommode vor die Tür. «Ihr Burschen habt euch bestens bewährt», sagte Nathan, als wir wieder in den Flur hinaustraten. «Ich werde euch die von der Firma gewährten Vergünstigungen erhöhen. Mit sofortiger Wirkung gibt's die Füllung vom Trinkwasserspender gratis.»

Unsere Aufmerksamkeit wurde in die düstere Ferne des Flures gelenkt, aus der ein mattes *Oy* zu hören war. Und dann trat Siggy ans Licht, hielt sich den Kopf und kam auf uns zugeschlurft. Er ging noch ein bißchen krumm, seine Beine bewegten sich, als seien sie aus Gummi, die Füße waren auswärts gestellt. «*...oy... gewalt...*»

Wir eilten zu ihm hin. «Sig, fehlt dir was?»

«Fragt der mich, ob mir was fehlt.» Sig blickte mich an, seine Stirn war zerschrammt, die Ohren noch immer knallrot. Beide Ärmel seines Sportjacketts waren an der Schulternaht abgerissen. «Ich rolle mit hundert Sachen den Flur runter, und der fragt, ob mir was fehlt. Ich bin wie 'ne Kanonenkugel in diese scheißverdammte Wand reingeknallt.» Sig faßte sich mit beiden Händen ins Kreuz und massierte es hingebungsvoll. «Da hat mir Madame V. vielleicht ein Pulver gemixt.»

«Was ist dort am Ende des Flures?»

«Ich hörte den Putz krachen, als ich gegen die Wand knallte, und ich *krechtz* ein bißchen und will mich aufrappeln, da seh ich diese Dame in Weiß. Wunderschön war die, Howard, echt Spitze. Dann bricht plötzlich die Hölle los, Pistolen ballern durch die Gegend, und als ich wieder zu mir kam, war sie verschwunden. So geht's mir immer.»

«Das war Prinzessin Camilla, Sig. Man hält sie in diesem Haus gefangen, genau wie Mitzi und Amber.»

«Ich werd euch sagen, was wir machen –» Nathan war jetzt erregt, schlug sich mit der sommersprossigen Faust in die flache Hand. «Wir werden die Prinzessin zu ihrer Familie zurückbringen. Die zahlen uns dafür eine dicke Belohnung, und die investieren wir in Immobilien – in den Slums.»

Crumpacker sah aus, als hege er seine Zweifel. «Die ist keinen Pfifferling wert.»

«Was wissen Sie schon von entführten Prinzessinnen?» belferte Nathan. «Sie sind schließlich noch neu in der Firma.»

«Wie Sie meinen», sagte Crumpacker mit einem unendlich gelangweilten Achselzucken. Was wußte er über Prinzessin Camilla? Und wie hatte er es herausgefunden? Ich tippte auf eine Voodoo-Vision, die er für sich behalten hatte.

Ich ging als Anführer über den Flur voraus. Als wir an der Stelle vorbeikamen, wo Siggy gegen die Wand geknallt war, bückte er sich und hob ein Stück weißen Chiffon auf. «Sie war echt.» Er hielt den Stoffetzen vor sein Gesicht, atmete tief ein. «Eine Prinzessin.» Er steckte den Chiffon ein, nahm Haltung an, drückte sein Kreuz durch und marschierte los, die Arme vor und zurück werfend, unter den Achseln stand das weiße Ärmelfutter heraus. «Prinzessin, ich komme. Sig ist auf dem Weg.»

Wir setzten unseren Weg durch den angrenzenden Korridor fort und befanden uns nun in einem Flügel des herrschaftlichen Hauses, der Entspannung und körperlicher Ertüchtigung vorbehalten war. Wir passierten eine zedergetäfelte Sauna mit Hot Tub und Bad, dann ein Videozimmer mit einem Bildschirm für Großprojektion, auf dem noch ein Film lief, in dem Mitzi Mouse mitspielte. Sie war ganz in Federn gehüllt; nun, im Grunde waren es nur sehr wenig Federn, in der Tat nur der Wischer eines federleichten Lächelns und ein Paar perlenbesetzte Stiefel.

«Die Stiefel stehen ihr überhaupt nicht», sagte Crumpacker.

«Wieso gönnen wir uns nicht mal fünf Minuten Pause», sagte Siggy und setzte sich.

«Wir haben keine Zeit», sagte Nathan und zerrte ihn hoch.

Siggys Blick blieb auf den Bildschirm geheftet, während er rückwärts zur Tür ging. «Meint ihr, Baloney läßt die Prinzessin in Pornofilmen auftreten?»

«PRINZESSIN ZU PORNOFILMEN GEZWUNGEN. Notieren Sie das für die *Post*, Howard.»

Wir gingen wieder hinaus in den Flur. Neben dem Videozimmer lag ein Trophäenzimmer, die Tür war angelehnt, und die lebensechten Schemen dort drinnen verlockten uns, einen Blick in seine Tiefen zu werfen. Glänzende Schilde und Speere schmückten die Wände. Die Möbel waren aus Horn, die Schemel aus Elefantenfüßen.

«Dort oben gehört auch der Kopf von Big Al Mastachenza hin», sagte Siggy, der unter einer Trophäenwand voller ausgestopfter Weißschwanzgnus, Wasserbüffel und Schwarzfersenantilopen entlangschritt. Zwei Lampen, deren Schirme aus pergamentartigem Leder bestanden, verströmten trübes Licht. Sein gedämpfter rötlicher Schein spiegelte sich in den Glasaugen der benachbarten Tierhäupter und schien sie mit Leben zu erfüllen. Am realistischsten allerdings war das Glitzern in den Augen eines großen Tieres, das im

Halbdunkel am Ende der Trophäenreihe stand, aufrecht auf den Hinterfüßen, eine haarige Pranke nach Siggy ausstreckend.

Ein leises *Oy* entfuhr den Lippen unseres Anzeigenredakteurs.

Nathan riß sein geschultertes Blasrohr hoch, als Siggys Angreifer ans Licht trat, Siggy mit seinem Knüppel eins über die Birne zog und ihn flachlegte. Es war ein Gorilla, der sämtliche Rekorde brach. Nathan schoß. Ein Pfeil traf den Burschen in der Wange und blieb dort hängen. Der Gorilla grinste Nathan an. «Ich reiß dir den Kopf ab und kack dir in den Hals.»

Nathan schoß erneut, versuchte es mit einer empfindlicheren Stelle und landete einen Volltreffer am Ohrläppchen. Aus Dr. Husbands thematisch vielseitiger Gesundheitskolumne wußte ich, daß sich dort wichtige Körpermeridiane trafen, und längst sollte sich eine ernsthafte Desorientierung eingestellt haben, doch der unempfindliche Gorilla lachte, als er Nathan packte, sein Blasrohr mitten durchbrach und dann unseren Verleger zu Boden stieß. Nathan sah mich voller Verzweiflung an.

Crumpacker und ich kollidierten miteinander bei dem Versuch, im gleichen Moment zur Tür hinauszugelangen. Mit verblüffender Behendigkeit kam dieser Bär von einem Mann hinter uns her, packte uns am Schlafittchen und war drauf und dran, unsere Köpfe gegeneinanderzuschlagen, als ein markerschütternder Schrei ertönte und ein wirbelnder schwarzer Gegenstand ihn mitten auf der Stirn traf. Er vibrierte noch ein bißchen, seine Sternzacken glänzten. Ich drehte mich um und sah Hattie Flyer im Türeingang stehen, den Arm noch ausgestreckt, aber es reichte nicht; der Wurfstern fiel herab auf den Boden, abgewehrt vom Knochenpanzer einer ochsenhaften Gorillastirn.

«Hattie, lauf!»

Sie lief, doch der gutaussehende junge Gangster, den sie eigentlich bewachen sollte, war ihr dicht auf den Fersen.

«Hattie», rief ich, «du hast ihn losgebunden, nicht wahr?»

«ICH WOLLTE EINEN ANSTÄNDIGEN MENSCHEN AUS IHM MACHEN», erwiderte die törichte Frau.

Eine weißverschleierte Gestalt erschien am Ende des Flures. Prinzessin Camillas Hand fuhr zum Mund, um einen Schrei zu erstikken, als sie uns in den Fängen ihrer Wächter sah. Und dann fuhr der Gorilla, der uns immer noch am Kragen in der Luft hielt, in aller Ruhe fort, Crumpackers Kopf und meinen gegeneinander zu schlagen. In einem Wirbel von Sternen erkannte ich das Gesicht von Madame V. und vernahm ihren Rat:

Eidechsenhaut und Papageienzunge ...

Crumpackers Gürtel war die einzige Eidechsenhaut, die es weit und breit gab, und die hatten wir bereits aufgebraucht. Die Papageienzunge gab es nur im Postversand.

«Ihr beiden Arschlöcher!» Der Riesengorilla ließ uns auf den Boden fallen, wo Crumpacker sich in seiner Angelschnur verhedderte. Der Gorilla hob die Angelrute auf, nahm sie in Augenschein. «Wozu soll denn das gut sein?»

«Angeln ist mein Hobby.»

«Meins ist Arschlöcher allemachen.»

Worauf er sich bestens zu verstehen schien, denn gleich darauf verpaßte er uns einen Tritt in die Nieren, als Training für die diesjährigen olympischen Gangsterspiele, über die wir in *Macho* ausführlich berichten werden.

«Laß sie in Frieden!» kreischte Hattie.

«Halt's Maul», knurrte ihr hübscher junger Häscher. «Oder dir geht's ebenso.»

«Bloß weil du gut aussiehst, bildest du dir ein, du hättest es geschafft», sagte Hattie. «Aber in meiner Story endest du in einem Wohnwagenpark.»

Sie war hysterisch, wie wir alle. Crumpacker sah mich entsetzt an, während der Gorilla fortfuhr, uns quer durchs Trophäenzimmer in Richtung Tür zu prügeln. «Werden wir jetzt umgebracht?» fragte der Kardinal.

«Ich glaube, das hat er vor.»

«Wer wird sich um meine Abessinier kümmern?»

«Man wird sie finden und sich ihrer annehmen. Schönheit findet immer einen Gönner.»

Wir wurden auf die Beine gezerrt. Neben uns kreischte Hattie und zerkratzte ihren Gorilla. «DEINE KÜSSE MÖGEN HEISS UND WILD SEIN, ABER DU BIST NACH WIE VOR EIN ROTZLÜMMEL!»

«Du bist echt 'ne bekloppte Zicke, weißt du das, Mädel?»

«DIR WEINE ICH KEINE TRÄNE NACH, JOHNNY.»

«Ich heiß nicht Johnny.»

«In meiner Story schon.» Sie warf ihm einen so vernichtenden Blick zu, daß Johnny den Rückzug antrat, sein Energiefeld versengt von Strahlen, wie sie nur die Redakteurin eines leidenschaftsgeladenen Magazins produzieren konnte, und ein seltsames Zischen entrang sich ihren Lippen. Hätte man in diesem Augenblick ihren Speichel einem Test in Dr. Husbands Experimentierlabor unterzogen, ich glaube, er hätte den Nachweis erbracht, daß die Substanz menschengefährdende Eigenschaften besaß.

Zwei weitere Wächter erschienen auf der Bildfläche, um Siggy und Nathan aus dem Trophäenzimmer zu schleifen. «Mal langsam», sagte Sig, «ich bin Kriegsversehrter.»

Nathan sackte gegen mich, die Hand am Hinterkopf. «Sie haben uns ausmanövriert, Howard.» Und dann flüsterte er: *«Aber geschlagen sind wir noch nicht.»* Ich hoffte inbrünstig, daß er recht hatte, doch als sie uns die Haupttreppe runter ins Wohnzimmer prügelten, sah ich, daß sie auch Fernando zu Füßen seines Wandbildes zu einem kompakten Bündel verschnürt hatten.

«Ihr seht, was er mit der Wand vom Boss gemacht hat?»

«Tony wird das gar nicht gefallen.»

Sie zerrten Fernando mit einem Ruck hoch. «Was ist los mit dir, Pancho? Hast du nicht alle Tassen im Schrank, oder wieso schmierst du bei fremden Leuten die Wände voll?»

«Laßt mir noch ein Stund Zeit, dann ihr werdet mehr sehen», sagte Fernando.

Ich konnte natürlich schon das pathologisch verzerrte Hinterteil einer weiteren Große Frauens erkennen, allerdings war ich ja auf das Erkennen einschlägiger Details trainiert.

«Na los, beweg dich.»

«Tu ich ja», beteuerte Crumpacker, noch immer in seine Angelschnur verheddert.

«Du hast im falschen Teich geangelt, Freundchen.» Ein Tritt in Crumpackers Kehrseite, wie aus dem Nichts.

«Nun macht mal halblang», protestierte ich, «dieser Mann ist ordinierter Priester.»

Flapp, eins aufs Ohr. Zwischen zuckenden Sternen und Farbrädern vernahm ich wieder Madame Veronique: *Nimm die Hand von einem, den man erhängt oder erdrosselt hat, trockne sie an den Hundstagen in der Sonne, oder, falls die Sonne nicht ausreicht, trockne die Hand im Ofen.*

War sie noch im Bilde über die gegenwärtige Situation? «Sig», raunte ich und tat, als würde ich gegen ihn sacken. «Madame V. sagt, wir brauchen eine abgehackte Hand.»

«Sag ihr, wir haben keine.»

«Klappe halten.» *Flapp, flapp*, noch ein paar Kopfnüsse. Siggy hüpfte rückwärts und hob schützend die Arme. «Verschon mich mal 'n bißchen, ich hab doch mal in der Nachbarschaft gewohnt.»

Sie verpaßten ihm noch ein paar Tritte, trieben uns dann in einen Außenflügel im Parterre, dessen eine Wand aus Glasbausteinen bestand, durch die das Grau der Morgendämmerung hereinsickerte. Durch eine verglaste Flügeltür erspähte ich draußen die Gestalt von Uqal Mussa, der mit der Marmornymphe auf der einen Schulter und einem vollgestopften Kissenbezug über der anderen durchs Gelände schlich.

«Knallt den Kerl ab!»

Zwei unserer Häscher rannten mit gezogener Pistole nach draußen. Uqal Mussa raste auf die Mauer zu, warf Nymphe und Sack hinüber, sprang dann selbst an der Mauer hoch und zog sich hinauf, während die Kugeln mit kleinen weißen Wölkchen aus Steinsplittern an ihr abprallten. Man kam nicht umhin zu bewundern, wie geschmeidig er hinaufkletterte, wie sein Körper mit einem sechsten Sinn den Kugeln auswich, den er zweifellos von seinen Vorfahren geerbt hatte.

Oben auf der Mauer hielt er inne, drehte sich zu seinen Verfolgern um und gab ihnen sein Abbiegesignal, worauf er aus dem Blickfeld verschwand. Sie folgten ihm, besaßen jedoch nicht einen Bruchteil seiner ererbten Wendigkeit. Ich wußte, bis die es auf die Mauer hinauf geschafft hatten, war Mussa längst samt Kissenbezug und Nymphe verschwunden, gab Fersengeld wie einst seine Vorväter, auf seinem Haupt ihren Segen und über seiner Schulter die Beute von Epochen.

«Dein Kumpel ist entwischt», sagte der Gorilla, der mich bewachte. «Zu dumm für euch.» Ich hörte das Lied eines Vogels, der draußen erwacht war, ein kleiner Lebensgeist, der dem Tag seinen Gruß entbot. Auf einem nahebei stehenden Tisch sah ich eine Sammlung von Briefbeschwerern, in denen sich ebenfalls das erste Licht des Tages spiegelte, daneben die gelbe Marmorbüste eines Kindes und eine polierte Holzschatulle, auf der ein Stundenglas stand, dessen weißer Sand am Boden der Unterhälfte ruhte.

Einer der Ganoven drehte die Sanduhr um und deutete dann mit der Mündung seiner Pistole auf das Ding. «Soviel Zeit habt ihr noch», sagte er grinsend.

Der Sand rinnt langsam, sagte die Stimme von Madame V. *Vertraut auf den Dschab.*

Ich erwischte einen Blick in das angrenzende Herrenzimmer, sah frische Schnittblumen in einer weißen Vase. Es hing ein Portrait dort, allem Anschein nach von Großvater Baloney, in dunklem Anzug und mit düsterer Miene; sein Blick beschirmte den Korridor vor unseresgleichen. *Mein*, sagte Großvater B.; seine schwarzen Augen bohrten sich in den Raum, über die kantige Stirn zogen sich tiefe Furchen vom permanenten Daseinskampf in einem brutalen Milieu. Sein Mund war zur Unerbittlichkeit erstarrt, und doch sah ich im Mundwinkel eine winzige Krümmung, die das Mindestmaß an Kompromißbereitschaft verriet, ohne die man in geschäftlichen Dingen nicht auskam. Geben und nehmen, und meistens nehmen, aber hin und wieder muß man teilen, um zu herrschen.

Wir alle beten zum Dschab, sagte Madame V., und Großvater B. auf seinem Portrait schien zustimmend zu nicken.

«Stoss mich ruhig herum, du Bestie, ich bin ja nur dein Spielzeug.» Hattie keifte immer noch und leistete verbissen Gegenwehr.

«Versuch mich noch einmal zu beißen, du Miststück, und ich reiß dir die Zähne mit der Kneifzange raus.»

Hattie richtete sich zu voller Größe auf und sprach aus den gedruckten Seiten ihrer monatlichen Phantasien, in denen tapfere Männer blonde Maiden retten. «Neben mir steht der Redakteur von *Macho*, und Rotzlümmel wie ihr bedeuten dem gar nichts.»

Mr. Macho kriegte einen Tritt, daß er den ganzen Weg in den Keller hinunterpurzelte. Während Hattie davongezerrt wurde, hörte ich ihre schwächer werdende Stimme: Strafe bedeute mir nichts, versicherte sie den Gorillas, keine Qual vermöge einen Mann wie mich zu brechen. Matt hob ich eine Hand vom Boden, und prompt kriegte ich einen Tritt ans Gelenk, der mir die Uhr zerschmetterte.

Der Sand rieselt jetzt noch langsamer, sagte Madame V. *Ein gutes Omen.*

Von Omen habe ich nie viel gehalten, sie kommen mir immer so flexibel vor.

Sig und Nathan halfen mir auf die Beine. «Unternimm nichts mehr, was die Burschen in Rage bringt», raunte mir Siggy eindringlich ins Ohr.

Ich rappelte mich auf, lehnte mich gegen ihn und widerstand der

Versuchung, eine verfrühte Demonstration von Stärke zu liefern: jetzt war nicht der richtige Zeitpunkt für Mr. Macho, seine tödlichen Kampfmethoden zu offenbaren. Nun würde er sich erst mal den schmerzenden Leib halten und ein Koffeinpfefferminz nehmen.

Man trieb uns über einen Flur im Untergeschoß, vorbei am mit Maschendraht abgeteilten Baloneyschen Weinkeller. Zu Hunderten ruhten die Flaschen dort im rubinrot schimmernden Dunkel. Auf der anderen Seite des Flurs befand sich eine Vorratskammer, die vier Fässer enthielt, Gewürze, Kräuter in Hülle und Fülle, sackweise Bohnen, auch Knoblauchzöpfe.

«Wir sind auf dem Terrain von Maître Cosmo», flüsterte ich. «Vielleicht haben wir in ihm einen Verbündeten.»

«Ich wüßte nicht, weshalb», sagte Crumpacker. «Soweit ich mich erinnere, haben wir ihm angedroht, ihn mit einem vergifteten Pfeil zu erschießen.»

Die Gorillas öffneten einen weiteren Vorratsraum; wir wurden hineingetrieben, die Tür hinter uns verschlossen. Am Boden standen Dosen mit Olivenöl aufgereiht, daneben Gläser mit Gewürznelken, Essiggurken, Konserven mit eingelegtem Schinken.

«Ich sage euch», meldete sich Fernando, sich auf dem Fußboden ausstreckend, «das war ein verdammt gute Bild, was ich hab da oben angefangen. Eine Kuh, eine Kleid, alles paßte genau.»

«Verpflegung», sagte Nathan, schraubte den Deckel von einem Glas Oliven. Er tauchte die Hand hinein und reichte das Glas weiter. «Wir müssen unsere Kräfte nähren für die nächste Attacke.»

Wir teilten uns die pikanten schwarzen Leckerbissen. Mit meinem Schweizer Offiziersmesser, das jetzt seinem rechtmäßigen Verwendungszweck zugeführt wurde, öffnete ich eine Konserve mit Schinken und schnitt dünne Scheiben von dem delikaten, in Sirup eingelegten Fleisch. Trotz allem war die Atmosphäre keineswegs entspannt: Wir saßen in der Falle – der Vorratsraum war fensterlos und stockfinster, die Tür stabil und schwer bewacht.

Und dann entdeckte ich den Belüftungsschacht an der Decke – eine breite Röhre aus Weißblech, deren Einzelteile von Vierkantschrauben zusammengehalten wurden. Rasch zog ich eine Klinge aus meinem Schweizer Messer, und ein Vierkantschraubenzieher kam zum Vorschein. «Nathan, Fernando, hebt mich mal da rauf.»

Sie taten es, und ich schraubte ein Segment der Röhre ab. Eine Zugkette lief innen entlang, und ein warmer Lufthauch strich mir übers Gesicht. «Einer von uns muß das auskundschaften und nachsehen, ob der Schacht ins Freie führt.»

«Ein simpler Aufklärungseinsatz», sagte Nathan.

«Schau nicht mich dabei an», sagte Siggy. «Ich krabbel nicht in dieses Ding rein. Was ist, wenn ich in der scheißverdammten Feuerung der Zentralheizung lande?»

«Um diese Jahreszeit ist die Heizung abgeschaltet.»

«Ich werd gegrillt da drin. Ich hab hyperaktive Schweißdrüsen. Hey, Augenblick mal... verdammich...»

Wir stopften ihn in die Röhre, nicht ohne Schwierigkeiten, denn er leistete erbitterten Widerstand, aber schließlich hatten wir ihn so weit drin, daß nur noch die Füße herausschauten, und dann verschwanden auch die abgelatschten Sohlen seiner Schuhe im Dunkel des Schachts. Flugs machten wir den offenen Schacht wieder dicht und zogen die Schrauben fest. Schwache Schleifgeräusche hallten durch den Schacht, bald war nichts mehr zu hören.

«Diesen Mann sollte man beim nächsten Fahnenappell lobend erwähnen», sagte Nathan.

«Sosehr er diese militärischen Ehren auch zu schätzen wüßte, Nathan, eine Gehaltserhöhung wäre hier eher angebracht.»

«Die Männer, die unter meinem Kommando dienen, tun es nicht des Geldes wegen.»

Fernando war dabei, die Wand in Augenschein zu nehmen. «Hier ich habe Platz.» Er griff in die Tasche und holte seinen Ölkreidestift hervor.

«Wie kannst du in so einem Augenblick an Kühe denken?»

«Ach, lassen Sie ihn», sagte Crumpacker. «Welchen Unterschied könnte das nun noch machen? Er malt denen die Wände voll, na und? Die erschießen uns doch ohnehin, oder?» Aus seinem Blick sprach tiefe Verbitterung. «Was werden meine Katzen tun, wenn Daddy nicht mehr da ist und sich um sie kümmert? Ach, diese existentiellen Krisen werfen einen völlig aus der Bahn.»

«Jetzt verlieren Sie mal nicht die Fassung, Mann.»

«Warum sollte ich das nicht? Seit Jahren bin ich Mr. Cool gewesen, und wohin hat es mich gebracht? Ich hocke eingesperrt in einer Vorratskammer zwischen Essiggurken.»

«Und es sind sehr gute Essiggurken, Crumpacker.» Ich war gerade dabei, ein Glas aufzumachen, und wollte ihm eine anbieten, doch er schlug meine Hand weg.

«Ich habe es satt, ein vernünftiger Mensch zu sein.» Er breitete die Arme aus. «Ich spüre, wie mein neues Ich zutage tritt.»

«Nicht hier, Crumpacker.»

«Doch, genau jetzt, genau hier bei den Essiggurken.»

Nathan zupfte mich am Ärmel. «Schreib mit, Howard, wir bringen es in *Offenbarung*. Erzählen Sie uns davon, Kardinal. Schütten Sie uns Ihre Seele aus.»

«Ich spüre endlich meine Gefühle. Ich durchlebe eine Katharsis.» Crumpacker gab dem leeren Olivenglas einen Tritt, daß es über den Boden kullerte. «*Das* ist für die ganze Scheiße, die ich mein Leben lang weggesteckt hab.»

Das Glas prallte gegen die Wand und zerbrach, die Olivenlake lief über den Kellerboden.

«Meine Familie war ein Haufen von Versagern! Von wegen intakte Familie! Wer hat sie denn zusammengehalten? Der kleine Forrest, der war's! Der vollkommene kleine Gentleman. Okay, ich hab die Schnauze voll, hört ihr? Ich hab es satt, satt bis obenhin, immerzu den Gentleman zu spielen!»

«Crumpacker, Sie werden die Wächter auf uns aufmerksam machen.»

«Sollen sie doch kommen. Was schert mich das?»

Fernando beobachtete das Ganze mit leicht klaffendem Unterkiefer. Eine düstere Wolke schien vor seine Augen zu treiben, das Licht in ihrem Innern wurde trüb. Langsam winkelten sich die Unterarme, im nächsten Augenblick zeigten seine steifen Zeigefinger starr geradeaus.

«Beruhigen Sie sich, Crumpacker. Sie haben einen katatonischen Anfall ausgelöst.»

«Die Wahrheit wirkt befreiend.»

«Sein Puls wird schwächer.»

«Ab sofort werd ich den Leuten immer genau das sagen, was ich denke.»

«Gib mir 'ne saure Gurke, Nathan, ich werd sie Fernando unter die Nase halten.»

Fernandos Arme blieben angewinkelt, der Atem flach, und sein leerer Blick war starr auf Crumpacker gerichtet, der noch immer im Ausdruck seines neuen Ich schwelgte.

«Immer hab ich versucht, munter und fröhlich zu bleiben. Pah, zum Teufel damit! Habt ihr gehört? Zum Teufel damit!»

«Jetzt gehen Sie aber 'n bißchen weit, mein Lieber.»

«Der gute alte zuverlässige Forrest Crumpacker, mit dem kann man sich überall sehen lassen: Was auch geschieht, er tritt auf wie David Niven. Damit ist jetzt endgültig Schluß! Ich werd aus dem Rahmen fallen und mich wie 'n Irrer aufführen! Schaut euch den an –» Er zeigte auf Fernando, der mit ausdruckslosem Blick zurückstarrte. «Der ruiniert die Wände, kriegt seine Anfälle, ist die Zügellosigkeit in Person, und keiner regt sich drüber auf. Jeder sagt bloß, so ist er nun mal, eben ein bißchen verrückt. Wieso kommt er damit durch und ich nicht? Könnt ihr mir das mal sagen? Denn er *macht ganz einfach das, wozu er Lust hat.* Und er ist der gesündeste Mensch in diesem Raum hier.»

«Einen katatonischen Starrkrampf würde ich kaum als Zeichen von Gesundheit betrachten, Crumpacker.»

«Oh, davon wird er sich ganz schnell erholen. Und dann macht er weiterhin das, was er gerade will, ohne dran zu denken, was andere Leute sagen.»

«Crumpacker, wir werden hier in einem Keller von Gangstern gefangengehalten, und unsere einzige Hoffnung auf Entkommen liegt bei Siggy dort oben im Luftschacht. Ich will ja nicht das Wunder Ihres psychologischen Durchbruchs schmälern, aber diese Tatsache kann uns doch nicht gänzlich unberührt lassen.»

«Lassen Sie ihn reden, Howard», sagte Nathan. «Das ist eine Dr.-Doris-Kolumne, wie wir noch keine im Blatt hatten.»

«Genau», sagte Crumpacker. «Ich bin Dr. Scheiß-Doris!» Plötzlich war seine Tobsucht wie weggeblasen. «O Gott, was wird aus meinen *Pflanzen*?»

«Hier, beißen Sie mal in 'ne Gurke, Alter.»

Er schüttelte den Kopf. «Ich spüre, wie die Wut in mir brodelt, und mein ganzes Leben lang hab ich sie hinter einer hölzernen Maske versteckt.»

«Ihr Gesicht hat eine bemerkenswerte Vitalität, Crumpacker. Ich würde sogar soweit gehen zu behaupten, es ist eine von den eher lebendigen Mienen, die mir in meinem Leben begegnet sind.»

«Ja, aber es ist nicht meine. Ich bin bloß eine Marionette, ein Produkt meiner Familie. Wußten Sie, daß mein Vater General war?»

Nathan nahm sofort Haltung an. «Sie tragen den Kern einer stolzen militärischen Tradition in sich.»

«Ich bin froh, daß ich nicht in der Klapsmühle bin.»

Obgleich mich die Entfaltung von Crumpackers Ich sehr interessierte, wurde ich in diesem Augenblick durch Laute aus dem Luftschacht abgelenkt.

«*... oy... oy... oy...*»

Sie hievten mich hoch, ich löste die Schrauben, öffnete den Schacht. Siggys Augen tauchten aus dem Dunkel auf, und wir halfen ihm herunter.

«Was hast du rausgefunden?»

«Ich glaube, wir können's schaffen. Wir kommen vielleicht zum Schornstein raus.»

Wir wandten uns um zu unserem Hausgrafiker, dessen Finger weiterhin starr in die Luft zeigten. «So kriegen wir den nicht in den Schacht.» Nathan ging zu ihm hin und drückte einen der angewinkelten Arme nach unten. Sobald er ihn losließ, schnappte der Arm wieder hoch. «Der wird steckenbleiben, und wir kriegen ihn nicht mehr von der Stelle.»

«Was machen wir also?»

«Er ist zum Nachhutgefecht abkommandiert.»

«So wie er da steht, Finger in der Luft?»

«Das Überraschungselement.»

Mit Crumpackers Hilfe quälte ich mich hinauf in den Schacht. Meine Schultern waren schmerzhaft eingekeilt, aber ich schaffte es, vorwärts zu kriechen, und Siggy schob mich an den Füßen. Ich hörte Nathan und Crumpacker hinter ihm, als sie den Schacht verschlossen, und dann befanden wir uns im Dunkeln.

Wenn ich mich diagonal hielt, schaffte ich es gerade, durch den gewundenen Metalldarm voranzukriechen. Tony Baloneys Größenwahn war uns zu Hilfe gekommen. Weil sogar seine warme Luft durch Röhren geleitet werden mußte, die größer waren als die anderer Leute, krabbelten nun auch seine Feinde hindurch. Uns blind vorantastend, befanden wir uns wieder auf dem Vormarsch, und während mich klaustrophobische Ängste beutelten, beschwor ich die Vorfahren Uqal Mussas, jene uralten Meister der engen Tunnel in den Häusern der Toten.

Ich halluzinierte, ich sei eine Leiche im Sarg, eine Raupe im Kokon, eine Ratte in der Wand, bis mich das leise *Oy* des hinter mir seufzenden Siggy wieder in die Realität zurückbrachte. Ich kam an einen Knick, zwängte mich hindurch und fand mich in einem steiler aufwärts führenden Abschnitt, wo ich die Fingerspitzen in die überstehenden Ränder der Anschlußstücke krallen mußte, um mich Stück für Stück hinaufzuziehen. Die Muskeln in meinen Armen zitterten, und Siggy hing mir an den Fesseln.

«Siggy, du reißt mich mitten durch.»

«Nathan hängt an mir dran.»

Nathan wurde seinerseits von Crumpacker umklammert, und ich zog sie allesamt durch die Finsternis aufwärts, unseren Tatzelwurm aus Magazinmännern, der sich ächzend, schnaufend und schwitzend durch die Eingeweide des Hauses voranbewegte. Blaue Lichtkugeln schwammen mir vor den Augen, dazwischen Szenen aus unvorstellbaren Dimensionen der Voodoo-Magie. Mir war, als hörte ich von sehr weit her Getrommel, auch das Gegacker von Hühnern.

Dann sah ich einen irdischeren Lichtschein vor mir im Schacht. Ich kämpfte mich voran und staunte nicht schlecht, als ich durch ein Gitter im Fußboden zu den bestrumpften Beinen und der Spitzenunterwäsche von Celia Lyndhurst hinaufblickte. Ich zögerte einen Augenblick, ehe ich mich zu erkennen gab, schließlich war ich ja der Redakteur von *Scharfe Kurven*, und mein Zögern erwies sich als angebracht, denn eine Sekunde später ging die Tür auf, und der Hausherr, Tony Baloney höchstpersönlich, kam mit seinem verwundeten Bein hereingehumpelt – ein ärgerlich wirkender Mann in den Fünfzigern, mit einem Urwald von Augenbrauen und einem Kinn, das aussah, als sei es von einer Axt behauen. Trotz der frühen Stunde erschien er penibel gepflegt in einem Anzug, dem Crumpacker vielleicht seine Anerkennung ausgesprochen haben würde, hätte er nicht tief unter mir im Schacht gesteckt. Mit kühler Gelassenheit wandte sich Celia nun Baloney zu, als er bellte: «Wer zum Teufel sind denn Sie?»

«Die Frage lautet hier nicht, wer ich bin, Mr. Baloney, sondern: Was wollen Sie mit so einer fürchterlichen Couch in diesem Zimmer?»

Sein Kopf zuckte zurück wie der eines Stieres, wenn die Matadora das Tuch schwenkt, das ihn so grausam täuscht. «Diese Couch hat meinem Vater gehört!»

«Man hätte sie mit ihm begraben sollen. Was Sie hier stehen haben *sollten*, hab ich letztes Wochenende auf der Madison Avenue gesehen. Eine Empire-Chaiselongue, im Grunde ein Sofa in Schlittenform...»

«Sind Sie – Innenarchitektin?»

«Ich kann mindestens fünfzehn Gegenstände ausmachen, die absolut nicht in dieses Zimmer passen.»

«Wirklich?» Der Hausherr ist perplex. Mit sicherem Instinkt treibt Celia ihn weiter in die Enge:

«Diese schweren Vorhänge dort – schmeißen Sie die raus.»

«Wissen Sie, was diese Vorhänge gekostet haben?»

«Geld, Mr. Baloney, ist wohl *kaum* ein Thema. Sie brauchen gelbe Taftvorhänge, Gelb führt zu klarem Denken und fördert die Kommunikation. Das ist doch Ihr Büro hier, oder? Nun, dann ist Gelb unentbehrlich. Bevor ich meinen Tauchkurs anfing, habe ich ein Seminar für Farbtherapie belegt, und ich kann Ihnen versichern, daß Gelb nicht nur innerliche Spannungen abbaut, es fördert auch die Verdauung.»

Baloney, noch immer baff: «Woher wissen Sie von meiner Verdauung?»

«Wer würde bei solchen Vorhängen nicht unter Verdauungsstörungen leiden? Und diese Couch, und der *rote* Sessel, viel zuviel Energie für eine einwandfreie Assimilation. Wer hat Ihnen übrigens zum Kauf dieser Dali-Drucke geraten? Ist Ihnen nicht bekannt, daß Sie mit Dali-Drucken nicht besser dran sind als mit auf Treibsand gebauten Immobilien in Florida? Eine Fehlinvestition, Mr. Baloney. Der Markt ist überschwemmt mit Dali-Falsifikaten.»

Baloneys Miene hatte sich zu einer Art atavistischem Purpur verfinstert, was keine Farbe ist, die jedermann steht. Mit raschen, argwöhnischen Blicken musterte er seine Couch, seine Vorhänge, die Dali-Drucke. Celia war in voller Fahrt:

«Und dieser *Schreib*tisch.»

Hier lächelte Baloney, ein schmales, überlegenes Lächeln. «Das ist zufällig Cartonnier, spätes siebzehntes Jahrhundert.»

«Schleiflack, frühes zwanzigstes Jahrhundert. Geschmacklose Stücke dieser Art wurden als Prämie beim Kauf von Seifenflocken verteilt.»

Er gab ein ersticktes Keuchen von sich. Die Matadora hatte ihm den Degen zwischen die Schulterblätter gebohrt. Er streckte eine Hand nach seinem kostbaren Schreibtisch aus, wurde unsicher, ließ die Hand wieder sinken.

«Junge Dame...» Sein Blick wanderte im Zimmer umher, von einem geschmacklosen Stück zum andern, voller Mißtrauen.

«Wieso machen Sie und ich nicht einen kleinen Rundgang durch mein Haus? Ich hätte zu einigen Sachen gern Ihre Meinung gehört. Aber das bleibt unter uns. Okay?»

«Mr. Baloney, ich wäre nur zu erfreut, Ihnen zu helfen. Aber glauben Sie nicht, wir sollten zunächst mal über meine Freunde sprechen?»

«Über die reden wir nach unserem kleinen Spaziergang.»

«Ich gehe nirgendwo spazieren, bevor ich nicht weiß, daß meine Freunde in Sicherheit sind.»

«Wir werden sie ein bißchen in die Mangel nehmen.»

«Kommt nicht in Frage.»

«Nur 'n paar blaue Flecken. Damit sie beim nächstenmal das Anklopfen nicht vergessen, wenn sie zu Besuch kommen.»

«Sie belügen mich, Mr. Baloney. Ich sehe es an Ihrem Blick.»

«Also schön. Einen laß ich über die Klinge springen.»

«Welchen?»

«Den, den sie Mr. Macho nennen. Meine Jungs sagen, das sei der Anführer.»

«Das ist Howard. Diesen armen kleinen Dummkopf dürfen Sie nicht umbringen.»

Liebe Celia, süße Celia, Celia mit dem großen Herzen, du hast dich meiner erinnert, und das werde ich dir nie vergessen. Dein Chefredakteur, versteckt im Luftschacht, hat die Freundschaft vernommen, die du für ihn empfindest und die nicht einmal ein Gorilla-Häuptling zu erschüttern vermag.

«Hören Sie, ich muß einen über die Klinge springen lassen, weil ich sonst dumm dastehe. Ich hab nämlich Freunde hier draußen, und wenn die spitzkriegen, daß ich eine Handvoll Jo-Jos erst in mein Haus einbrechen und dann einfach so mir nichts, dir nichts entwischen lasse, dann leidet meine Glaubwürdigkeit.»

«Tjaaa...» Celia wurde nachdenklich, hatte einen Finger an die Wange gelegt. «Ich verstehe Ihren Standpunkt.»

Sie versteht seinen Standpunkt. Das freut uns aber, Sie etwa nicht? Daß sie es fertigbringt, die Situation von allen Seiten zu betrachten?

«Aber ich verspreche Ihnen, Miss, es wird nur eine Kugel sein, direkt ins Herz, aus allernächster Nähe. Er wird überhaupt nicht merken, was ihn da erwischt hat.»

Ich beobachtete, wie Celias Gedanken auf einer tieferen Ebene arbeiteten, jener Ebene, wo die alten Freundschaften aufgehoben sind, wo die vielen kleinen Dinge, die wir miteinander geteilt haben, zum Tragen kommen und das Zünglein an der Waage zu meinen Gunsten ausschlagen lassen. «Dann wird ja seine Wohnung frei, nicht wahr?»

«Sicher, die wird frei, wollen Sie die haben? Es genügt ein Telefonanruf von meinem Consigliere, und sie gehört Ihnen.»

«Ohne Mieterhöhung?»

«Tony Bulloni kommt keiner mit 'ner Mieterhöhung, Baby.»

«Armer Howard, aber ich nehme an, es ist sein Karma, so zu enden, nicht wahr? Ich meine, es gibt nichts, was ich dagegen tun könnte, oder?»

Die Tür flog auf, ein Wächter kam hereingestürzt. «Entschuldigen Sie, Don Bulloni. Sie sind weg! Den Latino haben sie dagelassen, der streckt seine beiden Zeigefinger in die Luft.»

«Du blödes Arschloch, wen kratzt das, wo er seine Finger hat? *Wo sind diese Leute*?»

«Salvatore sagt, er hat die Tür keine Sekunde lang aus den Augen gelassen.»

«Der poussiert da unten immer mit den Dienstmädchen rum. Diese Kerle haben das Schloß geknackt und sind glatt an ihm vorbeimarschiert.» Baloney wandte sich an Celia. «Ihre Kumpels sind zu clever, und das wird ihnen noch leid tun.» Er funkelte den Wächter an. «Ihr treibt sie auf und macht sie alle.»

«Die Weiber auch?»

«Ohne Ausnahme. Bevor die sich noch hinter meinem Rücken anschleichen und mir einen Giftpfeil verpassen.»

«Das ist bloß Nathan», sagte Celia. «Der ist harmlos.»

«Ein paar von meinen Männern sind außer Gefecht und kommen nicht mehr auf die Beine. Hab ich recht, Nuncio?»

«Stimmt, Frankie kaut schon die ganze letzte Stunde auf'm Teppich rum.»

«Und Zalepa?»

«Der sabbert immer noch vor sich hin.»

Baloney sah Celia an. «Ich werde nicht auf diese Weise enden und meinen eigenen Teppich vollsabbern.» Er schnippte mit den Fingern zu Nuncio hin. «Los, treibt sie auf.»

Baloney geleitete Celia aus dem Zimmer, und ich kroch weiter durch den Schacht, Siggy und die anderen im Schlepptau. Als ich eine T-förmige Abzweigung erreichte, nahm ich das aufwärts führende Rohr, die anderen quälten sich hinterdrein. Verzweifelt krallten wir uns an den überstehenden Verbindungsstücken fest, arbeiteten uns durch die vertikale Röhre, Ellbogen und Knie gegen die Wände gestemmt. Wir kamen an eine weitere Abzweigung, als der Widerhall einer nicht weit entfernten Kinderstimme an mein Ohr drang, die eine klagende Melodie sang.

«Das ist Najaf, Sig. Wir müssen sie retten. Dazu sind wir verpflichtet.»

«Machst du Witze? Diese kleine Schickse ist gerissener, als du je sein wirst.»

Ich machte einen Abstecher in das abzweigende Rohr und stoppte unter dem Gitter, aus dem der Gesang kam. Ja, da war sie, ertrank in einem weißen Gewand, das ihr fünfmal zu groß war – die Schleier von Prinzessin Camilla.

Das Schicksal hat es so gewollt. Wir müssen sie beide retten! Es war verwegen und womöglich aussichtslos, aber ich konnte mich nicht endlos weiter durch diesen Luftschacht winden. Nennt es lächerlichen Edelmut, haltet mich für einen Spinner, aber ich komme, Prinzessin, Euch und die kleine Najaf hinfortzutragen.

«Najaf!» Ich raunte ihr durchs Gitter zu, die Finger um die weiten Stahlmaschen gekrallt. Das Kind kam herüber zu mir.

«Hey, was du machen da drin?»

«Nimm dieses Messer hier. Siehst du den Schraubenzieher, der dran ist? Schraub damit das Gitter ab.»

Sie fing an, ungeschickt das Messer zu drehen, rundherum mit ihrer kleinen Hand. «Ich hier viel Spaß haben, ganze Nacht aufbleiben. Wie gehen dir?»

Ich sah ihr durch das Gitter zu, wie sie herumfummelte und den Schraubenzieher fallen ließ. «Konzentrier dich, Najaf», sagte ich leise, «so ist's brav.»

«Ich haben verkauft zwei Videorecorder und eine Mikrowellenherd.»

«Langsam drehen... so ist's recht...»

«Ich hübsche Kleider anprobieren.»

Die Schrauben waren ab, und ich drückte das Gitter nach innen. Im nächsten Augenblick stand ich im Zimmer. Najaf führte mir den Kleiderschrank vor und strich mit der Hand über die aufgehängten wallenden Kostüme. «Siehst du? Alles gehören Prinzessin.»

Siggys Kopf tauchte aus dem Schacht auf, das lockige Haar klebte ihm platt an der Stirn. Er stemmte sich heraus und stand auf wackligen Beinen im Zimmer. Es folgte Nathan, der ins Licht blinzelte und aussah, wie Herr Dachs aus *Der Wind in den Weiden* ausgesehen hätte, wäre er der Verleger von *Freche Früchtchen* gewesen. Er machte auf seinen kurzen Beinen ein paar Kniebeugen, daß die Gelenke knackten, und fuhr sich dann mit der Hand über seinen glänzend kahlen Schädel. «Das war ein schmaler Brückenkopf, Howard.»

«Mein Anzug hier ist ein für allemal ruiniert.» Crumpacker, wer sonst.

«Also wirklich, Crumpacker, Sie können wohl kaum erwarten, daß Sie aussehen wie aus dem Ei gepellt, wenn Sie gerade aus einem Luftschacht rausgekrochen kommen.»

«Ihr Parfum!» sagte Siggy, ging zu den aufgehängten Kleidern im Schrank und hob sich einen Ärmel unter die Nase. «Das werde ich mein Lebtag nicht mehr vergessen.»

«Sie ist furchtbar schöne, traurige Prinzessin», sagte Najaf. «Wir ihre Freunde sein, ja?»

Nathan nahm mich beiseite. «Unsere Chancen stehen äußerst mies. Unsere einzige Hoffnung ist ein planmäßiger Rückzug. Einer von uns muß ihre Schüsse auf sich lenken, während die übrigen am Efeu runterklettern.»

«Nathan», sagte ich, «das ist eine edle Tat, die du dir da vorgenommen hast.»

«Du allein sollst die Lorbeeren ernten, Howard.» Er klopfte mir auf die Schulter, und eine Stimme in meinem Innern sagte: Seit alters, bis zum heutigen Tage, wurden immer wieder Männer auserwählt, sich für eine gute Sache zu opfern; ihre Reihen sind geteilt in Starke und Schwache, und ich habe immer zu den letzteren gehört, jetzt aber, nur dieses eine Mal, werde ich mich dem Feind in den Rachen werfen, der düstere Lohn der Schlacht wird mir gewiß sein, und ebenso der sichere Tod.

Überwältigt von Gefühlen, ging ich zur Tür. Es schien unglaublich, daß ich, Howard Halliday Haggerd Halberd Hammertoe Harm Habana Hades Halston Handy Harley Harmon Heman Hence Hardman Hardon, Anstalten machte, für meine Redaktionskollegen in den Tod zu gehen, doch ich war aufgeputscht von Koffein und Voodoopower. Ich hörte, wie sie in meinem Innern anschwoll, die Musik auf der Tonspur meines Films. Kopf hoch, Brust raus, Schultern zurück. Mit festem Griff packte ich den Türknauf. Da wurde sie mit jähem Ruck aufgestoßen, die Türkante traf mich am Nasenbein und zerbrach meine Brille in zwei gleiche Teile.

«Howard, wenn du dich hinter Türen versteckst, mußt du damit rechnen, daß jemand sie von der andern Seite aufmacht.»

«Yvonne!»

«Ja, Darling, und sieh mal, wen ich gefunden habe.» Mitzi und Amber kamen hinter ihr herein.

«Sie haben uns in einer Geschirrkammer eingeschlossen», sagte Amber. «Wir hätten da drin verfaulen können, wäre Yvonne nicht gekommen und hätte uns befreit!»

«Ich muß gestehen, daß ich es nicht ganz allein vollbracht habe», sagte Yvonne. «Ich wurde unterstützt und geführt von jemandem, den ihr unbedingt kennenlernen müßt: er ist Mamis ganz große Entdeckung.» Yvonne trat zurück in den Flur und streckte die Hand aus. Ein junger Mann kam zur Tür herein, in Seidenhosen und einem weißen Hemd, dessen Ärmel in wallenden Falten herabhingen. «Das ist Paulo, Tony Baloneys Sohn.»

Ich hielt mir ein Glas von meiner Brille ans Auge und nahm den jungen Baloney in Augenschein. Er konnte nicht älter als neunzehn sein, ein zart wirkendes Kerlchen, das nichts von seinem Vater an sich hatte. Bis auf die Augen, aber auch hier unterschied er sich, denn sein Blick war nicht fragend und bohrend, sondern poetisch und verträumt. «Mein Vater hat vor, Sie allesamt umzubringen», sagte er zu mir.

«Das wissen wir. Wenn Sie mich bitte entschuldigen wollen, dann werde ich jetzt aufbrechen und mich zum Ziel seiner Kugeln machen.» Ich klappte die abgebrochene Hälfte meiner Brille zusammen und schob sie in die Jackentasche.

Der junge Baloney machte einen Schritt zurück und versperrte mir den Weg zur Tür. «Ich möchte Schriftsteller werden», sagte er leise.

«Seht ihr», sagte Yvonne, «ist er nicht die tollste Entdeckung, die Mami je gemacht hat?»

«Den ganzen Tag lang sitz ich da und schreibe, aber mir kommt es immer vor, als würde ich nur so tun.» Er sah mir mit der ganzen naiven Leidenschaft seiner neunzehn Jahre in die Augen. «Ich weiß, ich kann es, und es ist das einzige Handwerk, für das ich tauge. Aber wie bringe ich es zu richtiger Erfahrung?»

«Howard», sagte Yvonne, «du *verstehst*?»

Obi hat sein Werk getan, preiset den Dschab, sagte Madame V.

Tony Baloney hatte an einem langen Konferenztisch Platz genommen, sein Consigliere auf der einen Seite, sein erster Leutnant auf der anderen. Wir, der Redaktionsstab von Chameleon Publications, saßen am anderen Ende, einschließlich Hip O'Hopps, den man mit dem Gesicht nach unten in den Flammenblumen gefunden hatte.

«Also gut», sagte Baloney, «Paulo wird bei euch arbeiten. Ihr druckt alles, was er schreibt, und im Austausch dafür lasse ich euch frei. Und er zieht hier aus und *nimmt alles mit.*» Baloney schaute auf seinen Sohn, der auf die Tischplatte starrte und sich nervös mit der Zunge über die Lippen fuhr.

Tony Baloney legte die Stirn in Falten, warf einen Blick auf ein paar Notizen, die er vor sich liegen hatte, dann sah er uns an. «Und seine Mutter wird jeden Monat seinen Namen in der Zeitung lesen. Ist das richtig?»

«Richtig», sagte Nathan.

«Er wird *so* viel lernen, wenn er für uns arbeitet», sagte Yvonne.

«Vorausgesetzt, er zieht hier aus.» Tony Baloney wechselte seine Position und zuckte schmerzhaft zusammen, als er die Beine übereinanderschlug. Er starrte über den Tisch hinweg auf Mitzi. «Sie hätten mich um ein Haar fürs Leben gezeichnet.»

«Die Pistole ist aus Versehen losgegangen.»

«Ich bin ein Ausbund an Großmut. Hab ich recht?» Er funkelte Mitzi an und wandte sich dann seinem Sohn zu, dessen schmächtiges Erscheinungsbild Don Baloney in Rage zu bringen schien. «Bis morgen hast du hier alles ausgeräumt. Und zwar *sämtliche* Klamotten. Nichts wird in diesen Schränken zurückbleiben, capito?»

«Capito», sagte Paulo sanft.

Baloney senior wandte sich an Yvonne. «Ich und Mrs. B. wünschen, daß Sie auch ein Bild von unserem Sohn abdrucken. Ein *hübsches* Bild, das, was bei seinem High-School-Abschluß gemacht wurde. Nuncio, geh mal und hol das Bild.»

Der Leibwächter stand auf und verließ den Raum.

«Ich will was haben, was ich der Verwandtschaft zu Weihnachten in den Strumpf stecken kann. Unser Sohn, der Autor mit einem Haufen Veröffentlichungen. Verstanden?»

«Wir werden es groß genug abdrucken», sagte Yvonne.

«Drucken Sie bloß kein Bild von ihm, so wie er jetzt aussieht.» Baloney warf wieder einen geringschätzigen Blick auf Paulo, dessen Frisur vielleicht ein bißchen pompös geraten war; zudem hatte er sich die Brauen ausgezupft, wenn auch nur hier und da. Herrje, was hat schon ein bißchen malvenfarbener Lidschatten zu sagen, zwischen Vater und Sohn? Ich rückte meinen Stuhl ein Stück nach vorn. «Ihr Sohn hat gewiß das Recht, sich so fotografieren zu lassen, wie er es wünscht, Mr. Baloney.»

«Wer sagt das?»

«Eigentlich niemand.» Ich schob meinen Stuhl wieder zurück.

«Ich will, daß mein Sohn so aussieht, wie er wirklich ist. Nämlich wie mein Sohn. Nicht wie jemand anders. Nicht wie der da.» Er wies mit dem Daumen auf Paulo Baloney. «Nicht wie jemand, den Tante Carmen und Onkel Donato nicht wiedererkennen.»

Ein Butler trat ein und stellte ein großes Tablett vor uns hin, auf dem diverse Pasteten und belegte Brötchen aufgereiht lagen. Ich nahm mir eins, biß hungrig hinein und merkte erst beim Kauen, daß es ein Blintz war, und zwar nicht irgendeiner, sondern ein Mrs.-Blomberg-Blintz. Maître Cosmo hatte die frühen Morgenstunden damit verbracht, ein perfektes Duplikat zu rekonstruieren.

Tony Baloney sah jeden von uns an, sein Blick wanderte langsam um den Tisch herum. «Irgendwelche Fragen zu diesem Deal?»

«Wir werden jede Woche ein Feature von Ihrem Sohn in der *Mitternachtspost* bringen», sagte Hip O'Hopp.

«Und eins davon wird ein Bericht über die Wohltätigkeiten der Familie Bulloni sein», sagte der Consigliere. «Richtig?»

«Genau.»

«Und in einem weiteren wird es um die Verleumdungskampagne gehen, mit welcher diese vornehme Familie von Blättern wie der *Daily News* überzogen wurde.»

«Diesen falschen Eindruck werden wir selbstverständlich korrigieren», sagte ich.

«Andere Artikel werden Ihnen von Zeit zu Zeit nach Ermessen der Familie zugeleitet werden.»

«Freut uns jederzeit, aktuelle Neuigkeiten auf den Tisch zu kriegen.»

Der Consigliere lächelte und wandte sich an Tony Baloney: «Ich glaube, man kann hier von einem gegenseitigen Einvernehmen sprechen, Don Bulloni.»

«Wozu soll ein kämpferisches Blatt wie die *Mitternachtspost* gut sein», sagte Hip, «wenn es nicht beide Seiten einer Story drucken kann?»

In diesem Augenblick betrat Baloneys Gattin Margo den Raum, das goldblonde Haar hoch aufgetürmt, den üppigen Körper aufrecht, Stirn und Augenwinkel ohne das kleinste Fältchen, Hals und Kinnpartie frei von allen kleinen Kehlläppchen, die man bei einer Person in ihrem Alter vielleicht erwartet hätte. Als verantwortlicher Redakteur von *Die Dame* fand ich, daß wir mit Margo Baloney den lebenden Beweis vor uns hatten, was gute Ernährung und ein Leben in vollkommener Muße bei einer Frau bewirken können. Oder wie Yvonne, die neben mir saß, Paulo ins Ohr raunte: «Darling, wie heißt ihr Chirurg?»

Was Mrs. Baloney anging, so ruhte ihr Blick auf Celia, und es war ein Blick von vernichtender Boshaftigkeit, mit dem sie dieses hergelaufene Flittchen bedachte, das versucht hatte, das Arrangement der Inneneinrichtung im Hause Baloney an sich zu reißen. Ich erwähnte es bereits? Celias Regentschaft war nur von kurzer Dauer gewesen; sie hatte in dem Augenblick geendet, als Mrs. B. zum Frühstück die Treppe herunterkam und entdeckte, wie man ihren Gatten im Hause umherführte. Sie hatte instinktiv reagiert, eine Rede vom Stapel gelassen, wie es nur ein in die Enge getriebenes Ex-Showgirl konnte, mit entblößten Krallen und schimmernden Fängen. Wie wir wissen, war es mit der Verdauung von Don Bulloni nie zum besten bestellt, weil die kleinen Leckerbissen, die er sich mit dem Abnagen der Knochen seiner Feinde hin und wieder bescherte, zu leichtem Sodbrennen führten; unter der Attacke seiner Gattin hatte er einen halben Liter Maalox geleert. Schließlich hatte sie nicht umsonst im Copa einen G-String aus Leopardenfell getragen. Und so kam es, daß Celia entthront wurde und jetzt mit dem Rest unseres Teams am Verhandlungstisch saß. Als sich unsere Blicke trafen, lächelte ich ihr gütig zu: Jenen Moment der Schwäche, in dem sie meine Hinrichtung durch einen aufgesetzten Herzschuß stillschweigend hingenommen und auf meine Wohnung spekuliert hatte, trug ich ihr nicht nach. Der Moral eines jeden von uns sind Grenzen gesteckt, und guter Wohnraum ist rar in Manhattan.

Mrs. Baloney stellte sich hinter den Stuhl ihres Sohnes. Er lächelte zu ihr hinauf, und sie strich ihm mit ihren langen roten Fingernägeln durchs Haar. Seine Hand legte sich auf ihre, und sie tauschten einen bedeutungsvollen Blick. Endlich ging er hinaus in die Welt, und ein Stück von ihr ging mit ihm. «Ihr werdet euch gut um den kleinen Paulo kümmern», sagte sie mit sanfter Stimme zu mir und beugte sich herab, die frisch von Chirurgenhand gestraffte Haut ihrer Wange dicht an meiner. Mir wurde klar: hier war die Frau, für die ich jeden Monat *Die Dame* kreierte, das war sie – eine Frau, die nie etwas von New Age gehört hatte, ein Atavismus, ein Mastodon, deren geliebter Keramikfrosch in eben diesem Augenblick mit seinem Stück Seife im Maul neben dem Waschbecken des Gästebades hockte. Rührung überkam mich, und ich schwor, diese Frau würde mir Tag für Tag vor Augen stehen, wenn ich ihr Magazin zusammenstellte. «Vielleicht können wir uns eines Tages mal zum Lunch treffen», murmelte ich. «Mit Vergnügen», antwortete sie und schwand mit einstudierter Showgirl-Eleganz von meiner Seite. Sie stellte sich zu ihrem Gatten, ließ leicht ihre Hand über seine Schulter gleiten, als sie hinter seinen Stuhl trat.

Er sah zu ihr auf, während er einen kleinen dyspeptischen Rülpser hinter dem Rücken der vorgehaltenen Hand dämpfte. Dann wandte er sich an mich. «Okay, eines noch zum Schluß. Drei meiner Männer werden vermißt – Angelo, Joey und Goozi. Ihr wißt, wovon ich rede? Die sind doch bei euch in der Redaktion vorbeigekommen?»

Gehören jetzt dem Dschab, Schätzchen, sagte Madame V.

«Ich fürchte, das wird ein bißchen problematisch, Mr. Baloney. Wissen Sie, manchmal kommt es im Laufe der Ereignisse vor, daß Leute weniger ausgetretene Pfade einschlagen.»

Baloney starrte mich an, sein düsterer Blick versuchte sich ein Bild zu machen von diesem Mr. Macho mit seiner am Steg geflickten Brille, dessen Redakteure seinen Hund verprügelt, ihm die Wohnzimmerwand vollgeschmiert und seine Gorillas gestohlen hatten. «Okay, ich will nicht länger drauf herumreiten.» Seine Augen verengten sich zu schmalen Schlitzen. «Die Würfel sind gefallen, und sie haben zu euren Gunsten entschieden.» Er wandte sich an seinen Leutnant. «Schaff sie hier raus.»

Nathan hob einen Finger. «Hören Sie, Mr. Baloney, wir haben da ein Problem bei uns in der Firma. Es könnte mich glatt in den Bankrott treiben, in welchem Falle wir nicht die Werke Ihres Sohnes veröffentlichen könnten und er mit seiner kompletten Garderobe wieder hier einziehen müßte.»

Baloney warf einen Blick auf seinen Sohn, zuckte zusammen, wandte sich wieder Nathan zu. «Um welches Problem handelt es sich?»

«Es gibt da diesen Anwalt, der uns auf zwanzig Millionen Dollar Schadensersatz verklagen will...»

«Wie heißt der Mann, und wo wohnt er?»

Nathan überreichte ihm ein kürzlich eingegangenes Schreiben von der Anwaltskanzlei, die uns im Nacken saß. Baloney warf einen kurzen Blick auf das Schriftstück und reichte es an seinen Leutnant weiter. «Knöpf dir die mal vor.»

Der Leutnant nickte, und Baloney funkelte wieder Nathan an. «Sonst noch was?»

Siggy meldete sich zu Wort. «Nun, Mr. Baloney, wir haben sehr hohe Außenstände, und viele Leute bezahlen ihre Rechnungen nicht. Ich habe hier –» Siggy zog ein Bündel Papiere aus der Tasche und begann sie auf dem Tisch auszubreiten, eins neben dem anderen. «Kruzifix aus Porzellan-Imitat, mit abnehmbarem Erlöser... Echte Diamantnachbildungen... Zentrum für elegante Toupets... Preisgünstiger Oberweiten-Trainer. Können Sie mir einen Mann zur Verfügung stellen, der mal bei diesen säumigen Kunden hier reinschaut?»

Baloney legte eine Hand auf die Manschette seines Leutnants. «Schick ihnen Freddie den Flachkopf.» Der Leutnant nickte, und damit war unsere Konferenz beendet. Wir erhoben uns, und ich merkte, wie es Hattie zu dem jungen Leutnant hinzog. Ich packte sie am Hosenaufschlag ihrer Shorts. «GLAUBE MIR: ER IST NICHT FÜR DICH BESTIMMT.»

«ER PRÜGELTE MICH – WIE KANN ICH IHN DA NOCH LIEBEN?»

«Weil er schwarze Locken hat.»

«Howard, ich hab gemerkt, wie du und Mrs. Baloney –»

«Dort! Fernando geht zur Wand!» Ich stoppte ihn, ehe er auf der unberührten weißen Wand des Konferenzzimmers einen Strich anbringen konnte. «Steck deine Zeichenkohle ein und treib die Hühner zusammen!»

Ich drehte mich um und sah Hip O'Hopp neben mir stehen. «Howard, wenige Leute sind aus diesem Raum hier rausmarschiert mit einem Vertrag, wie wir ihn in der Tasche haben.» Seine blutunterlaufenen Augen lächelten, Pessimismus und Trübsal waren irgendwann im Laufe der Nacht wie Schuppen von ihm abgefallen. Mit ernster Miene starrte er hinab auf die Mahagonimeile dieses Konferenztisches im Gangsterland. «Als Reporter der *New York Times* wär ich nie hier reingekommen, hätte ich nie Zeuge sein können bei so einem Deal. So was geht nur, wenn man Redakteur bei der *Mitternachtspost* ist. Howard, vielleicht haben wir da doch eine großartige Zeitung!»

«Daran hab ich nie gezweifelt, Hip!»

Fernando stand mitten in meinem Wohnzimmer, den Pinsel in der Hand, und blickte auf die Wand.

«Sie ist fertig», sagte er.

«Ja, sie ist wunderschön.» Meine Koffer waren selbstverständlich gepackt, ebenfalls ein paar Möbel. Für das meiste von dem, was ich im Laufe der Jahre zusammengetragen hatte, war kein Platz in der neuen Einzimmer-Eigentumswohnung im Souterrain in Hell's Kitchen, die ich gezwungenermaßen gekauft hatte, doch ich schätzte mich glücklich, daß ich sie für schlappe 175 000 Dollar bekommen hatte. Der Makler hatte mir versichert, das von der Wohlfahrt angemietete Hotel nebenan würde schon noch in mondänen Wohnraum für die besitzenden und gebildeten Stände umgewandelt werden, und ich sollte mir nicht allzuviel Kopfzerbrechen über die Morde machen, die hier jede Nacht passierten, als Bewohner einer fensterlosen Kellerwohnung würde ich davon ohnehin kaum was zu sehen kriegen.

«Sie ist meine Große Frauens», sagte Fernando, klappte zum letztenmal seine Stehleiter zusammen und sammelte seine Farbtuben ein. Der Türsummer gab ein penetrantes, anhaltendes *Bzzz* von sich, woran ich erkannte, daß Uqal Mussa unten stand, um mich abzuholen.

«Zu dumm, daß du hier raus müssen, Kleiner», sagte Fernando.

«Tja nun, entweder das oder die Motten kriegen, eine andere Wahl blieb mir nicht. Ich bin sicher, du verstehst mich.»

«Ist schwer mit große Kunst zu leben, wenn sie einem erste Mal begegnet.» Er machte eine Geste zu der Große Frauens hin. «In fünfzig Jahren man wird sie in jede Schulbuch finden.»

Ich hatte es nicht fertiggebracht, sie zu übermalen. Es war nicht meine Aufgabe. «Ich werd dich jetzt mit ihr allein lassen, Fernando. Wenn der Vermieter vorbeischaut, dann gib ihm die Schlüssel.»

«Alles klaro. Ich dank dir für Chance, meine Kunst zu zeigen der Welt.»

«Übrigens, die Wände in meiner neuen Wohnung sind viel zu niedrig für ein Wandbild. Ich muß in meinem neuen Heim pausenlos den Kopf einziehen, weißt du.»

«Ich kann arbeiten auf jeder Größe.»

«Ja, aber da es keine Wandschränke gibt, werden sämtliche Wände von Kleiderhaken übersät sein, an denen meine Garderobe hängt.»

«Ich werde mir was einfallen lassen.»

Ich ging, hinunter zu dem Wagen von Aswan Limo, der vor dem Haus wartete.

Der Vermieter meiner ehemaligen Wohnung verklagte mich auf Schadensersatz; irgendwas in der Farbe, mit der Fernando die Wand bemalt hatte, bewirkte, daß sie immer wieder durchschimmerte, sooft man die Große Frauens auch übertünchen mochte. Die neuen Mieter entdeckten eines Morgens zu ihrer grenzenlosen Überraschung, daß sich ein furchterregendes Monster auf ihrer Wohnzimmerwand manifestierte. Innerhalb von drei Tagen war die Große Frauens fast wieder wie neu. Am Ende mußte die Wand abgetragen werden, die Schadensersatzforderung war also erheblich, aber ich rief Margo Baloney an, und Freddie der Flachkopf stattete meinem Vermieter einen Besuch ab, woraufhin ich ein freundliches Schreiben erhielt, in dem er sich entschuldigte.

Ich wohne jetzt also in meinem neuen Apartment, und weil dort für mehr als eine Person kein Platz ist, empfange ich Gäste im Falafel-Restaurant darüber. An jenem Abend, von dem ich nun berichten will, saß Amber mir bei einer Tasse Kaffee gegenüber. «Ich hätte dich heiraten können», sagte sie, «und sei es auch nur für einen Augenblick.»

«Wann war denn das, Liebes?»

«Als ich dir die Tür auf die Nase geknallt habe und deine Brille entzweibrach.»

«Heirate nie jemanden aus Mitleid.»

«Nein, es war etwas anderes. Ich weiß nicht genau. Du sahst so verblüfft aus, und mir kam es vor, als sähe ich unter der exzentrischen Oberfläche dein wahres Ich.»

«Ein Moment, der schnell vorüberging?»

«Es war herrlich, solange es anhielt.»

Tja, Amber, mein Schatz, und nun sind wir wieder die, die wir immer waren, und ich habe meine Brille auf der Nase, damit ich um so besser sehen kann, wie schön du bist und wie unerreichbar fern für mich in deiner strahlenden Eleganz. Der Umstand, daß ich dir das Leben rettete, hat auf der Waage deines Herzens kein Gewicht, und dafür habe ich volles Verständnis. Wie dem auch sei, morgen bin ich mit Margo Baloney im *Four Seasons* zum Lunch verabredet. Sie möchte sich dort mit mir treffen.

«Ach Howard», seufzte Amber, «wenn du nur gesellschaftsfähig wärst.»

Über die Kerzenflamme hinweg blickten wir einander an. Ihre grünen Augen, so fachkundig geschminkt, blickten in die meinen. Ich ergriff ihre Hand und drückte sie sanft, wobei ich routinemäßig im Lokal umherspähte, um festzustellen, ob irgend jemand den Heimlich-Griff nötig hatte.

Nachdem ich sie in ein Taxi gesetzt hatte, machte ich einen Spaziergang durch Hell's Kitchen, schlenderte über den Times Square, wo ich ein vertrautes Gesicht entdeckte – Mitzi Mouse sah von einer zehn Meter hohen Plakatwand auf mich herab, die ihren neuesten Film ankündigte: *Die irren Fetische heißer Miezen*. Ihre Augen folgten mir verführerisch, doch ich wußte, ihre Gedanken kreisten allein um das französische Rondeau.

Ich spazierte weiter downtown und fand mich am Ende des Abends im Village wieder, schlenderte durch die 8. Straße, durch den farbenfrohen Basar mit seinen Perlenketten und Ringen, Designerschuhen und elektrischen Träumen. Es war belebt wie eh und je, und es kam mir vor, als schlafwandelte ich; ein Gefühl, das sich bei vielen New Yorkern nach einigen Jahren einstellt: Wir ziehen uns aus der materiellen Sphäre zurück und leben statt dessen von ihren Dämpfen, wie Lotosesser, knapp oberhalb der Blüte schwebend, die in roten und grünen Neonfarben schillert.

Ich ließ das bunte Treiben hinter mir, kam zu dem heruntergekommenen Block, der nur aus geriffelten Schiebetüren besteht. Es ist die spirituelle Grenze zwischen Osten und Westen, und gleich dahinter liegt Astor Place mit seiner ewig einsam im Verkehr treibenden Insel. Auf diesem erbärmlichen Fleckchen, gebannt wie eine Seele in Dantes Inferno, stand ein Mann und verkaufte Liebesäpfel, die keiner haben wollte, vielleicht weil er obendrein ein Pappschild vor der Brust trug, das verkündete:

WER ANDERN EINE GRUBE GRÄBT,
FÄLLT SELBST HINEIN

Seine Augen waren so glasig wie seine Äpfel, und er schwafelte mit unsichtbaren Gestalten rings um ihn herum, Gespenstern und Kobolden, die nur er allein wahrnahm. Etwas an seiner Gestalt veranlaßte mich, näher an ihn heranzugehen, bis ich ihn erkannte – es war Angelo, der freundliche und gutaussehende Gorilla, den Madame Veronique ohne Hirn zur Hölle geschickt hatte. Hier stand er nun und hielt einen Apfel am Stiel.

Ich kaufte ihm einen ab. Es war das mindeste, was ich tun konnte.

«Das Ende ist nahe», sagte er und reichte mir den Apfel.

«Das Ende ist da», sagte ich und ging weiter.

William Kotzwinkle

Fan Man
rororo 4592

«Mann, Kotzwinkles «Fan Man» ist das verrückteste, heiligste, liebste, geilste und witzigste Buch, das ich seit einiger Zeit gelesen hab ... Werd auch du Fan Man-Fan Mann. Heute noch!»
(Jörg Gülden in «Sounds»)

Nachtgeschichten
rororo 4897

Fata Morgana
rororo 4986

«Ein Horror-Krimi von Format ...»
(«Welt am Sonntag»)

Elefant rammt Eisenbahn
rororo 5160

Die Geschichten in diesem Buch sind wie willkürlich in den Nachthimmel geschossene Leuchtkugeln; jede hat ihren eigenen Glanz, alle unterscheiden sich in Farbe, Form, Richtung und Flugbahn, meinte ein amerikanischer Kritiker, und der Autor, der auch bei uns längst eine ständig wachsende Schar von Bewunderern hat, sei clever und kapriziös, wie das Wetter an einem Tag im April.

Dr. Ratte
rororo 5685

«Die Tierversuchsgegner haben ihre Bibel»
(«Münchener Stadtzeitung»)

Mondjuwel
Kurzgeschichten
rororo 12166

ro
ro
ro

C 2065/4